Im Psychothriller »Mädchen ohne Wiederkehr« erlebt der Leser, wie skrupellos das Böse einen Menschen an seinen eigenen Ängsten zerbrechen lassen kann.

MÄDCHEN OHNE WIEDERKEHR

ILONA BULAZEL

Ilona Bulazel
Sinzheimer Str. 40b
76532 Baden-Baden
Deutschland
E-Mail: kontakt@autorib.de
Website: https://www.autorib.de
Facebook: https://www.facebook.com/ilonabulazel
Newsletter-Anmeldung über: https://www.autorib.de/newsletter

Ausgabe 31.3/20

Korrektorat: Natalie Röllig
Heike Fröhling, https://selfpublishingberatung.de

Umschlaggestaltung: Cover Design by James, GoOnWrite.com

ISBN: 9798632550086
Imprint: Independently published

Weitere Informationen zum Druck:
siehe Buchende

INHALT

KAPITEL EINS

Die Angst schnürte ihm die Kehle zu, die Dunkelheit schien ihn zu verschlingen, und Rettung war nicht in Sicht. Unfähig, sich zu bewegen, hielt er die Augen geschlossen. Er presste sie so fest zusammen, dass es schmerzte. Seine kleinen Hände umklammerten das abgenutzte Stofftier mit dem zerrissenen Ohr und dem fehlenden Auge. Die Decke, die er sich über den Kopf gezogen hatte, drohte ihn beinahe zu ersticken.

Es soll aufhören, es soll aufhören, flehte er still. Aber wenn das Monster erst einmal da war, dann blieb es für gewöhnlich und labte sich an seiner Furcht, bis es gesättigt war. Erst dann verschwand es und ließ ihn in Ruhe. Wie weit würde es dieses Mal gehen, um zu bekommen, was es wollte? Meistens zog es ihm die Bettdecke weg und machte ihn schutzlos. Manchmal flüsterte es auch seinen Namen, bedrohlich und mit sadistischer Freude. Er widerstand auch heute dem Drang, um Hilfe zu rufen, denn das würde alles nur noch schlimmer machen. Er wusste, dass man ihm nicht glaubte.

»Ein böser Traum, nichts weiter«, hatte es geheißen. »Kein Grund, wie ein dummes schreiendes Baby das

Haus in Aufruhr zu versetzen, und schon gar keine Rechtfertigung dafür, ins Bett zu machen.«

Er krampfte sich zusammen, gleich war es so weit. Die Berührung der fremden Klaue, die über der Decke nach seinem Bein tastete, ließ ihn leise schluchzen. Er begann zu wimmern und wollte trotz seiner Befürchtungen laut aufschreien.

Im letzten Augenblick kam ihm eine liebevolle Stimme, die sagte: »Hab keine Angst, ich bin jetzt da«, zuvor.

Der Mann, der sich eben noch wegen schrecklicher Kindheitserinnerungen im Bett hin und her gewälzt hatte, wachte schweißgebadet und zitternd auf.

»Nur ein Traum«, sagte er erleichtert und wütend zugleich. Warum suchten ihn diese so weit zurückliegenden Ereignisse immer noch heim? Er war doch längst erwachsen und brauchte Monster dieser Art nicht mehr zu fürchten. Mit einem Ruck richtete er sich auf und knipste die Nachttischlampe an. Das Licht half, die Geister der Vergangenheit zu vertreiben. Aber waren es wirklich Geister? Unsichtbare Monster, die seiner Einbildung entsprungen waren?

Natürlich wusste er es seit geraumer Zeit besser. Er kannte die Wahrheit – gepeinigt und gerettet von der gleichen Person. Die Erinnerung daran ließ ihn erschaudern und so richtete er seine Gedanken schnell auf den letzten Mord.

Noch einmal durchlebte er den Augenblick, als seine Hände ihren Hals berührten. Ihre Haut war weich und zart wie die eines Kindes gewesen. Selbst das kleine Muttermal, eine winzige Unebenheit, hatte er ertasten können. Schon beim ersten leichten Druck quetschte er schmerzhaft ihren Kehlkopf. Sie sah mit den weit aufgerissenen Augen wunderschön aus; die Todesangst offenbarte ihm ihre Seele. Natürlich versuchte sie, sich zu wehren, schlug wild um sich und röchelte um Gnade. Aber wie hätte er etwas so Faszinierendes wie das Sterben unterbrechen können? Galt für den Tod nicht das gleiche Recht wie für die Geburt? Einen solchen Prozess stoppte man nicht, sondern brachte ihn zu Ende – darum mordete er auch mit allen Sinnen. Seine Augen beobachteten jeden Muskel in ihrem Gesicht, er spürte das Gewebe, das er mit den Daumen zusammendrückte, hörte das verzweifelte Schnappen ihres geöffneten Mundes, als würde es ihr gelingen, auf diese Weise doch noch Sauerstoff einzufangen, um ihn anschließend in die Lungen zu pumpen. Sogar ihr Geruch war ihm im Gedächtnis geblieben: eine verführerische Mischung aus süßem Parfüm und Schweiß. Als ihre Gegenwehr endete, da endete auch ihr Leben, seine Lippen berührten die ihren. Er hatte Vanille geschmeckt.

Der Mann im Bett runzelte die Stirn, denn ihm war eben etwas bewusst geworden. Fast schockierte es ihn, mit solch einer Klarheit die Wahrheit zu erkennen. Bisher hatte er immer geglaubt, aus Notwendigkeit zu morden, aber das stimmte nicht. Es gefiel ihm, ging sogar noch darüber hinaus. Langsam bekam er nämlich das Gefühl, dass er dann am mächtigsten war, wenn er dem gefürchtetsten Widersacher des Lebens, nämlich dem Tod, ganz nahe kam.

»Das ist es«, sagte er nun zufrieden zu sich selbst, »sie zu töten, nimmt mir die Angst.«

* * *

Am nächsten Tag

Hauptkommissar Marco Reinert betrachtete sich im Spiegel. Mit geübten Fingern band er die Krawatte und richtete den Kragen seines Hemdes. Er war nicht unbedingt ein Fan von Anzügen, obwohl ihm ein schicker Dreiteiler sehr gut stand. Zumindest hatte das immer seine Mutter gesagt, und Nadine, seine Ex-Freundin, war der gleichen Meinung gewesen. Aber an Nadine wollte er jetzt nicht denken, das lag hinter ihm, während sich vor ihm eine neue Chance auftat. »Neuer Job, neue Stadt, neues Glück« war seine Devise, und der Vierzigjährige betrachtete sein Abbild mit einem Seufzer. Es würde irgendwann die Richtige kommen, zumindest hoffte er das. Nicht dass er die Trennung gewollt hätte; er mochte Nadine und wäre mit ihr zusammengeblieben, aber die Forderungen, die sie stellte, konnte er nicht erfüllen. Schließlich hatte er sich unter Druck gesetzt gefühlt und am Ende war ihre Beziehung zerbrochen.

Sein Blick wanderte zur Uhr – noch eine Stunde bis zum Dienstantritt, etwas, das ihn fluchen ließ. Er hasste es, zu warten, wollte aber nicht zu früh bei seiner neuen Dienststelle auftauchen, sonst würde man ihn noch für übereifrig halten.

»Es wird sicher auch so schwer genug«, sagte er zu sich selbst.

Es war schließlich nicht das erste Mal, dass er sich versetzen ließ, und für gewöhnlich gab es vor Ort immer einen Kollegen, der zu seinen Gunsten übergangen wurde. Das hatte dann meistens zur Folge, dass man ihm gegenüber reserviert auftrat. Damit hatte Reinert jedoch kein Problem. Er suchte nicht verzweifelt nach Freundschaften, allerdings nahm er sie sehr ernst, wenn er sie fand. Seine Zurückhaltung wurde ihm oft als Arroganz ausgelegt, was ihn gelegentlich zum Außenseiter machte.

Es folgte ein weiterer Blick auf die Uhr, es waren erst fünf Minuten vergangen, blieben noch fünfundfünfzig. Noch bevor er genervt begann, die Krawatte erneut zu binden, klingelte sein Diensthandy.

»Hauptkommissar Reinert?«, erklang eine weibliche Stimme, »Oberkommissarin Wald, wie der *Schwarzwald*«, scherzte sie.

Reinert überging ihren Witz geflissentlich und sagte stattdessen geschäftsmäßig: »Ja, bitte?«

»Ich wurde Ihnen zugeteilt«, reagierte sie vergnügt, wurde dann aber ernst. »Sieht so aus, als würde Ihnen das Vorstellungsritual erspart bleiben. Wir müssen zu einem Tatort.«

* * *

Hauptkommissar Reinert versuchte das Schließen seiner Augen, das für ein Blinzeln zu lange dauerte, zu verbergen, indem er den Kopf zur Seite drehte.

Oberkommissarin Wald hatte es trotzdem bemerkt

und empfand es zumindest als gutes Zeichen, dass ihn ein Tatort nicht kaltließ. Ihr neuer Vorgesetzter mit dem smarten Gesicht war ansonsten eine Enttäuschung für die Fünfundvierzigjährige. Sie fühlte sich in seiner Nähe unwohl, weil sie das Gefühl hatte, er würde sie nicht mögen. Aber da es ihre Situation schwierig machte, irgendwelche Ansprüche zu stellen, musste sie eben das Positive sehen. So wie bei der ungewollten Schwangerschaft, der darauffolgenden Ehe mit einem Mann, den sie heute hasste, und einem Freundeskreis, der den Namen nicht verdient hatte.

»Offensichtlich erwürgt«, riss sie die Stimme der Gerichtsmedizinerin aus ihren Gedanken.

Während der neue Kollege der Frau im weißen Schutzanzug aufmerksam zuhörte, beobachtete Sybille Wald die plumpen Versuche der Geschlechtsgenossin, bei dem neuen Hauptkommissar Eindruck zu schinden. »Hier sehen wir Einblutungen, Würgemale am Hals. Sie muss sich gewehrt haben, vielleicht finden wir Rückstände von Haut oder Blut unter ihren Fingernägeln, wenn sie ihn gekratzt hat …«

Und so weiter, dachte die Oberkommissarin und betrachtete mit einer Mischung aus Traurigkeit, Wut und Resignation die Leiche. Vielleicht war es doch keine so gute Idee, wieder im Morddezernat anzufangen.

Schnell ermahnte sie sich, nicht zu grübeln, und bemühte sich, dem Vortrag der Ärztin zu folgen.

»Sie ist sicher schon seit zwei Tagen tot, hier draußen liegt sie höchstens ein paar Stunden«, sagte diese gerade.

»Wer hat sie gefunden?«, fragte Reinert in die Runde.

Eigentlich wäre das nun der Moment gewesen, in

dem Sybille Wald hätte antworten müssen, aber die Gerichtsmedizinerin kam ihr wichtigtuerisch zuvor. »Der Bauer, dem das Feld gehört.«

»Er kommt jeden Morgen hier vorbei. Das ist sein Weg zum Kuhstall, dort sieht er um diese Zeit nach den Tieren«, riss die Oberkommissarin das Gespräch endlich an sich und warf der anderen einen eisigen Blick zu, bevor sie ergänzte: »Er hat uns dann sofort verständigt.«

Reinert sah sich um. Die großen Felder der Schwäbischen Alb breiteten sich weit aus, fast so, als streckten und dehnten sie sich unter der Märzsonne. Die Temperaturen waren ungewöhnlich mild, und augenscheinlich stand der Frühling vor der Tür.

Im Prinzip ein friedlicher Ort, dachte der Hauptkommissar und ließ noch einmal seinen Blick über die grünen und braunen Flächen gleiten, die durchtrennt wurden von geteerten Wegen, die den landwirtschaftlichen Maschinen ausreichend Platz boten.

»Ist dem Mann ein fremdes Fahrzeug aufgefallen?«, hakte er bei seiner neuen Kollegin deshalb nach.

»Nein, es gab zwar fremde Fahrzeuge, aber das ist offenbar nicht ungewöhnlich. Wer sich in der Gegend auskennt, benutzt die Strecke, um die Autobahn zu umfahren. Ist zwar verboten, aber da selten Kontrollen stattfinden, hält sich auch niemand daran.«

Reinert, der sich ein Stück von der Leiche entfernt hatte, betrachtete nun noch einmal den toten, nackten Körper. Die Frau war jung, höchstens achtzehn oder zwanzig. Unverkennbar hatte sie Wert auf ihr Äußeres gelegt, auch wenn das einst sorgfältig aufgetragene Make-up verschmiert und die bunt lackierten Fingernägel abgebrochen waren.

»Warum hat er sie hierhergebracht?«, überlegte der Beamte laut. »Ihm muss doch klar gewesen sein, dass wir sie bald finden.«

»Vielleicht wollte er das ja«, warf Sybille Wald ein, ohne darüber nachzudenken.

Reinert nickte. »Gutes Argument«, sagte er emotionslos und sah erneut zur Leiche. »Was ist mit den Wunden?«, wandte er sich nun an die Gerichtsmedizinerin.

Es existierten mehrere deutlich sichtbare Verletzungen. Die Stirn, das Kinn und jede Wange wiesen kleine Schnitte auf, die an Kreuze erinnerten. Unterhalb der linken Brust gab es eine tiefe Stichverletzung. Zudem war der Bauchnabel der Frau von einer Klinge zerfetzt worden. In Höhe der rechten Hüfte entdeckte der Hauptkommissar drei weitere kleine Kreuze im Fleisch. Ähnlich wie im Gesicht war an diesen Stellen die Haut nur angeritzt worden. »Und es kann nicht sein, dass man die Frau im Blutrausch mit einem Messer erstochen hat?«, hakte er noch einmal nach.

»Nein, das kann ich definitiv ausschließen. Sie wurde erwürgt. Die Schnitte hat man ihr post mortem zugefügt, vermutlich mit einem schmalen Messer, aber das kann ich nach der Obduktion noch genauer bestimmen«, antwortete die Gerichtsmedizinerin geduldig.

»Sie war bereits tot, als man auf sie eingestochen hat«, sagte Reinert nachdenklich zu sich selbst.

»So ist es«, erwiderte die Ärztin trotzdem und der Hauptkommissar begann in dem akkurat sitzenden

Sakko zu schwitzen, während sich die Krawatte um seinen Hals plötzlich wie ein zugezogener Strick anfühlte.

* * *

Reinert hatte von Oberkommissarin Wald eine kleine Einführung erhalten, außerdem waren ihm noch weitere Kollegen vorgestellt worden. Höflich lächelnd hatte er sie begrüßt, wohl wissend, dass die guten Wünsche nicht von allen ehrlich gemeint waren. Aber daran konnte man nichts ändern. Wer mit Menschen zu tun hatte, wusste, dass Egoismus über der Nächstenliebe stand, ein Gedanke, der ihn zu seinem Fall zurückführte.

Die Gerichtsmedizinerin hatte den Autopsiebericht persönlich vorbeigebracht. Keine verwertbare DNA, keine Hinweise auf sexuelle Handlungen, keine ungewöhnlichen Spuren am Körper der Toten außer Erde und Staub vom Fundort.

»Er muss sie gewaschen haben«, hatte die Ärztin erklärt. »Es gab Seifenrückstände an der Haut und ein paar Fasern von einer Wolldecke, womöglich war sie darin eingewickelt, das Labor macht noch ein paar Tests.«

Bemüht, souverän zu wirken, hatte Reinert dem Team seine Anweisungen gegeben: Fingerabdrücke der Toten mit den Datenbanken der Behörden abgleichen, Befragungen in den landwirtschaftlichen Betrieben nahe dem Tatort durchführen und Kontakt mit der Vermisstenstelle aufnehmen.

»Das wird den alten Rudolf Hauns freuen«, hatte einer der jüngeren Kommissare gefeixt, dann aber sofort geschwiegen, als ihm Reinert einen mahnenden Blick zugeworfen hatte.

Direkt im Anschluss war er zum Kommissariatsleiter zitiert worden – ein müde wirkender Mittfünfziger, der die Angewohnheit hatte, sich nach jedem dritten Satz mit der Hand über die feuchte Glatze zu fahren. Reinert hatte ihm daher zum Abschied nur ungern die verschwitzte Hand geschüttelt.

Jetzt atmete er durch, öffnete auf seinem Bildschirm die Tatortfotos und betrachtete erneut die Leiche der bislang noch unbekannten Toten. Sybille Wald schlich in Richtung seines Schreibtisches und er wünschte sich, sie würde unter einem Vorwand nach Hause gehen. Aber den Gefallen tat sie ihm nicht. Stattdessen stellte sie sich hinter ihn und starrte ebenfalls auf den Rechner. Er hasste es, den Atem anderer Leute im Nacken zu spüren. »Was gibt es?«, sagte er deshalb ungeduldig.

Die Oberkommissarin störte sich nicht an seinem Ton, zumindest tat sie so, als hätte sie nichts bemerkt, stattdessen antwortete sie: »Ersticken und erstechen, das ist unlogisch.«

»Hm«, brummte Reinert, der sich fragte, warum man ihm ausgerechnet Sybille Wald zugeteilt hatte. Es war nicht so, dass er die Kollegin nicht mochte, aber sie war einfach so anders als alle Frauen, die er bisher getroffen hatte, und das verunsicherte ihn.

»Ich meine«, sprach sie weiter, »er erwürgt sie, wählt eine saubere, unblutige Methode, zückt dann aber das Messer und sticht auf sie ein, nur um hinterher alle

Spuren zu beseitigen. Kann es nicht sein, dass dieser Mord für uns aussieht wie Chaos, aber in Wirklichkeit ein Plan dahintersteckt?«

Reinert musste zugeben, dass er die gleichen Gedanken hatte und er mit Oberkommissarin Wald vielleicht doch genau die richtige Beamtin an seiner Seite hatte.

* * *

Oberkommissar Rudolf Hauns klappte den abgenutzten Aktenordner auf. Die Fotografien der Frauen lagen ganz oben – die Gesichter ähnelten sich, als wären Schwestern abgelichtet worden, aber das traf nicht zu. Genau genommen hatten sie sich nicht einmal gekannt, zumindest ergaben das seine Recherchen und er hatte gründlich gearbeitet. Er zog eines der Bilder aus der Mappe. Es handelte sich um Claudia Wegener, verschwunden vor knapp vierzehn Jahren, gerade als er in die Vermisstenstelle versetzt worden war.

Dass dieses Jobangebot damals ein Akt der Barmherzigkeit gewesen war, blieb ihm bis heute bewusst.

Claudia lächelte ihm von der Vergrößerung entgegen. Er wusste noch genau, wie die Eltern vor ihm gesessen hatten. Der Vater bleich und still, ein Schatten seiner selbst, die Mutter weinend, vor Angst unfähig, auch nur eine Minute zu schweigen. Das Gespräch hatte ihn betroffen gemacht, ihn an den eigenen Schmerz erinnert, und der Wunsch, den beiden zu helfen, hatte ihm schließlich die Kraft gegeben durchzuhalten. Hauns machte seither tapfer weiter, kam Tag für Tag an seinen

Arbeitsplatz, erledigte gewissenhaft seinen Job und warf stets einen Blick in die alte Mappe.

Seine Gedanken kehrten zu Claudia zurück. Er glaubte, sie direkt vor sich zu sehen. Sie hatte eine rote Regenjacke getragen, eine, die man zu einem kleinen Ball zusammenrollen konnte. Das Gewitter war an jenem Tag so stark gewesen, dass sie im Bushäuschen Schutz suchen musste. Eine Passantin mit Einkaufstaschen hatte sich wegen der auffälligen Jacke an die junge Frau erinnert. Die Zeugin fuhr allerdings mit einer anderen Linie weiter und war damit die Letzte, die Claudia vor ihrem Verschwinden noch gesehen hatte. Damals hatten nicht mehr als fünf Minuten zwischen der Abfahrt des einen und der Ankunft des anderen Busses gelegen, aber die hatten gereicht. Die siebzehnjährige Claudia blieb seit jenem regnerischen Tag im September 2006 verschwunden.

Oberkommissar Hauns ging damals von einem Verbrechen aus und an seiner Meinung hatte sich bislang nichts geändert.

Auch nicht, als herauskam, dass es Streit in der Familie gegeben hatte. Claudia war den Eltern entglitten, hatte anscheinend den falschen Freund gefunden, und so hielt sich bei seinen Kollegen hartnäckig die Vermutung, dass sie aufgrund der häuslichen Situation freiwillig verschwunden wäre.

Claudias Eltern lebten seither mit einer quälenden Ungewissheit. Vermutlich hoffte die Mutter bei jedem Klingeln, die Tochter könne doch noch nach Hause zurückkehren. Die Mutter war es auch gewesen, die vehement bestritten hatte, dass Claudia eine Ausreißerin wäre. Er glaubte ihr bis heute, denn das Mädchen hatte alles zurückgelassen, selbst das angesparte Bargeld in ihrer Nachttischschublade. Nach ihr waren weitere junge Frauen spurlos verschwunden, weshalb Oberkommissar Rudolf Hauns täglich in den Ordner blickte, immer mit der Hoffnung, darin doch noch einen Hinweis zu finden.

* * *

Claudia Wegener, erstes Opfer, verschwunden im September 2006

Die Siebzehnjährige gab das Schreien und Rufen auf. Sie hatte Schritte gehört, eine Stimme, und geglaubt, da draußen wäre ihre Rettung. Aber mittlerweile war ihr klar, dass sie nicht auf Mitgefühl hoffen konnte. Was auch immer hinter der Tür ihres Gefängnisses lauerte, es war grausam, entschlossen, ihr wehzutun, und vermutlich niemals gewillt, sie gehen zu lassen.

Claudia schluchzte, sie hatte keine Ahnung, wo sie sich befand. Das Zimmer verfügte nicht einmal über ein Fenster. War es Tag oder Nacht? Die Uhr mit den Leuchtziffern hatte man ihr abgenommen, genauso wie ihre Lieblingshalskette, ein Geschenk der Großmutter. Die Tür war fest verschlossen. Die junge Frau hatte mit den Fäusten dagegen gehämmert, bis ihre Haut aufgeplatzt war. Licht spendete die verbogene Campinglaterne, die wie eine Kerze im Nebel nur ihre unmittelbare Umgebung erhellen konnte. Claudia hatte sie bereits viele Male durch den kleinen rechteckigen Raum getragen und die kalten Steinwände damit abgesucht in der Hoffnung, eine Fluchtmöglichkeit zu entdecken. Aber mehr als ein altes Bettgestell mit fleckiger Matratze und einen Eimer, in dem sie ihre Notdurft verrichten konnte, gab es nicht. Noch versagte sie es sich, auf die Toilette zu gehen, denn was, wenn man sie heimlich beobachtete?

Warum hatte sie sich nur so dumm verhalten? Tränen liefen ihr über die Wangen. Sie war kein Kind mehr, schoss es ihr durch den Kopf. Wie oft hatte sie diesen Satz die letzten Monate wiederholt? Zu Hause hatte es nur noch Streit gegeben, der Grund dafür war Frank, Claudias Freund, gewesen.

»Wir wollen dich doch nur beschützen«, hatte die Mutter gesagt.

Claudia hielt dagegen: »Ihr wollt mich nicht beschützen, sondern kontrollieren!«

Der Vater wurde laut, sprach von seinen Regeln, ihrer Minderjährigkeit und Verboten, woraufhin sie wutentbrannt aus der Wohnung stürmte. Sie wollte sich mit Frank treffen, aber dann kam der blöde Bus nicht.

Warum hatte es auch wie aus Eimern schütten müssen? Der Wagen hatte angehalten und sie war froh über die Mitfahrgelegenheit gewesen.

Erneut schluchzte Claudia, die mittlerweile auf ihrer kargen Bettstatt saß. Die Matratze war unbequem und roch muffig.

Zu einem Fremden wäre sie nicht ins Auto gestiegen, aber die Person hinter dem Steuer war nicht fremd, zumindest war man sich schon begegnet, grüßte sich. Alles war sehr schnell gegangen, der Wagen hatte unterwegs gestoppt und dann? Claudias Erinnerungsvermögen ließ sie im Stich. Einzig der Schmerz, den der Schlag auf den Kopf verursacht hatte, war ihr im Gedächtnis geblieben. Sie betete dafür, dass ihre Begleitung hatte fliehen können und Hilfe bereits unterwegs war. Die Möglichkeit, den Angriff als Einzige überlebt zu haben, wollte sie vorerst nicht in Betracht ziehen, es hätte ihr die Hoffnung auf Rettung genommen.

Ein Knarren drang an ihr Ohr und ließ sie zusammenfahren. Die Tür ging auf und eine Gestalt betrat den Raum, sie hatte eine Taschenlampe bei sich, mit der sie Claudia nun blendete.

»Wo ist …?«, begann sie zu sprechen, aber man schnitt ihr das Wort ab.

»Du willst wissen, was mit deinem privaten Fahrdienst passiert ist?« Es folgte ein raues Lachen. »Tot«, bekam sie knapp zur Antwort.

Ihr erstickter Schrei wurde ignoriert, stattdessen hörte sie ihr Gegenüber sagen: »Du hattest genug Zeit, dir den Raum einzuprägen. Versuche, den Eimer zu treffen, wenn du ihn benutzt, ich werde nämlich nicht für dich sauber machen.« Daraufhin griff die Gestalt nach der Campinglaterne und nahm sie mit.

»Bitte lassen Sie mir das Licht«, rief Claudia entsetzt und sprang auf. Ihre Angst, in diesem Loch in völliger Dunkelheit zu sitzen, war so groß, dass sie einen Angriff wagte.

Noch bevor die Person, die sie hier festhielt, den Raum verlassen konnte, war Claudia bei ihr. Sie wusste nicht, was sie erwartet hatte, aber als sie jetzt in das Gesicht blickte, das im schwachen Lichtschein nur schwer zu erkennen war, da stockte ihr der Atem und für eine Sekunde war sie wie gelähmt. Dann jedoch streckte sie die Arme aus und stieß zu, so als würde sie ein Hindernis aus dem Weg boxen. Tatsächlich gelang es ihr, durch die Tür zu schlüpfen. Hinter sich hörte sie einen Fluch, die Taschenlampe war zerbrochen. Schnell blickte sie sich nach links und rechts um und registrierte düsteres Mauerwerk; ihre Hände streiften unebenen Putz. Alte Glühbirnen, die in nackten Fassungen hingen, spendeten kaum Licht, aber es reichte, um einen Fluchtversuch zu wagen. Claudia wollte losrennen, doch man riss sie grob zurück. Eine fremde Hand verfing sich in ihren Haaren, eine andere verdrehte ihr schmerzhaft den Arm.

»Du denkst, du kannst mir einfach so entkommen?«, hörte sie eine schneidende Stimme hinter sich. Im nächsten Augenblick schmetterte man sie brutal zu Boden. Wieder griffen Hände nach ihr und schleiften sie wie einen Sack über den Steinboden, direkt in die dunkle Kammer. Die Tür flog hinter Claudia zu.

»Dir werde ich noch Manieren beibringen«, brüllte es nun durch die Tür. »Finde dich besser damit ab, hier zu sterben.«

* * *

2020, Dienstgebäude der Kriminalpolizei Stuttgart

Hauptkommissar Marco Reinert lagen mittlerweile weitere Berichte von Gerichtsmedizin und Kriminaltechnik vor.

»Der hat wirklich sauber gearbeitet«, sagte Oberkommissarin Wald, die er gebeten hatte, ihm gegenüber Platz zu nehmen. »Leider haben die Kollegen nichts Interessantes mehr herausgefunden, auch nicht über die Wollfasern.«

»Ja«, stimmte ihr Reinert zu, »aber wenn sie schon seit zwei Tagen tot ist, dann muss er sie irgendwo aufbewahrt haben. Das ist ein wichtiger Punkt.«

»Wieso? Weil wir ihn überführen können, wenn wir das Versteck finden, immer davon ausgehend, er hat es nicht gereinigt?«

Reinert nickte zustimmend. »Zum einen deshalb, zumal ich darauf vertraue, dass die Kriminaltechnik trotz Reinigung etwas finden würde. Aber ich denke, wir erhalten durch diese zwei Tage eventuell einen wichtigen Hinweis.«

Sybille sah ihn aufmerksam an.

»Wir können uns zwar sein Vorgehen noch nicht erklären, aber das Fehlen von Spuren und das Verstecken der Leiche deuten darauf hin, dass er genau wusste, was er tat. Wie Sie gesagt haben, für uns Chaos, für ihn planvolles Töten.«

»Sie tippen auf einen intelligenten Psychopathen«, warf die Oberkommissarin schnell ein und dachte, kaum dass sie das ausgesprochen hatte, sie höre sich an wie ein Krimifan, der etwas nachplapperte, was er einmal im Fernsehen aufgeschnappt hatte.

Auch Reinert schien diesen Vergleich anzustellen, denn für eine Sekunde verzogen sich seine Mundwinkel zu einem Grinsen. Er unterließ es jedoch, einen spitzfindigen Kommentar abzugeben, sondern stimmte ihr erneut zu. »Vermutlich ist er das, aber ich könnte mir auch vorstellen, dass jemand, der so überlegt vorgeht, das vielleicht nicht das erste Mal getan hat.«

»Also kein Anfänger«, entgegnete sie und vermied bewusst das Wort Serienmörder.

»Ich befürchte es. Allerdings gibt es in den Datenbanken keinen Hinweis auf ähnliche Morde«, sagte Reinert und seufzte. »Wieso dauert es so lange, die Identität der Frau herauszufinden? Irgendwer muss sie doch mittlerweile vermissen.«

»Bisher ist keine Meldung eingegangen«, erklärte Sybille entschuldigend. »Ihre Fingerabdrücke sind nicht im System und da sie nackt war ...«

Es klopfte an der Bürotür und einer der jungen Kommissare trat ein. »Hauns will Sie sprechen«, sagte er, als wüsste Reinert damit alles.

Dem Hauptkommissar ging die flapsige, fast schon respektlose Art des Kollegen auf die Nerven, deshalb erwiderte er schärfer, als es vielleicht notwendig gewesen wäre: »Wer ist Hauns und worum geht es überhaupt? Und nur für die Zukunft: Wenn Sie an eine geschlossene Tür klopfen, dann warten Sie zumindest, bis man Sie mit einem *Herein* auffordert einzutreten.«

Der Mann im Türrahmen lief rot an. Es war offensichtlich, dass ihn der Rüffel ärgerte. Entsprechend patzig antwortete er daher auch: »Hauptkommissar Hauns möchte Sie wegen des Leichenfunds von heute Morgen sprechen, er sitzt im Gang.« Damit schloss sich die Tür hinter dem Beamten, und Oberkommissarin Wald bemühte sich um einen neutralen Gesichtsausdruck.

Noch wusste sie nicht, ob sie Reinert für einen Pedanten oder einfach nur für gut erzogen halten sollte.

»Und wer ist dieser Hauns?«, wandte sich der Hauptkommissar jetzt ungeduldig an seine Kollegin.

Sie überlegte und suchte nach einer passenden Formulierung. Da sie noch eine Weile mit Reinert zusammenarbeiten musste, würde sie es sich nicht mit ihm verderben, indem sie dem Mann Informationen vorenthielt.

»Nun ja, ich war eine Weile nicht da, aber soweit ich mich erinnere, arbeitet er in der Vermisstenstelle und ...« Sie zögerte. »... er ist etwas schwierig.«

»Geht das auch noch präziser?«, hakte Reinert gereizt nach.

»Also gut, wenn Sie es genau wissen wollen, dann halten ihn die meisten Kollegen für einen Spinner, einen Besessenen.«

»Besessen von was?«, wollte Reinert wissen.

»Von seinem Job, seiner unermüdlichen Suche nach verschwundenen Personen«, erwiderte Sybille schulterzuckend. »Er taucht immer hier auf, wenn eine Frauenleiche gefunden wird, die mit seinen alten Vermisstenfällen zu tun haben könnte.«

»Und warum ist das so absurd?«, bohrte Reinert weiter.

»Weil es bei keinem seiner angeblichen Opfer Hinweise auf ein Verbrechen gab und man sie als Ausreißerinnen eingestuft hat.«

»Ist denn eine dieser Ausreißerinnen je wiederaufgetaucht?«, fragte ihr Vorgesetzter ruhig.

Sybille überlegte. »Nein, das nicht, aber auch das ist

nicht ungewöhnlich. Junge Mädchen stürzen ab, geraten ins Milieu und gehen darin unter.«

Ein undefinierbares Brummen entschlüpfte den Lippen des Hauptkommissars. Hetzte man ihm diesen Rudolf Hauns auf den Hals, um ihm das Leben schwer zu machen? Die Aussicht, auf diesen Mann zu treffen, gefiel Reinert nicht. Er hielt sich für gewöhnlich fern von Menschen, die mit ihrem Job verheiratet waren. Sofort spürte er die alte Verbitterung aufsteigen.

Die Entscheidung wurde ihm jedoch abgenommen, denn in diesem Moment klopfte es wieder an der Tür und sofort darauf wurde diese geöffnet.

KAPITEL ZWEI

Es gab viele Möglichkeiten, eine Leiche zu beseitigen, die Frage, die sich dabei stellte, war jedoch, wie endgültig dieses Verschwinden sein sollte.

Viele Frauen waren mittlerweile durch seine Hand gestorben, die letzte hatte man heute Morgen gefunden. Es war ein eigenartiges Gefühl, dass die ganze Welt nun wusste, dass es ihn gab. Eine weitere Erkenntnis ergriff von ihm Besitz. Nach dem Töten andere daran teilhaben zu lassen, machte den Akt selbst um einiges aufregender. Er hatte sich der Öffentlichkeit und damit auch der Polizei gezeigt, das war etwas Neues.

Nachdem die Leiche nun entsorgt war, begutachtete er die kleine Zelle, die ihm als Gefängnis für seine Opfer diente. Jetzt, da sie leer stand, spürte er kein Prickeln beim Öffnen der schweren Tür. Das Verlies verlor seine Wirkung, hätte auch einfach ein Abstellraum sein können.

Wie eine erfahrene Hausfrau streifte er sich gelbe Gummihandschuhe über und begann das Laken und die Kleidung seines letzten Opfers in einen Müllsack zu stopfen. Außerdem trug er den Fäkalieneimer nach draußen.

Zuletzt nahm er die Zeichnung von der Wand. Es war nicht einfach gewesen, sie auf den Körper der Toten zu übertragen. Seine Quellen waren ungenau und er hatte sich überlegt, wo denn nun oben und unten sei. Vielleicht wäre es besser gewesen, nicht so viele neue Wege auf einmal zu gehen, aber ihm war es ein Bedürfnis gewesen, eine Widmung zu hinterlassen.

Wieder holte ihn eine Erinnerung an die Kindheit ein. Er, der kleine Junge im Bett, voller Angst, dass das Monster ihn berühren und verschlingen würde. Aber dann war er älter geworden und hatte die Wahrheit erfahren. Doch dadurch hatte sich nichts geändert. Obwohl ...

Automatisch dachte er an Claudia Wegener. Die Erste, die in dieser Zelle gesessen hatte. Anfangs hatte sie um Hilfe geschrien, nach einem Fluchtweg gesucht, sogar die körperliche Auseinandersetzung nicht gescheut, aber so waren sie am ersten Tag immer. Voller Hoffnung, voller Kampfgeist, dann kamen die Verzweiflung und die Angst, das Betteln und Flehen. Das gehörte dazu, eine unerlässliche Vorbereitung wie das rechtzeitige Öffnen einer guten Rotweinflasche. Erst wenn die Frauen um ihr Leben fürchteten, konnte er es ihnen nehmen, denn erst dann hatte es einen Wert und er machte ihnen das Geschenk, diesen Wert zu erkennen.

Dennoch unterschied sich Claudia von den anderen. Sie war etwas Besonderes, etwas Einzigartiges, und ihr Sterben genoss er bis zum heutigen Tage.

* * *

Dienstgebäude der Kriminalpolizei Stuttgart

Hauptkommissar Reinert hätte nicht sagen können, wen er erwartet hatte, aber der Mann, der nun das Zimmer betrat und sich als Oberkommissar Rudolf Hauns vorstellte, wirkte eher wie ein Obdachloser als wie ein Polizist. Hauns war groß und breit, glich einem alternden Gewichtheber und schwitzte auch so, als hätte er gerade jede Menge Kilo gestemmt. Sein Haar war ungepflegt nach hinten gegelt, zumindest hoffte Reinert, dass die glänzende Schicht, die die langen grauen Zotteln zusammenhielt, ein Friseurprodukt und kein Erzeugnis der menschlichen Talgdrüsen war.

Hauns trug zwar einen Anzug, aber der Schnitt war seit Jahren nicht mehr modern. Die Krawatte lag schief um seinen stoppeligen Hals und die graugelbe Gesichtshaut zeichnete den Neunundfünfzigjährigen als Kettenraucher.

»Ihr Kommissar sagte mir, ich solle einfach eintreten«, fügte er jetzt erklärend an und Reinert hatte gute Lust, den entsprechenden Kollegen für diese Aussage zu rügen, schluckte seinen Ärger jedoch herunter, stand auf und streckte dem anderen die Hand entgegen.

Hauns ergriff sie zögernd, schien der Geste nicht zu trauen.

»Man sagte mir, einige Ihrer alten Fälle könnten für mich interessant sein.«

»Ja«, schnaufte Reinerts Gegenüber, »ich habe mir erlaubt, eine Mappe zusammenzustellen. Sie werden sehen, dass diese Frauen alle dem gleichen Profil entsprechen. Zwischen sechzehn und zwanzig Jahre, lange, dunkle Haare, hübsch …«

»Ich werde mir die Unterlagen ansehen«, unterbrach ihn der Hauptkommissar, »wenn ich Fragen habe, dann melde ich mich.«

»Verstehe«, antwortete Hauns aufsässig. »Ihre Zeit ist zu kostbar, um mit mir zu sprechen.«

Oberkommissarin Wald, die ebenfalls anwesend war, biss sich auf die Lippen. Sie hätte ihrem neuen Vorgesetzten vielleicht noch sagen sollen, dass Hauns ein sehr empfindlicher Typ war, aber daran hatte sie nicht gedacht.

»Meine Zeit ist tatsächlich kostbar«, reagierte Reinert ungerührt, verspürte dann aber ein schlechtes Gewissen. Es gab keinen Grund, den anderen so abzufertigen. Um das Gesicht zu wahren, fuhr er dennoch gereizt fort: »Wir haben eine nicht identifizierte Frauenleiche, die übel zugerichtet wurde, und ich soll herausfinden, wer das war.« Dann sah er demonstrativ auf die Uhr, sagte jedoch in höflicherem Tonfall: »Aber vielleicht können Sie mir eine kurze Zusammenfassung geben, die Unterlagen sehe ich später durch.«

Oberkommissar Hauns, damit einverstanden, ließ sich ohne Aufforderung auf einen der Stühle fallen und ächzte dabei wie ein alter Dielenboden.

Es folgte ein kurzes Begrüßungsnicken in Sybilles Richtung, bevor er zu sprechen begann: »In den letzten vierzehn Jahren verschwanden neun Frauen, von denen ich glaube, dass sie ein und demselben Mörder zum Opfer gefallen sind. Alle der gleiche Typ. Womöglich gibt es sogar noch mehr. Ich schätze, dass er ein Mal pro Jahr zuschlägt. Immer die gleiche Vorgehensweise. Er lauert den Mädchen auf, niemand sieht und hört etwas und sie verschwinden.« Hauns schwieg.

»Und Sie gehen davon aus, dass diese neun Frauen ermordet wurden?«, fasste sein Gegenüber irritiert nach.

»Ja«, antwortete Hauns knapp.

»Obwohl nie eine Leiche aufgetaucht ist?«

Wieder das überzeugte »Ja!«.

»Obwohl alle anderen die Frauen für Ausreißer halten?«

Auch dieses Mal stimmte Hauns, ohne zu zögern, zu.

Reinert lehnte sich seufzend zurück.

»Hören Sie«, erklärte Hauns nun eindringlich. »Das waren keine Ausreißerinnen. Ich habe mich intensiv mit den Fällen befasst. Das waren junge Frauen, Mädchen, die wären nicht einfach abgehauen.«

Reinert ignorierte seine Worte und öffnete nun doch die Mappe, die ihm sein Gesprächspartner mitgebracht hatte.

Er überflog die ersten Seiten.

»Hier steht, dass Claudia Wegener Streit mit den Eltern hatte.« Hauns wollte etwas einwerfen, aber Reinert hob gebieterisch die Hand. »Diese Frau, Marlene Weiß, verschwunden 2008, war ein Jahr zuvor beim Ladendiebstahl erwischt worden, zwei Monate später mit Marihuana in den Taschen.«

»Ausrutscher, falsche Freunde«, hielt Hauns dagegen.

»Thekla Kunz, verschwand mit neunzehn Jahren. Freunde sagen aus, dass die Mutter ihr keine Freiheiten ließ, sie regelrecht gegängelt hat.« Er überflog die anderen Protokolle und klappte die Mappe zu. »Das hört sich für mich durchaus nach Ausreißern an.«

Rudolf Hauns' Gesichtsausdruck sprach Bände. Vermutlich hätte er gerne etwas Unfreundliches erwidert, riss sich aber zusammen und sagte schließlich eindringlich: »Ich mache diesen Job schon sehr lange. Ich weiß einfach, dass diese Frauen nicht ausgerissen sind. Schön«, fuhr er mit einer ausladenden Handbewegung fort, bei der Sybille Wald befürchtete, der Kollege würde das Gleichgewicht verlieren und samt Stuhl zur Seite kippen. »Es gab Streit, die ein oder andere mag in der Vergangenheit kein Engel gewesen sein und die Tochter-Mutter-Beziehung hatte nicht nur Höhen, sondern auch Tiefen. Aber das ist nur das, was in den Akten steht.«

Reinert war versucht, das Gespräch an dieser Stelle abzubrechen, aber da gab es die Erinnerung an einen anderen Mann. Einen, der wie Hauns nur seinen Job machen wollte, voller Hingabe und Loyalität, und dem das Leben übel mitgespielt hatte.

Also sagte er nur: »Fahren Sie fort.«

»Ich war bei den Familien zu Hause, habe die Zimmer der Mädchen gesehen, sie durchsucht. Sie alle hatten ein Heim, eines, das sie niemals auf diese Weise verlassen hätten.« Er sah Reinerts Zweifel und beeilte sich zu sagen: »Zum Beispiel Claudia Wegener. Ja, es gab diesen Streit, aber nichtsdestotrotz hatte Claudia für ihre Mutter bereits ein Geburtstagsgeschenk gekauft. Es lag verpackt im Schrank. Es gab sogar eine Karte, auf der ›Mama, ich liebe dich‹ stand. Hört sich das nach einem Kind an, das sein Elternhaus verlassen will? Oder nehmen Sie Marlene Weiß, die hatte ihr Leben längst wieder im Griff. Thekla Kunz hatte sich mit ihrer Mutter geeinigt, in einem halben Jahr auszuziehen. Ähnliche Geschichten gibt es über alle diese vermissten Frauen.« Er atmete schwer, sog die Luft keuchend ein und seine Gesichtsfarbe wechselte vom ungesunden Grau zu einem noch ungesünderen Rot. »Die, die ausreißen, sind ganz anders gestrickt. Ich hatte viele solcher Fälle, die meisten haben wir schnell gefunden, ein großer Teil kam irgendwann freiwillig zurück oder wurde wegen Delikten von den Kollegen aufgegriffen.« Er deutete mit einem überraschend schmalen Zeigefinger auf die Mappe. »Diesen Frauen ist etwas zugestoßen.«

Reinert lehnte sich zurück. »Warum denken Sie, dass ausgerechnet mein Mordfall und Ihre Vermissten zusammenhängen?«

»Ihre Tote passt ins Opferprofil.«

»Aber nicht zu der Vorgehensweise Ihres möglichen Täters«, konterte Reinert. »Die Leiche wurde nicht versteckt.«

»Es ist nicht ungewöhnlich, dass sich Serienmörder mit der Zeit entwickeln, mutiger werden und die Aufmerksamkeit suchen. Davon abgesehen, wirkt der, den Sie suchen, nicht wie ein Ersttäter, da werden Sie mir wohl zustimmen.«

»Sie kennen die Akte?«

»Ich muss am Ball bleiben. Sonst wird diesen Frauen nie Gerechtigkeit widerfahren.«

»Womöglich haben Sie sich da verrannt«, warf Reinert behutsam ein, obwohl er zugeben musste, dass

Hauns' Argumente nicht ganz von der Hand zu weisen waren. Neun Frauen, die in regelmäßigen Abständen verschwunden waren, gleicher Typ, gleiches Alter. Und auch die Tatsache, dass keine je wiederaufgetaucht war, sprach für ein Verbrechen.

»Was ist mit dem Zeitpunkt?«, überging Hauns den Einwand. »Ihre Tote könnte sein jüngstes Opfer sein.«

»Ihnen ist schon klar, dass das alles sehr vage ist.«

»Ja, aber es gibt noch etwas, das für meine Theorie spricht«, hielt der Neunundfünfzigjährige dagegen.

»Und das wäre?«, fasste Reinert geduldig nach.

»Mein Instinkt«, entgegnete sein Kollege voller Überzeugung.

* * *

Der dreißigjährige Sven Ehbach parkte seinen SUV auf dem weitläufigen Parkplatz des Getränkehandels Öler. Er stieg aus und schnallte vorsichtig den Karton auf dem Beifahrersitz ab. Die sechs Flaschen edler Whisky, die er abzuliefern hatte, waren einige Hundert Euro wert. Er seufzte, gerne hätte er die Flaschen behalten, immerhin handelte es sich um wahre Schätze, aber Rechnungen mussten bezahlt werden und auch das schicke Auto, dachte er nebenbei, also hatte er keine Wahl.

Sein Vater war einer der Ersten gewesen, die am Fuße der Schwäbischen Alb begonnen hatten, Whisky zu brennen. Erst belächelt, dann neugierig beobachtet und schließlich erfolgreich im Geschäft stellte er sich im Nachhinein als echter Visionär heraus. Als Sven zehn Jahre alt war, wurde das Familienunternehmen komplett umgerüstet. Jetzt produzierten sie erstklassigen deutschen Whisky und verkauften den sogar nach Schottland. Außerdem gehörte noch ein Lokal in Stuttgart zu dem Betrieb, das bis letztes Jahr von seiner Schwester Anna geführt worden war. »Ehbachs Whisky-Ecke« galt als In-Treff für alle Altersgruppen, mit einer reichhaltigen Auswahl an selbst hergestellten Whisky-Sorten. Sein Gesichtsausdruck änderte sich, als er an Anna dachte. Ihr plötzlicher Tod hatte ihn aus der Bahn geworfen.

Einer von Ölers Getränkelastern bretterte in den Hof und riss Sven aus seinen trüben Grübeleien. Er schloss den Wagen ab, dessen Anschaffung Anna sicher für übertrieben gehalten hätte, und machte sich auf den Weg zu Ölers Büro.

Die Hintertür stand offen und Sven wollte schon eintreten, als er Stimmen hörte. Unverkennbar platzte er gerade mitten in einen Streit. Ölers tiefer Bass lieferte sich ein Wortgefecht mit einer schrillen Frauenstimme, vermutlich die Angetraute des Getränkehändlers.

»Sie hat ihr Handy vergessen, ohne das geht sie normalerweise nirgendwo hin.«

»Vielleicht hat sie sich selbst eine Auszeit verordnet, das wolltest du doch immer.«

»Wann ist sie gegangen?«, blieb sie jedoch hartnäckig.

Er seufzte. »Vor zwei Tagen, sie wollte zu einer Freundin mit Beziehungsproblemen.«

»Welche Freundin?«, fasste Manuela Öler sofort nach.

»Sie sagte keinen Namen und ich wollte nicht wie ein Kontrollfreak klingen. Sie ist schließlich bereits siebzehn.«

»Sie ist erst siebzehn«, schnauzte ihn Manuela an. »Wieso hast du mich nicht sofort informiert?«

»Weil es dafür keinen Grund gab«, blökte er zurück.

»Keinen Grund?« Ihre Stimme überschlug sich. »Patricia ist seit zwei Tagen verschwunden. Wir müssen die Polizei verständigen.«

»Und dann was?«, schnauzte Öler zurück. »Willst du unsere Tochter etwa bloßstellen? Sie würde es dir sicher übel nehmen.«

Sven hätte sich bemerkbar machen können, um den beiden die Peinlichkeit zu ersparen, belauscht zu werden, aber die Neugier war stärker.

Manuela Öler schluchzte laut. »Natürlich würde sie das, dafür hast du doch gesorgt. Du verwöhnst sie, seit wir bei dir eingezogen sind, und ich bin immer diejenige, die Grenzen setzen muss. Du fällst mir in den Rücken und machst mir mein Kind abspenstig.«

»Dein Kind? Oh ja, jetzt ist es dein Kind, aber wenn ich die Rechnungen für Privatschulen, Reitstunden, Ballett oder Führerschein bezahlen soll, dann ist es unsere Tochter.«

»Ich habe nie von dir verlangt, dass du Patricia finanzierst.«

»Nein, du hast ja vorgeschlagen, sie in einem Supermarkt Regale auffüllen zu lassen.«

»Was ihr nicht schaden würde, Arbeit hat noch niemand geschadet«, rief sie gereizt. »Was willst du ihr beibringen? Dass sie keine Verantwortung übernehmen muss?«

»Ich habe versprochen, für euch beide zu sorgen, und das tue ich auch.«

»Da gehört aber mehr dazu, als nur die EC-Karte zu zücken«, schrie ihn Manuela Öler an.

»Bisher hast du dich noch nie beklagt«, brüllte er zurück, woraufhin sie eine wüste Beschimpfung von sich gab und aus dem Büro stürmte, direkt in Svens Arme, der beinahe den Karton hätte fallen lassen. Sie schnaufte wütend und rannte an ihm vorbei.

Sven Ehbach wartete noch einen Moment, bevor er sich laut rufend in Richtung Büro aufmachte.

* * *

Etwa eine Stunde später

Dienstgebäude der Kriminalpolizei Stuttgart

Manuela Öler hatte sofort ein ungutes Gefühl gehabt, als sie am späten Vormittag von ihrer Pilates-Woche im Schwarzwald zurückgekehrt war. Patricia hatte momentan Ferien, also vermutete sie die Siebzehnjährige im Bett. Das Zimmer war jedoch leer, aber das Beunruhigendste war, dass das Smartphone der Tochter noch auf dem Nachttisch lag.

Manuela nahm das Telefon in die Hand. Unmengen von Nachrichten hatten sich dort angesammelt, auch ihre eigenen befanden sich darunter. Sie hatte versucht, Patricia zu erreichen, um Frieden zu schließen, aber das Mädchen konnte sehr stur sein. Vor ihrer Abreise hatten sie noch miteinander gestritten, seither herrschte Funkstille. Sie rief nach der jungen Frau, sah im Badezimmer nach und machte sich schließlich auf den Weg zum

Getränkemarkt, der nur wenige Schritte vom Wohnhaus entfernt lag. Sie fand ihren Mann Gregor Öler in seinem Büro. Als sie von ihm erfuhr, dass Patricia schon seit zwei Tagen verschwunden war, bekamen sie einen heftigen Streit.

Manuela war wütend davongestürmt und hatte dabei fast einen der Lieferanten umgerannt. Sofort hatte sie alle Freunde und Bekannten von Patricia durchtelefoniert, erfolglos. Ohne zu zögern, hatte sie daraufhin die Polizei verständigt. Jetzt saß sie auf dem Revier und zitterte am ganzen Körper. Hier stimmte etwas nicht. Gregor neben ihr versuchte, ihre Hand zu halten, aber sie entzog sich ihm.

Vergebens wartete Manuela darauf, dass einer der Beamten sie mit den Worten »Das klärt sich bestimmt bald auf« nach Hause schicken würde, aber das geschah nicht. Stattdessen hatte man sie mit übertriebener Freundlichkeit in einen Raum geführt, Kaffee angeboten und sie gebeten, auf den Hauptkommissar zu warten.

Als der den Raum betrat, schossen Manuela zwei Dinge durch den Kopf. Erstens, dass der Mann gut aussah, und zweitens, dass er schreckliche Nachrichten brachte.

Sie verlor die Beherrschung. »Nun sagen Sie doch endlich, was los ist. Was ist mit meinem Kind, was ist passiert?« Tränen, von Mascara schwarz gefärbt, liefen ihr über die Wangen.

Reinerts Blick wanderte zu Gregor Öler. Er hoffte, der würde Manuela beistehen, aber Öler hockte nur mit gesenktem Kopf auf dem Stuhl, wirkte wie unter Schock und schien nicht die Kraft zu haben, irgendetwas zu tun.

Der Hauptkommissar bat die Frau, sich zu setzen, aber Manuela ließ sich zu nichts bewegen. »Was ist hier los?«, schrie sie schrill.

Marco Reinert wusste, dass es an der Zeit war. Die Eltern hatten ein Foto ihrer Tochter dabeigehabt, es bestand kein Zweifel, dass die Tote in der Gerichtsmedizin Patricia Öler war. Das Muttermal am Hals und eine Narbe am Knie hatten zu einer eindeutigen Identifizierung geführt.

»Patricia ist tot, es tut mir sehr leid«, sagte der Hauptkommissar daher mit rauer Stimme und musste plötzlich selbst mit den Tränen kämpfen, als die Mutter in seinen Armen zusammenbrach.

* * *

Als Sven an diesem Nachmittag auf den ehemaligen Bauernhof fuhr, der heute als Whisky-Brennerei diente, hörte er gerade im Radio die Nachricht von einem Leichenfund am Morgen. Es handele sich bei der Toten um Patricia Öler und die Polizei bitte um sachdienliche Hinweise.

Er saß noch im Auto, den Motor bereits abgeschaltet und der Stimme der Sprecherin lauschend, als ihn ein Schlag gegen das Seitenfenster zusammenfahren ließ.

»Die brauchen noch 'ne Kiste von der Sonderedition«, rief ihm der Mann durch die Scheibe zu. »Musst gleich nochmals los.«

Sven stieg genervt aus. »Wer braucht noch eine Kiste und welche Flaschengröße?«

Er sah zu seinem Onkel, der bereits im Begriff war, wieder in die Lagerräume zu verschwinden. Der hob und senkte die Schultern, was aufgrund seiner krummen Körperhaltung mehr wie ein verkrampftes Zucken wirkte.

»Onkel Franz«, rief Sven noch einmal. »Wer?«

»Ich habe es gemacht, wie du wolltest. Die haben angerufen und ich habe alles aufgeschrieben.« Er wedelte mit einem Papier. »Mehr steht da nicht.«

»Kein Name?«

Onkel Franz schüttelte den Kopf und ging hinein.

Sven konnte es drehen und wenden, wie er wollte, er brauchte jemanden, der Anna ersetzte. Sie hatte die Telefonate angenommen, war mit ihrem Handy sozusagen das mobile Büro der Firma gewesen und dazu ein Organisationstalent. Onkel Franz gehörte vermutlich zu den besten Mälzern der Welt und wusste fast alles über die Whisky-Produktion, aber ansonsten konnte man ihn nicht auf die Menschheit loslassen. *Ungehobelt* würde sein Wesen noch freundlich umschreiben. Er war nicht wirklich Svens Onkel, lebte aber schon seit dreiunddreißig Jahren auf dem Hof und gehörte somit zur Familie. Heute war der Mann an die siebzig, lehnte es aber ab, in den Ruhestand zu gehen.

Sven folgte ihm in die Lagerräume und sog den typischen Geruch der kleinen Holzfässer ein.

»Alles in Ordnung?«, suchte er das Gespräch mit dem Alten.

»Die Polizei war wegen der Toten hier, haben herumgeschnüffelt«, knurrte Onkel Franz. »Wollten den Chef sprechen«, fuhr er fort, »das wärst ja jetzt du.«

Während Sven sich eine Probe aus einem kleinen Fass in der Ecke zog, die bräunliche Flüssigkeit in ein Glas träufelte und daran roch, sagte er: »Mir wäre es lieber, das wäre nicht so.«

»Unsinn«, herrschte ihn der Alte an. »Hätte etwa auf Dauer ein Weib den Laden führen sollen?«

»Anna war eine gute Geschäftsfrau.«

Das Geräusch, das Onkel Franz mit den Lippen machte, klang wie eine laute Blähung und drückte aus, was er von Anna gehalten hatte. Trotzdem fügte er noch an: »Sie war ein unberechenbares Frauenzimmer, glaubte, schlauer zu sein als alle anderen, und hat dafür die Quittung bekommen.«

»Onkel Franz, was redest du denn da?«, begehrte Sven auf, der das Gefühl hatte, er müsste die Tote in Schutz nehmen. »Anna war schlau, sie hat die Firma zusammengehalten.«

»Sie hat Papier gelocht und abgeheftet«, gab der alte Mann trotzig zurück.

»Na, ein bisschen mehr war es dann schon und um das Lokal in der Stadt hat sie sich auch gekümmert«, widersprach Sven in gutmütigem Tonfall, schließlich lohnte es nicht, mit Franz deshalb zu streiten.

»Sie saß die meiste Zeit in ihrem Sessel, hat telefoniert und die Angestellten schikaniert«, giftete der. »Deine Schwester war kein netter Mensch und das weißt du auch. Sie hat sich mit allen angelegt. Die Strafe folgt auf dem Fuß.«

Sven wollte etwas erwidern, aber die Klingel draußen über dem Verkaufsraum unterbrach die Männer.

»Kundschaft«, sagte Sven und war froh, das Gespräch damit beenden zu können. Ein Plausch über die hauseigenen Whisky-Sorten wäre jedenfalls angenehmer, als weiter Onkel Franz' ausgeprägter Paranoia gegenüber dem weiblichen Geschlecht zu lauschen.

* * *

Claudia Wegener, erstes Opfer, verschwunden im September 2006

Claudia wusste, dass sie noch nicht länger als ein paar Stunden hier sein konnte. Bisher hatte sie nämlich immer noch nicht den Eimer benutzt, obwohl ihre Blase bereits schmerzhaft drückte. Die Tür ging ganz unvermittelt auf, und die Gestalt im Türrahmen schien mehr hineinzustürzen, als zu gehen. Claudia sprang auf, ging sofort von der Annahme aus, die Polizei würde den kleinen Raum stürmen, aber da irrte sich die Siebzehnjährige. Nicht die Polizei, sondern ihr Peiniger kam jetzt mit großen Schritten auf sie zu.

»Leg dich aufs Bett«, befahl er ihr und sie gehorchte.

Es geschah ganz automatisch, hoffte sie doch, dass ihr die Gefügigkeit Schmerzen ersparen würde.

»Jetzt zieh die Jeans aus!«, rief er ihr ungeduldig zu und Claudia schluchzte. »Auch die Unterhose«, sagte er herzlos.

Sie konnte ihn nicht sehen, erinnerte sich aber mit Schrecken an das entstellt wirkende Gesicht, in das sie bei ihrem Fluchtversuch geblickt hatte. Wieder blendete sie das Licht der Taschenlampe, die er bei sich führte. Er kam schnell näher und warf sich auf sie. Ihr schlanker Körper war nicht in der Lage, sich gegen den Angreifer zu wehren. Grob drückte er eine ihrer Brüste und begann dann, sich auf ihr zu reiben. Sie spürte voller Abscheu sein steifes Glied durch den Stoff seiner Hose und hörte ein geiles Stöhnen direkt an ihrem Ohr. Plötzlich berührte er mit einer Hand ihre Schenkel und drückte sie auseinander. Claudia schrie auf und in diesem Augenblick entleerte sich ihre Blase. Ein Weinkrampf schüttelte die junge Frau und ihr Flehen, sie doch gehen zu lassen, war kaum zu verstehen. Sie rechnete damit, dass er zuschlagen, sich wütend rächen und es nun erst recht zu Ende bringen würde, aber nichts dergleichen geschah. Er stand auf, griff nach der Taschenlampe, die er vorübergehend zur Seite gelegt hatte, leuchtete über die halb nackte Frau auf der Matratze und betrachtete den dunklen Urinfleck, der sich um ihren Körper gebildet hatte. Ohne ein Wort ging er durch die Tür und schloss wieder ab.

Claudia tastete hektisch über den Boden, wo sie ihre Kleidung vermutete, und zog sich, am ganzen Leib zitternd, die Unterhose und Jeans wieder an. Kurz darauf erschien er erneut. Sie kauerte in der Ecke und hatte die Arme um sich geschlungen. Er stellte die kleine Campinglaterne neben das Bett, offensichtlich durfte sie die Lampe behalten. Dann warf er eine alte Wolldecke auf die Matratze. »Leg die über die nasse Stelle und benutze künftig den Eimer«, sagte er in seltsam ruhigem Tonfall und verschwand wieder.

* * *

Einige Tage später

Claudia hörte erneut die unheimliche Stimme, die immer wieder ihren Namen flüsterte. Sie hatte jedes Zeitgefühl verloren, nahm aber an, dass man sie alle paar Stunden auf diese Weise quälte. Wenigstens konnte sie wieder etwas sehen, auch wenn der Raum nur schwach erleuchtet war. Das Flüstern, das manchmal auch Drohungen enthielt, schreckte sie kaum noch. Es kam von einem Lautsprecher oben in der Ecke, den sie nicht erreichen konnte. Manchmal schlief sie ein, wälzte sich dann unruhig hin und her und erwachte noch erschöpfter als zuvor. Gelegentlich spielten ihr die eigenen Sinne einen Streich. Sie glaubte dann, mehrere Stimmen zu hören: Männer, Frauen, einen seltsamen Singsang und vielerlei Geräusche, die sie nicht einordnen konnte.

Im Moment lag sie auf dem Bett mit der muffigen Matratze und der kratzigen Wolldecke und schreckte hoch, als Schreie an ihr Ohr drangen. Eine Einbildung? Nein, da war sich Claudia sicher. Sie hörte ganz deutlich einen Menschen, der um Hilfe rief. Angestrengt lauschte sie und glaubte dann, eine Frauenstimme zu erkennen. »Hilfe, ist da jemand?«, wurden die Worte deutlicher. »Ich bin hier gefangen, so helft mir doch.«

. . .

Das Rufen hielt noch eine Weile an. Claudia schämte sich dafür, es tröstlich zu finden, nicht als Einzige dieses Schicksal erleiden zu müssen. Aber wer auch immer nebenan so verzweifelt um sein Leben flehte, würde vermutlich nie erfahren, dass Claudia existierte. Eine Antwort zu geben, war zu riskant. Was, wenn man sie für die Kontaktaufnahme bestrafen würde? Sie war froh, wieder eine Laterne zu haben, und wollte daher keine unnötige Aufmerksamkeit erregen. Außerdem bestand die Gefahr, dass er dann wieder kommen und seine Forderungen brutal durchsetzen würde. Entsetzt erkannte Claudia, dass sie hoffte, die andere Frau käme als Nächste an die Reihe und nicht sie.

Fast schien es, als hätte sie mit diesem Gedanken das, was nun passieren sollte, angestoßen. Denn wenige Minuten später wurde das Schreien lauter.

Dann erkannte sie seine Stimme. Er brüllte die Gefangene im Nebenraum an. »Du dumme Gans, halte dein Maul. Was glaubst du, was passieren wird? Niemand kommt, um dich zu retten, du wirst nämlich hier sterben.«

Das Nächste, was Claudia vernahm, war ein Aufstöhnen, so als hätte jemand einen großen Schmerz erlitten. Kurz darauf folgte ein zweiter Laut, nicht ganz so intensiv wie der erste, aber dennoch beklemmend. Sie ahnte, was das bedeutete: Er hatte die andere getötet.

KAPITEL DREI

2020, in der Villa der Familie Öler

Die Beamten befanden sich im Haus der Ölers. Die Kriminaltechnik durchsuchte das Gebäude samt Getränkemarkt von oben bis unten. Manuela Öler, die darauf bestand, anwesend zu sein, obwohl der Arzt einen Klinikaufenthalt vorgeschlagen hatte, stierte auf ihre Hände, während ihr Mann immer wieder gegen das Vorgehen der Polizei protestierte.

Hauptkommissar Reinert fühlte sich nicht wirklich wohl in seiner Haut. Aber ihm war keine Wahl geblieben, er konnte die Eltern nicht schonen, erst recht nicht den Vater beziehungsweise den Adoptivvater.

»Wieso tun Sie uns das an?«, sagte der aufgelöst. Seine Trauer schien echt.

Oberkommissarin Wald beantwortete ihm die Frage. »Weil Sie uns keine andere Wahl lassen.«

»Das ist eine Unverschämtheit«, wurde der Mann nun wütend und Hauptkommissar Reinert griff ein.

»Setzen Sie sich bitte.«

»Ich will mich nicht setzen, das ist eine Unverschämtheit, Sie nehmen keinerlei Rücksicht auf uns, auf meine Frau, das …«

Aber der Beamte unterbrach ihn: »Der einzige Grund, warum ich noch keinen Haftbefehl für Sie beantragt habe, ist die Rücksichtnahme gegenüber Ihrer Frau«, fuhr ihn Reinert scharf an.

»Wie können Sie …«, begehrte der Vater von Patricia Öler auf.

Auch dieses Mal fiel ihm Reinert ins Wort: »Sie haben uns eine Geschichte aufgetischt, der jede Glaubwürdigkeit fehlt.«

»Es ist die Wahrheit«, reagierte Gregor Öler nun etwas gemäßigter.

»Sie sagen aus, dass Sie und Patricia einen Streit hatten. Erst behaupten Sie, nicht mehr zu wissen, um was es genau ging, dann behaupten Sie, die Uneinigkeit über das Auto, das Ihre Tochter nach Bestehen des Führerscheins wollte, habe Patricia veranlasst, wutentbrannt das Haus zu verlassen.«

»Sie war immer schon temperamentvoll und impulsiv, vor allem, wenn sie ihren Willen nicht bekam«, rief er aufgeregt und Reinert sah, wie dem Mann Tränen in die Augen stiegen. »Ich dachte, sie beruhigt sich schon wieder. Unsere Tochter neigt zu theatralischen Auftritten, deshalb habe ich nichts unternommen.«

»Ihre Tochter war zwei Nächte nicht zu Hause und das hat Sie nicht beunruhigt? Sie hielten ihr Verhalten wirklich für ein Schmollen? Ihre Tochter hat nicht einmal ihr Handy mitgenommen. Ihre Frau bestätigte uns, dass sie ohne das Telefon nirgendwo hingegangen sei. Zudem hatte sie keine Kleider zum Wechseln dabei, offenbar nicht einmal ihre Zahnbürste. Sollen wir das für normal halten?«

Manuela schluchzte.

Reinert sah Gregor Öler auffordernd an, aber der schwieg beharrlich.

»Warum haben Sie nicht einmal Ihre Frau verständigt, als Patricia nicht nach Hause gekommen ist?«

»Ich wollte sie nicht beunruhigen. Unsere Tochter hat Freundinnen, bei denen sie öfter übernachtet. Ich dachte, sie wäre dort.«

»Aber Sie haben das nicht überprüft. Ich nehme doch an, dass Ihnen die Namen bekannt sind. Wäre es nicht logisch gewesen, bei den Eltern dieser Freundinnen anzurufen, um sich zu vergewissern?«

»Ich wollte das Kind nicht verärgern. Sie hasste es, kontrolliert zu werden.«

»Das hassen wohl alle Teenager«, mischte sich Oberkommissarin Wald ein, »die hassen auch Hausaufgaben, Zimmer aufzuräumen und pünktlich nach Hause zu kommen. Was sind Ihre Erziehungsvorschläge für diese Fälle? Einfach machen lassen?«

Gregor Öler verlor die Beherrschung. »Ich habe Patricia geliebt und immer nur das Beste für sie gewollt. Und jetzt werde ich wie ein Verbrecher behandelt. Glauben Sie etwa, dass ich ...« Ihm versagte die Stimme.

Manuela hob den Kopf und betrachtete ihren Mann vorwurfsvoll. »Du hättest auf sie aufpassen müssen ...«

»Jetzt reicht es aber«, brüllte Öler. »Ich habe das doch nicht gewollt. Ich dachte, ich tue das Richtige. Außerdem habe ich nicht bemerkt, dass sie das Handy vergessen hat. Vielleicht hat sie es auch absichtlich liegen lassen, damit wir sie nicht erreichen können. Sie hatte ihren eigenen Kopf.«

Das war zu viel für die Mutter, sie sprang auf. »Weil du ihr alles hast durchgehen lassen, weil du ständig gegen mich gearbeitet hast, deshalb war sie so.« Tränen liefen ihr über das Gesicht. Sie wollte noch mehr sagen, aber dafür fehlte ihr plötzlich die Kraft, schluchzend verließ sie den Raum.

»Ich muss mich um meine Frau kümmern«, sagte Gregor Öler mit belegter Stimme. »Außerdem werde ich meinen Anwalt informieren. Ab jetzt werde ich ohne juristischen Rat keine weiteren Fragen beantworten.«

* * *

Dienstgebäude der Kriminalpolizei Stuttgart

Es war schon später Abend, aber Hauptkommissar Reinert, Oberkommissarin Sybille Wald und ihr Kollege Oberkommissar Rudolf Hauns hatten sich noch einmal im Büro getroffen.

Letzteren hatte Reinert offiziell angefordert.

»Sind Sie sich da sicher?«, hatte ihn der Kommissariatsleiter gefragt und auf den Wunsch des »Neuen« skeptisch reagiert. »Oberkommissar Hauns ist ein guter Beamter, aber er steht kurz vor der Pensionierung und ...« Es folgte ein Kopfwackeln, das von einer Grimasse begleitet ausdrücken sollte, dass Hauns eben nicht für die aktuelle Ermittlung geeignet wäre.

Reinert schwieg, während sein Vorgesetzter umständlich Gegenargumente vorbrachte und dabei achtzehn Mal über die eigene feuchte Glatze strich. Bevor dieser zum neunzehnten Mal ansetzen konnte, sagte Reinert stur: »Ich brauche Hauns, zumindest vorübergehend.«

Die Erklärung, die er seinem Vorgesetzten gegeben hatte, stimmte mit der überein, die er jetzt auch Hauns gab, als der fragte: »Warum haben Sie mich angefordert? Sie glauben doch gar nicht an eine Verbindung zu den alten Vermisstenfällen.« Argwöhnisch beäugte der Neunundfünfzigjährige den jüngeren Mann.

»Erstens habe ich nicht gesagt, dass ich nicht daran glaube, ganz bestimmt will ich nichts ausschließen, und zweitens möchte ich jemanden im Team haben, der sich mit Vermisstenfällen auskennt.«

»Aha«, reagierte Hauns misstrauisch.

Sybille Wald sprach aus, was er dachte: »Aber wir haben doch gar keine Vermisste, Patricia Öler wurde gefunden.«

Reinert betrachtete die beiden Kollegen und für einen kurzen Moment wünschte er sich zurück zu seiner alten Dienststelle, wo ihm alles so vertraut gewesen war, wo man ihn respektierte und er nicht ständig das Gefühl hatte, sich beweisen zu müssen. Dann fegte er diese Überlegungen zur Seite und erklärte: »Ja, aber das Mädchen war zwei Tage verschwunden und die Eltern haben es nicht bemerkt oder nicht bemerken wollen. Gregor Ölers Geschichte ist unglaubwürdig.« Er wandte sich nun direkt an Hauns. »Mit wie vielen Eltern von vermissten Kindern haben Sie schon gesprochen?«

Hauns zuckte mit den Schultern. »Zu viele«, seufzte er traurig.

»Ich möchte, dass Sie auch mit den Ölers sprechen,

sich die Akten ansehen und mir sagen, was für einen Eindruck Sie haben.«

»Verstehe«, sagte der Ältere. »Sie glauben, ich hätte einen Radar für Eltern, die das Verschwinden ihrer eigenen Kinder nur vortäuschen, da überschätzen Sie mich. Aber ich kann Ihnen bestätigen, dass das Verhalten des Vaters ungewöhnlich ist. Im Normalfall hätte nach der ersten Nacht der Anruf kommen müssen. Bei einer Siebzehnjährigen, die im Streit das Haus verlassen hat und die gewöhnlich so viele Freiheiten genießt wie Patricia Öler, gehen Eltern davon aus, dass der aufgebrachte Teenager zunächst irgendwo mit Freunden feiert und am nächsten Tag wieder verkatert auftaucht. Trotzdem macht mich etwas stutzig.« Er hatte die Akten vor sich aufgeschlagen und blätterte zu einer Notiz, die das Handy von Patricia Öler betraf. »Der Vater sagt, er hätte nicht gewusst, dass sie das Telefon vergessen hat. Er hat aber auch nicht versucht, sie darauf zu erreichen. Außerdem lassen junge Leute ihre Handys nicht zu Hause, nur weil sie befürchten, die Eltern könnten ihnen eine Nachricht schicken. Das ist Unsinn. Erstens würden sie dann ja alle Anrufe und Nachrichten von Freunden verpassen und zweitens: Wenn denen ein Anruf der Eltern nicht passt, drücken sie ihn weg, SMS werden ignoriert. Das Erste, was Eltern vermisster Teenager im Normalfall tun, ist zu versuchen, den Sohn oder die Tochter über das Handy zu erreichen. Gregor Öler hat das zu keinem Zeitpunkt getan, das konnten wir aus den Handydaten auslesen.«

»Wohl wahr«, warf Sybille Wald ein, »ich würde meinen Sohn auch als Erstes auf dem Handy anrufen.«

Bei dieser Information wurde Reinert erneut schmerzlich klar, wie fremd er in Stuttgart noch war. Er wusste nichts über die Menschen, mit denen er zusammenarbeitete, und fühlte sich ausgeschlossen.

»Also fassen wir zusammen«, unterbrach Hauns seine Gedanken, »Vater und Tochter haben Streit, sie stürmt aus dem Haus. Angeblich geht es um etwas Lapidares, die Marke ihres ersten Autos. Ein, zwei Stunden vergehen, es ist dunkel, die Mutter ist verreist und die Tochter bleibt verschwunden. Der Vater, vielleicht noch genervt, wartet erst einmal ab. Die Uhr tickt, es geht auf Mitternacht zu. Natürlich war sie schon öfter so lange weg, außerdem sind Schulferien, sie ist fast achtzehn, die meisten würden trotzdem jetzt schon anrufen und nachhaken. Wo bist du? Wann kommst du? So was in der Art. Ein leeres Bett am Morgen hat ihn immer noch nicht veranlasst, etwas zu unternehmen, und dann vergehen ein weiterer Tag und eine Nacht?«

»Erst als die Mutter zurückkommt, gehen die beiden zur Polizei«, ergänzte Sybille Wald. »Ist er tatsächlich der Mörder seiner Tochter? Wir konnten im Haus keine Beweise dafür finden«, fügte sie nachdenklich an.

»Wie auch?«, warf Reinert ein. »Patricia wurde erwürgt, wenn er es zu Hause getan hat, finden wir überall seine und ihre DNA, da lässt sich nichts beweisen.«

»Und die merkwürdigen Wunden an ihrem Körper?«, fragte die Oberkommissarin.

»Vielleicht hat er sie auf eine Plastikplane gelegt oder sie woanders hingebracht, um das zu tun«, schlug Hauns vor.

»Wir dachten aufgrund der überlegten Vorgehensweise, dass unser Täter nicht das erste Mal gemordet hat«, spekulierte Oberkommissarin Wald weiter. »Vielleicht war es doch sein erstes Mal. Er bringt Patricia um, ist in Panik, aber dann kommt er zur Besinnung. Seine Frau ist nicht da, er hat also genug Zeit, alle Spuren zu verwischen und uns in die Irre zu führen. Allerdings hätte er sich dann auch eine bessere Geschichte ausdenken können.«

»Jedenfalls ist er verdächtig und ich möchte mehr über den Mann erfahren.« Reinert wandte sich an Sybille Wald. »Veranlassen Sie eine Überprüfung, auch von Manuela Öler, und jemand muss mit den Freundinnen und Lehrern von Patricia sprechen.« Reinert drehte sich zu Hauns. »Sie würde ich bitten, der Familie noch einmal einen Besuch abzustatten, sehen Sie sich das Zimmer des Mädchens an, alles, was nötig ist, um einen Eindruck zu bekommen. Wenn die Eltern mit Ihnen reden möchten, stellen Sie Ihre Fragen.«

Sie wollten schon Feierabend machen, als man ihnen mitteilte, dass ein gewisser Sven Ehbach mit den zuständigen Beamten im Mordfall Öler sprechen wollte.

»Wer ist das?«, fragte Reinert die beiden anderen.

Während Hauns mit den Schultern zuckte, konnte Sybille Wald eine Antwort geben. »Er besitzt ein Grundstück in der Nähe des Fundorts der Leiche.«

»Also einer der Landwirte«, erwiderte Reinert.

Sybille Wald schmunzelte. »Ein sehr moderner Landwirt«, ergänzte sie. »Ihm gehört eine Whisky-Brennerei.

Ist so etwas wie eine kleine Berühmtheit in der Gegend. Die Kollegen waren heute in seinem Betrieb, er war nicht da und man bat ihn, sich bei uns telefonisch zu melden. Vielleicht hat er etwas gesehen, wenn er jetzt sogar persönlich vorbeikommt.«

* * *

Am nächsten Morgen

Thilo Kratzer stand in der Küche und richtete sich ein belegtes Brot. Wie gewöhnlich gab es im Kühlschrank nur eine begrenzte Auswahl. Seine Mutter Hilde, bei der er vorübergehend wohnte, hatte wie so oft das Einkaufen vergessen. Etwas, das nichts mit schwindender geistiger Kapazität zu tun hatte, sondern einfach damit, dass sich Hilde Kratzers Talent als Kartenlegerin so weit herumgesprochen hatte, dass ihr gefüllter Terminkalender dafür keine Zeit ließ.

Thilo beobachtete die Fünfundsechzigjährige mit einer gewissen Verbitterung. Sie saß am Küchentisch und breitete die abgenutzten Tarotkarten vor sich aus. Natürlich hatte sie ihm schon oft die Zukunft vorausgesagt, obwohl er sie stets gebeten hatte, das nicht zu tun. Düstere Prophezeiungen, vor allem, wenn er sich entschied, nicht das zu machen, was sie für ratsam hielt. Umgeben von Schamanenbildern, Sternenkarten und sämtlichem Schnickschnack, den man in okkulten Geschäften erhalten konnte, bastelte sie sich das Schicksal zurecht, wie es ihr in den Kram passte. Dabei könnte alles so viel einfacher sein, wenn sie das große Haus verkaufen würde. Für die dringend notwendigen Reparaturen reichte das Geld nicht und langsam verfiel das Gebäude, das in guter Lage einen phänomenalen Preis erzielen würde. Aber solange die Karten seine Mutter abhielten ...

Vor einem Jahr hatte er seinen Job verloren. Er war heute fünfundvierzig und hatte fast zwanzig Jahre lang als Busfahrer gearbeitet. Dann hatte man ihn entlassen, angeblich, weil er einen weiblichen Fahrgast belästigt habe. Dabei war es doch umgekehrt gewesen. Die Frau hatte sich an ihn herangeschmissen und er war nur freundlich auf das Geplänkel eingegangen. Plötzlich war dann eine Beschwerde wegen Belästigung auf den Tisch seines Vorgesetzten geflattert, er habe der Frau an den Arsch gefasst. Und wenn schon? Schließlich hatte sie das ja auch gewollt, das elende Miststück. Er stellte sich vor, wie es wohl wäre, alle, die ihm das Leben schwer machten, dafür bezahlen zu lassen.

»Du denkst über den Tod nach, das ist nicht gesund«, sagte seine Mutter nun unvermittelt. »Ich sehe das in den Karten.«

»Ich muss los«, erwiderte er daraufhin kurz angebunden und warf das angebissene Brot in den Mülleimer. Ihm war der Appetit vergangen.

Hilde Kratzer hielt ihn zurück. »Du solltest nicht so wütend sein, das bringt dich nicht an dein Ziel.«

»Erstens bin ich nicht wütend«, antwortete er in einem Ton, der ihn Lügen strafte, »und zweitens habe ich gelernt, dass Wut einen durchaus sehr weit bringen kann.«

Damit ließ er sie stehen. Sie runzelte nachdenklich die Stirn und ging zurück zum Tisch. Die Karten waren eindeutig, ihr Sohn steckte in Schwierigkeiten. Allerdings hätte sie das auch ohne den Blick auf die bedruckten Rechtecke erkannt. Thilo trank zu viel, trieb sich nachts herum und neigte zu Wutausbrüchen. Es war also nur eine Frage der Zeit, bis irgendetwas Schlimmes passierte.

Thilo Kratzer atmete die frische Luft ein und machte sich auf den Weg zu einem der Reisebusunternehmen. Über einen Bekannten hatte er erfahren, dass die noch Leute suchten. Als er an einem Kiosk vorbeikam, wanderte sein Blick über die Zeitungen im Ständer. Sie hatten alle eine ähnliche Schlagzeile: Tochter des Getränkegroßhändlers brutal ermordet. Patricia Öler tot aufgefunden.

Und da glaubt meine Mutter, Wut könnte nicht zum Ziel führen, dachte er grimmig.

* * *

Zur gleichen Zeit im Haus der Familie Öler

Rudolf Hauns stand mit gemischten Gefühlen vor der Tür der Ölers. War er auf der richtigen Fährte? Wurden seine Bemühungen endlich belohnt? Noch fiel es ihm schwer, Hauptkommissar Reinert einzuschätzen. Er war jung, vermutlich ehrgeizig, sonst hätte er sich nicht versetzen lassen, schien aber auch kompetent. Ganz offensichtlich ließ er sich nicht von Gerüchten abhalten, andererseits konnte es auch sein, dass er sie einfach noch nicht gehört hatte. Hauns lebte längst damit, dass ihn alle für verschroben, sogar besessen hielten. Manchmal hörte er sie sprechen, wenn sie ihn nicht in der Nähe vermuteten. »Seit damals ist er nicht mehr derselbe ... furchtbare Sache ... ein Kind zu verlieren ...«

Ja, dachte er, *das war eine furchtbare Sache*. Oft fragte er sich, wie sein Leben wohl verlaufen wäre, wenn er vor fünfzehn Jahren eine andere Entscheidung getroffen hätte.

»Nein, Papa, ich bin schon am Bahnhof, ich nehme die Straßenbahn und heute Abend sehen wir uns das Spiel an.«

»Bist du sicher, dass ich dich nicht abholen soll?«, hatte Rudolf Hauns am Telefon geantwortet und war dankbar gewesen, dass sein Sohn verneint hatte, denn so konnte er noch schnell etwas erledigen. Er wusste nicht einmal mehr, was damals so wichtig gewesen war. Edgar hatte jedoch Verständnis gehabt, das war bei ihm immer so gewesen. Nie enttäuscht, immer dankbar. Der beste Sohn, den man sich hatte wünschen können. Ein guter Schüler, ein noch besserer Student und ein besonderer Mensch. Der Pfarrer hatte bei der Beerdigung gesagt, dass nur die, die gesegnet seien, einen Platz bei Gott finden würden. Edgar war mehr als nur gesegnet gewesen, er ...

Rudolf Hauns griff schnell in die Tasche seines Mantels und kramte ein Tablettenröhrchen hervor. Eilig drehte er den Verschluss auf und schluckte zwei der weißen Kapseln. Gerade noch rechtzeitig hatte er das

Medikament wieder verschwinden lassen und die Panikattacke niedergekämpft.

Nur nicht schlappmachen, redete er sich im Stillen gut zu. Im Revier wartete man doch nur darauf, ihn in Pension zu schicken.

Jedenfalls musste er einen erbärmlichen Eindruck machen, denn die Frau, die ihm öffnete, sah ihn erschrocken an.

»Oberkommissar Hauns«, sagte er krächzend.

»Ich bin eine Freundin von Frau Öler«, stellte sich ihm sein Gegenüber vor. »Kommen Sie herein.«

Man führte ihn ins Wohnzimmer. Manuela Öler fragte nicht weiter nach, sie saß in sich zusammengesunken auf der Couch. An ihrem Blick konnte er erkennen, in welcher Phase der Trauer sie sich gerade befand. Er kannte sie alle. Momentan schien sie vom Schmerz am Leben gehalten zu werden, aber es würde noch schlimmer kommen. Wenn für alle anderen der Alltag wieder begann, die Welt sich weiterdrehte, als wäre nichts geschehen, dann würden sie die Einsamkeit und die Schuldgefühle auffressen.

»Frau Öler, ich würde Sie gerne etwas fragen.« Er stand vor ihr, fühlte sich unbehaglich, sie von oben herab anzusprechen, wollte aber auch nicht unaufgefordert einfach Platz nehmen.

Sie nickte, blickte jedoch nicht auf.

»Wir haben den Verdacht, dass Ihr Mann Ihnen zuerst erzählt hat, Patricia wäre bei einer Freundin, um diese wegen Liebeskummer zu trösten, stimmt das?«

Sven Ehbach hatte ihnen gestern Abend von dem belauschten Streit berichtet. Der Dreißigjährige schien sich dafür zu schämen, beteuerte, dass er normalerweise niemanden ausspioniere, aber nachdem er im Radio von dem Leichenfund gehört habe, sei es ihm richtig erschienen, mit der Polizei zu sprechen. Auch die Vorwürfe, die sich das Ehepaar gegenseitig gemacht hatte, gab er wieder, soweit er sich noch hatte erinnern können.

Manuela Öler atmete leise aus. »Ja, er hat mich belogen, vermutlich weil er mich nicht beunruhigen wollte.«

Endlich bat Manuelas Freundin den Beamten mit einem Handzeichen, Platz zu nehmen.

»Er ist kein schlechter Mann«, fuhr Manuela tonlos fort. »Aber er ist auch kein guter Vater.« Tränen rannen ihr über die Wangen. »Er hat Patricia vergöttert, ihr jeden Wunsch von den Lippen abgelesen und das schon, als wir uns kennenlernten. Manchmal dachte ich tatsächlich, dass er mich nur heiraten wollte wegen des Kindes. Viele Männer schrecken Frauen mit Kindern ab, Gregor ist da nicht so.«

»Wieso sagen Sie, er wäre ein schlechter Vater?«, fragte Hauns behutsam nach, obwohl ihm klar war, worauf die Frau hinauswollte.

»Er hat ihr keine Grenzen gesetzt, ihr ständig nachgegeben und sie hat genau gewusst, wie sie ihn manipulieren konnte.«

»Warum dann der Streit wegen des Autos?«, bohrte Hauns weiter. »War das Modell, das sich Patricia ausgesucht hatte, zu teuer?«

Das erste Mal während des Gesprächs hob Manuela den Kopf.

»Ich habe meinem Mann die gleiche Frage gestellt«, antwortete sie nachdenklich.

»Und was war seine Antwort?«

»Die PS-Zahl. Patricia hatte wohl ihre Vorliebe für schnelle Autos entdeckt. Gregor hielt es für zu gefährlich, einer Fahranfängerin ein PS-starkes Gefährt anzuvertrauen, und als er ihr das gesagt hat, da ist sie ausgeflippt.«

»Passte das Verhalten zu Ihrer Tochter?«

»Ja«, schluchzte Manuela, »ja, leider, sie konnte unmöglich sein, wenn sie etwas nicht bekam.«

»Ich würde mir jetzt gerne noch das Zimmer Ihrer Tochter ansehen.«

Die Freundin warf ein, dass doch schon am Vortag alles durchsucht worden sei, aber Manuela Öler nickte ihm zu. »Gehen Sie nur, tun Sie, was nötig ist.«

Er war bereits aufgestanden und wollte sich Richtung Treppe bewegen, da hielt sie ihn zurück. »Mein Mann hat Patricia geliebt. Er hat an jenem Abend wirklich geglaubt, dass sie zurückkommt.«

Rudolf Hauns nickte der Frau zu und brummte ein »Verstehe!«, aber er verstand nichts. Während er sich die Treppe nach oben quälte und bei jeder Stufe seine schmerzenden Knie spürte, fragte er sich erneut, warum jemand, der sein Kind so liebte, nicht eher bei der Polizei aufgetaucht war. Marco Reinert, Kollegin Wald und er hatten das wieder und wieder diskutiert, für eine Anklage reichte es trotzdem nicht, die Beweise fehlten.

Die Räume von Patricia Öler wirkten gigantisch. Hauns war schon in vielen Kinderzimmern gewesen, aber keines hatte auch nur annähernd diesem geglichen. Nicht nur die Größe, auch die Ausstattung überwältigte ihn. Die Kriminaltechnik hatte sich Mühe gegeben, kein allzu großes Chaos zu hinterlassen, er bekam daher eine gute Vorstellung davon, wie Patricia hier gelebt hatte. Vermutlich sorgte die Mutter oder eine Angestellte für Ordnung. Er öffnete eine Schranktür und sah Handtaschen nach Farben sortiert. Die Labels teurer Marken blickten ihm entgegen. Im nächsten Schrank stapelten sich Schuhe, dann führte ein schmaler Flur zu einem begehbaren Kleiderschrank. Daneben lag das eigentliche Schlafzimmer mit angrenzendem Bad. Eine geöffnete Schmuckschatulle stand auf einem Kosmetiktisch. Er griff hinein und besah sich die Stücke. Ein kleines goldenes Armband fiel ihm auf, gemacht für ein Kinderhandgelenk. Es gab eine Inschrift: »Für meine Prinzessin, von ihrem Papa.«

Rudolf Hauns ließ den Schmuck zurückgleiten und setzte sich erschöpft auf die Bettkante, mit dem Gefühl, dass ihn die Eindrücke, die er hier gewann, erschlugen. Auf dem Nachttisch lag eine Modezeitschrift. Die Seite mit dem Horoskop war aufgeschlagen. Um das Sternzeichen Skorpion hatte jemand einen Kringel gemacht. »Ihnen wird diese Woche alles gelingen.« Er überlegte, erinnerte sich an das Geburtsdatum des Opfers und empfand Frustration bei dem Gedanken, dass Patricia noch vor Kurzem hier gesessen und vermutlich positiv gestimmt die Vorhersagen für die eigene Zukunft studiert hatte.

Unwillkürlich überkam ihn eine Erinnerung an ein anderes Zimmer, klein, bescheiden, mit alten Möbeln und überschaubarem Kleiderschrank. Nichts hier glich dem, was er damals im Haus der Wegeners gesehen hatte, keine Markenklamotten, keine teuren Zeitschriften, wirklich nichts bis auf die trauernde Mutter im Wohnzimmer.

* * *

Claudia Wegener, erstes Opfer, verschwunden im September 2006

Claudia schreckte auf, als der Schlüssel in der schweren Tür gedreht wurde. Ihr Zeitgefühl hatte sie verloren. Anfangs hatte sie noch mitgezählt, wie oft man den Eimer abholte und ihr ein Tablett mit Essen und Wasser brachte. Aber es fiel ihr auf Dauer schwer, den Überblick zu bewahren. Vielleicht war sie jetzt vier Tage hier, vielleicht auch länger. Egal wie oft sich die Tür öffnete, befürchtete sie jedes Mal, er würde zurückkehren und sie töten. Auch jetzt war sie vor Angst wie gelähmt. Im Schein der Campinglaterne erkannte sie, dass er kein Tablett dabeihatte.

»Los, aufstehen«, sagte er kalt und Claudia gehorchte. »Wenn du irgendetwas versuchst, dann werde ich dir zeigen, was Schmerz bedeutet.«

»Nein«, schrie sie auf, »ich werde alles machen, was Sie sagen, ich verspreche es.« Hätte er ihr mit dem Tod gedroht, wäre sie vermutlich nicht so panisch geworden, aber die Vorstellung von Qual und Folter schreckte die junge Frau mehr als das Sterben.

Deshalb ließ sie sich auch ohne Gegenwehr die Hände auf den Rücken fesseln und einen alten Sack über den Kopf ziehen, der ihr das Sehen unmöglich machte. Er drehte sie mehrmals im Kreis, damit sie endgültig die Orientierung verlor, und schob sie vor sich her.

Sie verhielt sich ruhig, begehrte nicht auf und sagte sogar: »Danke, dass Sie mir nicht wehtun.«

Er schwieg und Claudia dachte plötzlich an ihr Geschichtsbuch mit Bildern von Menschen, die in vergangenen Zeiten mit Säcken über dem Kopf zur eigenen Hinrichtung geführt worden waren. Geschah mit ihr das Gleiche, war das der Gang zum Schafott?

»Sie werden mich töten, stimmt's?«, fragte sie mit bebender Stimme.

»Willst du das denn?«, antwortete er ruhig und freundlich.

»Ich habe Angst«, entgegnete sie ehrlich, auf einmal dankbar dafür, dass jemand mit ihr sprach.

Allerdings erhielt sie keine weitere Antwort, sondern hörte, wie eine Tür geöffnet wurde. Sie fühlte seine Hand auf dem Rücken, mit der er sie in den Raum schob. »Du wirst vorerst hierbleiben.«

Eine Sekunde später spürte Claudia Metall an ihren Handgelenken und begriff, dass ein Messer ihre Haut streifte. Im nächsten Augenblick durchtrennte er die Fesseln, zog ihr den Sack vom Kopf und säuselte hinterhältig: »Sieh dich um und begrüße deine neue Freundin.«

* * *

2020, Stuttgart

Fast drei Wochen waren seit dem Mord an Patricia Öler vergangen. Leider war es dem Team von Hauptkommissar Reinert in dieser Zeit nicht gelungen, jemanden festzunehmen. Immer noch im Verdacht stand der Adoptivvater der Toten, Gregor Öler, aber die Indizien reichten nicht aus. Hauptkommissar Reinert hatte ihn und seine Frau überprüfen lassen. Alles, was dabei zutage kam, war die Erkenntnis, dass Manuela Öler ihren ersten Mann nach schwerer Krankheit verloren hatte und drei Jahre später Gregor kennenlernte. Die Tochter hatte im Leben der beiden stets im Mittelpunkt gestanden. Vor allem Gregor schien sie sehr verwöhnt zu haben.

Hauptkommissar Marco Reinert wusste, dass er bei seinen Kollegen unter Beobachtung stand. Jeder fragte sich, ob der Neue das wohl hinkriegen würde. Er spürte den Druck, und trotz seiner Versuche, sich davon frei zu machen, gelang es ihm nicht, an etwas anderes zu denken als an den Fall. Sybille Wald war ihm zwar eine Hilfe, aber die Distanz, die er stets aufbaute, um sich vor allzu persönlichen Beziehungen zu schützen, hinderte ihn auch daran, offen mit der Kollegin über seine Selbstzweifel und Befürchtungen zu sprechen. Als dann am Morgen die Nachricht von einer zweiten Leiche kam, stürzte ihn das in ein Gefühlschaos. Einerseits empfand er eine weitere Tote als persönliches Versagen, gleichzeitig konnte ein neues Opfer aber auch entscheidende Hinweise bedeuten. * * *

* * *

Etwas später am Tatort

»Man hat ihr die Kehle durchgeschnitten?«, fragte der Hauptkommissar überrascht, als er die Tote betrachtete. Sie war jung, dunkelhaarig und nackt, wie Patricia Öler, aber quer über ihren Hals verlief eine klaffende Wunde und man sah Schnitte an den Wangen und unterhalb der Ohrläppchen. »Das ist doch eine völlig andere Vorgehensweise als bei dem vorherigen Opfer«, wandte er sich an die Gerichtsmedizinerin und hätte beinahe noch hinzugefügt: *Da sind wir nicht zuständig*. Allerdings unterließ er diesen Kommentar. Er schien ihm falsch, da es klang, als wäre ihm die tote junge Frau gleichgültig. Stattdessen fragte er: »Was hat Sie veranlasst, mich zu rufen?«

»Die Verletzungen am Rücken!«, gab sie zur Antwort und bat ihre Assistentin, dabei behilflich zu sein, die Leiche zu drehen.

»Was ist das?«, fragte Sybille Wald irritiert, als sie die Einstiche sah.

Auch Reinert betrachtete kopfschüttelnd die Wunden. Jeweils unter den Schulterblättern, in gleicher Höhe, und im Bereich der rechten Niere hatte jemand tief mit einem Messer in das Fleisch gestochen. Außerdem gab es noch ein in die Haut geritztes Kreuz ein Stück tiefer, ungefähr auf der Höhe des Steißbeins.

Der Hauptkommissar atmete durch. »Dieses Mal auf dem Rücken, auch völlig anders angeordnet, und doch sieht es tatsächlich so aus, als hätten wir es mit dem gleichen Täter zu tun. Ich brauche so schnell wie möglich die Autopsieergebnisse. Wissen wir, wer sie ist?«

Allgemeines Kopfschütteln signalisierte ihm, dass

man wie auch bei Patricia Öler bei der Leiche keine Hinweise auf deren Identität hatte finden können.

»Wie lange liegt sie schon hier?« Die Frage richtete sich an die Gerichtsmedizinerin.

»Höchstens seit gestern Nacht, der Fundort scheint auch der Tatort zu sein.« Sie deutete auf den dunklen Fleck auf dem Asphalt. Das getrocknete Blut war gut zu erkennen.

Auch hier ließ Reinert den Blick über das ihm fremde Gelände streifen. Der Platz hatte nichts mit den gepflegten Feldern der Schwäbischen Alb gemein. Zwischen den alten, ausrangierten Güterwaggons wirkte die Leiche winzig. Die schmutzig braunen Transportriesen umringten die Tote wie stählerne Grabsteine. Es roch nach Urin und Kot, augenscheinlich hausten an diesem Ort gelegentlich Obdachlose, oder randalierende Jugendliche verbrachten hier ihre Zeit damit, Bierflaschen zu zertrümmern. Alles in allem eine Umgebung, die verlorene Seelen magisch anzog. Reinert kam eine Idee. »Ist die Gegend bekannt für Drogengeschäfte, Prostitution?«

»Vermutlich nicht mehr als andere solcher Ecken in einer Großstadt«, antwortete ihm Sybille Wald, »aber ich höre mich bei den Kollegen um.«

»Wer hat die Frau gefunden?«, folgte seine nächste Frage. »Wenn der Ort so verlassen ist, wundert es mich, dass wir schon von ihr wissen.«

Oberkommissarin Wald schnalzte mit der Zunge. »Tja, da hat sich unser Täter mit einem anonymen Hinweis bei den Betreibern beholfen. Das Gespräch wurde natürlich nicht aufgezeichnet. Wir werden eine

Anrufer-Rückverfolgung bei der Telefongesellschaft veranlassen, vielleicht haben wir Glück.«

Reinert bezweifelte das zwar, nickte aber zustimmend.

In diesem Moment gab die Gerichtsmedizinerin ein undeutliches »Was haben wir denn da?« von sich.

Hauptkommissar Reinert drehte sich sofort zu ihr um. »Etwas gefunden?«

»Vielleicht«, sagte sie und zog vorsichtig an einem Gegenstand, den die Tote mit ihrer Faust umschloss.

»Eine Halskette«, rief Oberkommissarin Wald überflüssigerweise aus, als die Ärztin eine silberne Kette mit einem kleinen Löwen als Anhänger in die Höhe hielt. Jemand reichte ihr eine Archivierungstüte und die Medizinerin ließ das Schmuckstück vorsichtig hineingleiten.

Sie gab es Reinert und der betrachtete es genauer. »Hier ist eine Gravur«, sagte er und ließ seine Kollegin ebenfalls einen Blick darauf werfen.

»C. W.«, las Sybille Wald laut vor. »Was bedeutet das?«

»Vermutlich bedeutet es, dass es sinnvoll wäre, Oberkommissar Rudolf Hauns dazuzubitten«, entgegnete ihr Vorgesetzter angespannt.

KAPITEL VIER

Sven Ehbach saß dieses Mal an der Theke seines Lokals in der Stuttgarter Innenstadt und sah die Belege durch, als er die Nachricht von einer weiteren Toten im Radio hörte.

Der Sprecher zählte nüchtern die Fakten auf, so wie er auch die Lottozahlen verlas, dann wechselte er zu den Fußballergebnissen vom Vortag.

»Alles in Ordnung?«, fragte ihn Mark Jörger hinter der Bar.

Die Frage bezog sich auf die Belege, die Sven vor sich ausgebreitet hatte.

»Ich habe es genauso gemacht wie Anna«, fügte der Angestellte noch wie nebenbei an und polierte eines der Gläser.

»Ich bin noch nicht durch«, antwortete ihm Sven und tat so, als wäre er voll und ganz auf die Durchsicht der Unterlagen konzentriert. Er hasste diese Art Arbeit, aber da er Mark weder mochte noch ihm traute, musste er sich wohl oder übel damit befassen.

Der achtunddreißigjährige Barmann zuckte nur lässig

mit den Schultern und stellte das Glas ins Regal, um sich das nächste vorzunehmen.

Sven wusste genau, dass er das Polieren normalerweise einer der Aushilfen aufs Auge drückte. Seit Anna nicht mehr lebte, spielte Mark hier den Chef und tat fast so, als würde ihm der Laden gehören. Zugegeben, er machte guten Umsatz, aber die »Whisky-Ecke« lief quasi von allein. Perfekte Lage, ein Konzept, das dem Zeitgeist entsprach, und gute Deals mit den Lieferanten. Am liebsten hätte Sven den Barmann gefeuert, aber einen Nachfolger zu finden und einzuarbeiten, würde dauern. Außerdem schien es Sven vernünftiger, Mark auf diese Weise unter Kontrolle zu halten. Mark hatte Anna gut gekannt, viel zu gut, da wusste man nie, was die Runde machen würde, wenn man so einen zum Feind hatte. Nur ungern dachte Sven an jenen Vormittag, an dem er seine Schwester und Mark in einer äußerst peinlichen Situation angetroffen hatte.

Im Lager waren die beiden übereinander hergefallen wie Hunde. Bis heute wusste er nicht, ob ihn Anna bemerkt hatte, fast war es ihm so vorgekommen, aber da sie ihr Liebesspiel nicht abgebrochen hatte, hielt er das für unmöglich. Mark hingegen traute er so viel Exhibitionismus zu, einen Zuschauer sogar noch zu genießen.

»Ich vermisse Anna«, sagte der Barmann plötzlich. »Du hast sicher gerade an sie gedacht, das konnte ich dir ansehen«, fuhr er fort und Sven lief gegen seinen Willen rot an.

»Ist doch normal«, plauderte der andere wie selbstverständlich weiter, »sie war deine große Schwester, deine

Familie, da ist der Schmerz nach einem Jahr nicht vergessen«, sagte er überraschend mitfühlend.

Aber wie gewöhnlich war seine Freundlichkeit trügerisch.

»Merkwürdig, dass sie nichts von ihrem Herzfehler wusste«, murmelte er nachdenklich und mit einem Mal hatte Sven das Gefühl, einer lauernden Schlange gegenüberzusitzen.

»Merkwürdig?«, wiederholte er gereizt Marks Wortwahl. »Es ist eine verdammte Schande, dass man das nicht früher festgestellt hat, denn dann wäre sie noch am Leben.«

»Ja«, erwiderte Mark ungerührt und schnappte sich das nächste Glas. Ohne aufzublicken, sagte er: »Dann wäre alles beim Alten und ich hätte noch eine Chefin.«

Wenn sie dich nicht gefeuert hätte, dachte Sven bei sich.

Anna konnte gelegentlich nämlich sehr launisch sein. Aber er schwieg, ohnehin verspürte er keine Lust auf diese Unterhaltung.

»Weißt du, sie war anders als die anderen Frauen«, sprach Mark jedoch unaufgefordert weiter. »Wir hatten viel Spaß miteinander. Mit ihr konnte man fantastisch lästern und sie ließ mir meine Freiheiten.«

»Ach ja«, spielte Sven den Gleichgültigen.

Auch das hatte er oft genug beobachtet. Anna und Mark hatten die Köpfe zusammengesteckt und sich über den dicken Hintern einer Angestellten oder die kleinen Brüste einer Kundin ausgelassen. Mark erzählte ihr von seinen nächtlichen Errungenschaften und es bestand kein Zweifel daran, dass Anna für gewöhnlich jedes Detail von Marks sexuellen Aktivitäten erfahren hatte.

»Vielleicht hätten wir eines Tages geheiratet und den Laden zusammen geführt. Wir mochten uns, aber das sollte natürlich keiner erfahren.«

»Und wieso behältst du es dann jetzt nicht für dich?«, reagierte Sven gereizt. Seine Befürchtungen, Mark wolle schmutzige Wäsche waschen, schienen sich zu bewahrheiten.

»Anna war eine tolle Frau«, fuhr der Barmann unbeirrt fort. Mit einem anzüglichen Grinsen flüsterte er: »In mancher Beziehung schräg.« Er zwinkerte. »Aber mir hat das gefallen. Und ihr gefiel auch, wie ich den Laden geführt habe, wenn sie nicht da war.«

Darum geht es dir also, du willst deinen Platz sichern, dachte Sven und wartete auf einen Erpressungsversuch, doch der blieb aus.

Stattdessen sagte Mark nun: »Ich stehe auch dir zur Verfügung«, und dann fügte er noch zweideutig an: »In jeder Hinsicht«, während wie zufällig seine Finger Svens Handrücken streiften.

Der war so überrascht, dass er eilig die Belege vor sich zusammenschob und stotterte: »Ich denke, alles in Ordnung, du kannst das an den Steuerberater weitergeben.«

»Gut, das mache ich«, antwortete ihm Mark, als wäre nichts vorgefallen. »Kann ich ihm dann auch gleich sagen, dass ich ab nächsten Monat mehr Gehalt bekomme?« Er sah Sven fordernd an. »Schließlich leite ich den Laden seit rund einem Jahr, das muss sich ja auch für mich lohnen.«

Auch das noch, schoss es Sven durch den Kopf, der

keinerlei Erfahrung in Verhandlungen mit Angestellten hatte. Ohne Diskussion willigte er deshalb ein.

»Du bist ein guter Mensch«, sagte Mark zum Abschied, für Sven Ehbach der Beweis, dass er von dem Barmann gerade über den Tisch gezogen worden war.

»Deine Schwester hat immer gesagt, dass du eine typische Waage bist, immer auf der Suche nach Harmonie und Frieden.« Er lachte auf. »Das mit den Horoskopen war ein echter Spleen von ihr. Mich hielt sie übrigens auch für einen authentischen Steinbock.« Wieder das anzügliche Zwinkern. »Du verstehst?«

Mark lachte und Sven konnte es kaum erwarten, die Tür des Lokals hinter sich zu schließen.

Erst draußen auf dem Parkplatz wurde seine Atmung ruhiger und er fragte sich, aus welchem Grund er sich von Mark immer so in die Knie zwingen ließ.

Auf der Rückfahrt nahm er sich vor, künftig mehr wie Anna zu sein, die hätte sich von keinem ihrer Angestellten so behandeln lassen, nicht einmal, wenn sie sich von ihnen vögeln ließ.

Auf dem Besucherparkplatz der Brennerei stand ein Wagen. Sven erkannte ihn und dachte erschöpft: *Bleibt mir denn heute gar nichts erspart?*

Regina Steinhard lehnte am Kofferraum und strahlte über das ganze Gesicht, als sie ihn kommen sah. Es war ein rundes Gesicht mit milchig weißer Haut, und wie immer, wenn er die junge Frau sah, glaubte er, den Geruch von saurer Milch in der Nase zu haben. Als sie Kinder waren, hatte ihn das nicht gestört, aber jetzt schreckte es ihn regelrecht ab. Regina, drei Jahre jünger als Sven, hörte jedoch nicht auf, seine Nähe zu suchen. Der rote Lippenstift, den sie aufgelegt hatte, war so ein harter Kontrast zur Gesichtshaut, dass sich Svens Geruchshalluzinationen noch verstärkten. Ihr feines hellblondes Haar war frisch geschnitten und eine talentierte Frisöse hatte es vermutlich mit vielen Rundbürsten in Position gebracht. Trotzdem blieb Regina für Sven eine schmucklose Frau, an der er nicht das geringste Interesse hatte. Dennoch stieg er freundlich lächelnd aus und begrüßte sie mit einem leichten Kuss auf die Wange. »Hallo Nachbarin«, gab er sich gut gelaunt, »was führt dich hierher?«

In diesem Moment erschien Onkel Franz unter der Tür und blökte: »Sven, wir müssen noch die Bourbon-Fässer füllen.« Dann spuckte er aus und verschwand im Inneren der Destillerie mit einem hörbaren missbilligenden Brummton.

»Er mag mich nicht«, machte Regina ihrem Frust Luft. »Liegt wohl in der Familie.« Damit spielte sie auf Anna an, die sich Regina gegenüber tatsächlich nie besonders freundlich gezeigt hatte.

»Er ist immer so«, hielt sich Sven mit Erklärungen zurück und fragte sie erneut nach dem Grund ihres Hierseins.

Sie sah ihn verlegen an. »Kommt dir vielleicht blöd vor, aber ich wollte mich bei dir vorstellen.«

»Vorstellen? Als was?« Er hob überrascht die Brauen.

»Ich dachte, du brauchst vielleicht jemanden fürs Büro. Ich habe doch bemerkt, dass das für dich zu viel ist.« Sie sprach jetzt hastig weiter, bemüht, ihn zu überzeugen. »Ich habe Agrarwissenschaften studiert und ich bin auf einem landwirtschaftlichen Betrieb groß geworden.«

»Dein Vater hat eine Baumschule«, warf Sven ein, der sich plötzlich in der Falle sitzen sah.

»Buchhaltung ist Buchhaltung, Marketing und Verkauf sind überall gleich und den Rest kann ich lernen«, entgegnete sie eifrig. »Du brauchst doch jemanden, der dir hilft, und bei mir müsstest du keine Angst haben, dass ich dich bescheiße.«

»Ich denke, du arbeitest im Betrieb deines Vaters. Was wird der dazu sagen?«

Sie schnaubte wütend, und Sven wünschte sich, sie hätte das nicht getan. Ihr nun aufgeblähtes Gesicht glich einer großen Portion Rahmkäse und er glaubte, Vergorenes zu riechen.

»Ich bin nicht sein Eigentum«, gab sie kämpferisch zurück. »Ich muss auch meine eigenen Wege gehen, außerdem ist da ja noch mein Bruder Lars.«

»Er würde es dir übel nehmen, wenn du ihn verlässt. Schließlich ist deine ganze Ausbildung darauf ausgerichtet, dass du den Betrieb eines Tages zusammen mit deinem Bruder übernimmst.« Er lächelte freundlich. »Was du da vorhast, macht keinen Sinn, am Ende wäre jeder nur unglücklich. Außerdem gehe ich aus Prinzip nicht mit Angestellten aus«, warf er schnell ein und hatte plötzlich die rettende Idee: »Und gerade wollte ich dich fragen, ob wir morgen Abend beim Italiener essen sollen.« Er hatte sie noch nie eingeladen, aber um sie und ihren milchig sauren Geruch aus den Lagerräumen und der Brennerei fernzuhalten, hatte er keine andere Wahl.

Sie strahlte. »Wirklich?«

»Ja, natürlich. Jetzt muss ich aber zu Onkel Franz, die Abfüllung wartet.«

Er verabschiedete sich zügig und würde noch heute beim Arbeitsamt anrufen, in der Hoffnung, dass man ihm jemand für die Verwaltung vermitteln könnte.

* * *

Claudia Wegener, erstes Opfer, verschwunden im September 2006

Claudia schrie, als sie die andere Frau sah. Die Tür fiel zeitgleich ins Schloss, der Schlüssel drehte sich.

»Nein«, rief sie verzweifelt, »lassen Sie mich nicht mit ihr allein, bitte.«

Sie weinte, geriet in Panik und rüttelte mit aller Kraft an der Klinke, die keinen Millimeter nachgab. Sie konnte doch nicht hierbleiben, was, wenn man sie für immer in diesem Raum gefangen halten wollte? Ein Seufzen drang an Claudias Ohren und sie drehte sich blitzschnell um. Ihr Herz hämmerte gegen die Brust, das war unmöglich. Die Frau, die in der Ecke hockte, konnte nicht mehr seufzen, denn die war tot. Das Geräusch wiederholte sich und da wurde Claudia klar, dass es von einem der Rohre kam, die in diesem Raum an der Wand entlangliefen. Allerdings verscheuchte diese Erkenntnis nicht ihre Panik. Denn der Körper der Toten lehnte trotzdem noch in der Ecke. Spärliches Licht erhellte den Raum, und dieses Mal sehnte sich Claudia nach Dunkelheit. So jedoch blieb ihr keine Wahl. Sie erkannte alles ganz genau: die aufgerissenen Augen, die nackte Haut, die fast überall mit Blut überzogen war, und die Tatsache, dass man den Körper in zwei Hälften zerteilt hatte. Während der Oberkörper beziehungsweise die Partie bis zum Bauchnabel an der Wand lehnte, lagen der Unterleib und die Beine in einer großen Blutlache daneben.

Vielleicht ist das nicht echt, redete sich Claudia ein. Womöglich eine Puppe, die einem Zauberer auf der Bühne als Requisit diente. Automatisch dachte sie an die bekannte Nummer mit der zersägten Frau. Aber lange konnte sie sich mit dieser Theorie nicht trösten, denn ihr Verstand widersprach. Unverkennbar waren die heraushängenden Gedärme, die zersägten Knochen und die Gewebestückchen, die im Blut schwammen, real.

Warum nur hatte man sie hierhergebracht? Wollte man sie genauso zurichten, würde sich bald die Tür öffnen und ihr Mörder eintreten? Claudia bildete sich in ihrer Panik ein, keine Luft mehr zu bekommen, die Gerüche in dem fensterlosen Zimmer schienen ihr plötzlich die Schleimhäute zu verätzen wie ein tödliches Gas, alles verschwamm vor ihren Augen und endlich fiel sie in eine erlösende Ohnmacht.

* * *

2020, Wohnung von Oberkommissar Rudolf Hauns

Rudolf Hauns hatte heute seinen freien Tag. Der Kommissariatsleiter hatte darauf bestanden und ihn ermahnt, dass es nun einmal Vorschriften bezüglich der Ruhephasen von Beamten gab.

Hauns passte das zwar ausgerechnet jetzt überhaupt nicht, aber keinesfalls wollte er durch unnötige Streitereien die Chance vermasseln, vielleicht mit Reinerts Hilfe doch noch Licht in die alten Fälle zu bringen. Also verhielt er sich mustergültig und saß nun zusammen mit seiner Frau Bärbel beim Mittagessen. Sie sprachen nicht, während er die Suppe löffelte, und auch den Sauerbraten mit Nudeln aßen sie schweigend.

»Kaffee?«, fragte sie anschließend und er nickte.

Während Bärbel aufstand, machte er den kläglichen Versuch, die Mauer, die in den letzten Jahren zwischen ihnen entstanden war, einzureißen, indem er anerkennend sagte: »Du bist wirklich eine fantastische Köchin.«

Sie nickte daraufhin, vielleicht lächelte sie sogar. Womöglich hatte sich ein kleiner Kiesel aus der harten meterhohen Wand gelöst, die ihnen das Leben als Paar seit dem Tod des gemeinsamen Sohnes so unerträglich machte.

Bald jährte sich sein Todestag, das wussten sie beide. In dieser Zeit des Jahres war es ihnen fast unmöglich, miteinander im gleichen Raum zu sein.

»Ich werde Blumen besorgen«, sagte Bärbel tonlos, als sie die kleine Kaffeetasse vor ihn stellte.

»Ja, tu das«, antwortete er müde.

Als kurz darauf sein Diensthandy klingelte, nahm er das Telefonat dankbar an.

»Bin sofort da«, antwortete er Oberkommissarin Wald, die von einer möglichen Wendung und einem weiteren Mordopfer sprach.

Eine Minute später ging er zu Bärbel in die Küche, hauchte ihr sanft einen Kuss auf die Wange und machte sich wieder auf den Weg zum Büro. Auch heute hatte er nicht das Gefühl, seine Wohnung zu verlassen, sondern glaubte ihr zu entfliehen, während er, trotz seines Gewichtes, beinahe leichtfüßig die Treppe nach unten hastete. Vielleicht würde sich seine Hartnäckigkeit endlich auszahlen.

* * *

Dienstgebäude der Kriminalpolizei Stuttgart

Hauptkommissar Reinert fasste für seine Kollegen den Autopsiebericht zusammen. »Wie wir bereits wissen, hat er der Frau die Kehle aufgeschlitzt, auch die Wunden am Rücken waren uns bekannt. Nach der Reinigung der Leiche konnte die Gerichtsmedizinerin jedoch noch weitere Verletzungen entdecken.« Er öffnete eine entsprechende Datei auf seinem Rechner und warf die Bilder an die Wand.

»Die Tote hat Einschnitte um die Ohrmuscheln, nicht besonders tief, aber absichtlich herbeigeführt.«

Sybille Wald betrachtete die Vergrößerung. »Sieht aus wie ein Kreis, der über die Wange um das ganze Ohr herum verläuft.«

»Genau genommen sind es zweieinhalb Kreise«, verbesserte sie Reinert. »Im Bericht steht ›spiralartig‹. Verursacht durch eine sehr scharfe, feine Klinge, vermutlich ein Skalpell.«

»Gibt es um jedes Ohr diese spiralartigen Wunden?«, fragte einer der Kommissare, was Reinert bestätigte.

»Und was bedeutet das?«, hakte ein anderer nach.

»Das wissen wir noch nicht, aber wir können davon ausgehen, dass es nicht willkürlich gemacht wurde, sondern so geplant war. Die Einstiche am Rücken, die spiralförmigen Wunden um die Ohren, das hat er sich nicht spontan ausgedacht.«

»Was ist mit dem Vater des ersten Opfers? Gregor Öler?«, warf einer der Kollegen ein. »Fällt der damit als Verdächtiger weg?«

»Nein«, widersprach Reinert. »Wir werden sein Alibi überprüfen. Wenn er seine Adoptivtochter getötet hat, dann sollte ein zweiter Mord uns vielleicht nur von dem ersten ablenken. Abgesehen davon verbirgt der Mann etwas vor uns. Deshalb ...«

Weiter kam Reinert nicht, denn in diesem Moment betrat Rudolf Hauns den Raum. Er war außer Atem, murmelte eine Entschuldigung und suchte sich einen Platz in der Ecke.

Reinert nickte ihm zu, während Sybille Wald dem Mann eine Mappe brachte. Manche der Anwesenden sahen schuldbewusst aus und vermieden den Blickkontakt mit dem älteren Oberkommissar, vor allem, als Reinert jetzt sagte: »Womöglich haben wir eine Verbindung zu einem alten Vermisstenfall.« Er heftete ein Foto an die Wandtafel. »Claudia Wegener, verschwand 2006. Kollege Hauns hat den Fall damals bearbeitet. Die Kette, die wir in der Hand des Opfers von gestern Nacht gefunden haben, stammte von ebenjener Claudia Wegener.« Er brachte ein weiteres Foto an der Tafel an. Es zeigte die Vergrößerung eines Anhängers am Hals einer Frau, der einen Löwen darstellte. »Oberkommissar Hauns«, bat Reinert den Mann zu übernehmen.

Mühsam erhob sich dieser und zog pfeifend die Luft ein, dann erklärte er mit ruhiger Stimme: »Laut Aussage der Mutter hat das Mädchen die Kette immer getragen. Es handelte sich um ein Geburtstagsgeschenk der Großmutter, eine Sonderanfertigung. Claudia war im Sternzeichen des Löwen geboren, deshalb der entsprechende Anhänger mit den Initialen. Es bestanden nie Zweifel daran, dass sie sie auch in der Nacht ihres Verschwindens umgelegt hatte.«

Hauptkommissar Reinert ergänzte: »Leider gibt es keine Spuren auf dem Anhänger außer die der Toten, da war unser Täter vorsichtig.«

»Können wir sicher davon ausgehen, dass der Mörder diese Kette in die Hand der Toten gelegt hat? Vielleicht befand sie sich schon zuvor in deren Besitz und alles ist nur ein Zufall. Was, wenn Claudia Wegener diese Kette, nachdem sie abgehauen ist, verkauft hat, um an Geld zu kommen? Irgendein Pfandleiher hat sie dann weiterverkauft, et voilà, so landete sie bei dem jüngsten Opfer. Vielleicht hat die Tote die gleichen Initialen.«

Hauns wollte antworten und man sah ihm an, dass ihm eine scharfe Entgegnung auf der Zunge lag, aber Reinert kam ihm zuvor.

»Guter Einwand«, sagte er, »wir bleiben nach allen Richtungen offen, können diesen Zufall aber natürlich nicht ignorieren«, fügte er freundlich an und dankte im Stillen dem Herrgott dafür, heute mit diplomatischem Fingerspitzengefühl aufgewacht zu sein.

Beide Seiten schienen zufrieden, und das Klingeln von Reinerts Handy verhinderte weitere Proteste. Er lauschte gespannt den Ausführungen des Anrufers. Als das Gespräch beendet war, sagte er angespannt: »Wir haben einen Namen.«

* * *

Am Abend kannte auch die Presse die Identität der Toten.

Jetzt wissen sie also, dass du Tabea Fröhlich heißt, dachte ihr Mörder desinteressiert. Wieder war er abgewichen, hatte etwas Neues probiert. Zu töten, ohne die Sicherheit von Mauern um sich zu spüren, war eine interessante Erfahrung gewesen und völlig anders als in seiner Vorstellung. Da hatte er sich stets selbst ermahnt, auf seine Umgebung zu achten, aber als es dann so weit gewesen war, hatten sich seine Ohren nur auf ihr Schluchzen, Betteln und den gurgelnden Laut konzentriert, der entstanden war, als er das Messer über ihren Hals geführt hatte. Erst dann war ihm der Gedanke gekommen, womöglich nicht allein zu sein, aber er hatte den Platz gut ausgewählt, genauso wie sein Opfer.

Auch in der Vergangenheit hatte er noch nie lange suchen müssen. Wenn es so weit war, dann lief ihm garantiert eine über den Weg. Dass es immer Dunkelhaarige sein mussten, lag an Claudia Wegener, ihr sollten sie gleichen. Auch gestern Nacht hatte er eine Entsprechung gefunden, während er seine Runden drehte. Gleich beim ersten Anlauf war ein passendes Opfer aufgetaucht. Eine junge Frau, ohne Begleitung von der Herde getrennt, wenn man es so nennen wollte. Er beobachtete, wie sie vom Lokal zur Bushaltestelle marschierte.

Schnell steuerte er den Wagen in ihre Richtung, blieb neben ihr stehen und ließ die Scheibe herunter.

Sie sah ihn erst erschrocken an, aber er konnte sie beruhigen, fragte einfältig nach dem Weg zum Bahnhof und sah, dass sie erstens getrunken und zweitens geweint hatte. So aufgewühlt war sie ein leichtes Opfer. Traurige Mädchen vergaßen die eigene Sicherheit.

»Alles in Ordnung?« Er klang mitfühlend.

Sie schluchzte, offenbar drängte es sie, jemandem ihren Kummer anzuvertrauen. Am Ende stieg sie ins Auto und er fuhr mit ihr zu dem Platz, den er vorher schon ausgekundschaftet hatte. Die Penner hatten sich in einen der Waggons verzogen und Jugendliche waren unter der Woche nicht unterwegs. Er wusste, wie er sich dem Gelände nähern konnte, ohne dass ihn jemand sah. Ihr sagte er, dass er ihr etwas zeigen wolle, eine Überraschung. Sie starb schnell und in seinen Augen unspektakulär, dafür sorgte das Risiko, beobachtet zu werden, für Spannung. Er hoffte, dass das Muster zu erkennen wäre, und dann war da ja noch die Halskette gewesen ... Seit vierzehn Jahren hatte er sie immer bei sich getragen wie einen Talisman. Ganz plötzlich hatte er jedoch das Bedürfnis verspürt, sie zurückzulassen.

* * *

Dienstgebäude der Kriminalpolizei Stuttgart

Sie hatten sich noch einmal getroffen, dieses Mal in kleiner Runde. Es war schon spät und ein Großteil der Kollegen war nach Hause gegangen. Ein langer Tag lag hinter ihnen. Der Besuch bei den Eltern von Tabea Fröhlich hatte an ihren Nerven gezerrt. Tränen, Wut und Verzweiflung machten es fast unmöglich, etwas Brauchbares über die Tote zu erfahren, außer dass sie kurz vor dem Abitur gestanden hatte. Man hatte bereits Kontakt mit Tabeas Freunden aufgenommen und die Wohnung der Fröhlichs durchsucht. Jetzt galt es, herauszufinden, wo man die junge Frau zuletzt gesehen hatte und ob es womöglich eine Verbindung zu Patricia Öler gab.

Die Kollegen hatten den anonymen Anruf zurückverfolgt, der den Hinweis auf die Leiche geliefert hatte. Er war von einem Handy aus geführt worden, dem Handy von Tabea Fröhlich.

»Wir gehen also davon aus, dass der Mörder das Handy benutzt und dann entsorgt hat wie den Rest von Tabeas Sachen, zumindest war eine Ortung nicht mehr möglich«, fasste Reinert zusammen.

Eine Überprüfung des Namens der Handybesitzerin hatte schnell ergeben, dass es sich dabei um die Tote in der Gerichtsmedizin handelte. Im Internet fanden sich einige Fotos der jungen Frau, anhand derer eine schnelle Identifizierung möglich war. Angeblich hatte Tabea bei einer Freundin übernachten und mit der direkt in die Schule gehen wollen.

»Die Mädchen hatten Streit«, teilte Sybille Wald ihrem Vorgesetzten und Oberkommissar Hauns mit.

Letzterer seufzte.

»Die beiden waren in einer Kneipe, dann tauchte Tabeas Ex-Freund auf, der sich jetzt offensichtlich für die beste Freundin interessiert. Es gab ein lautstarkes Wortgefecht, woraufhin Tabea wütend ging. Danach verliert sich die Spur, das war so gegen halb elf. Die Kollegen fragen sich durch die angesagten Bars. Immerhin war sie schon achtzehn, da gibt es viele Möglichkeiten.«

»Der Todeszeitpunkt liegt zwischen Mitternacht und ein Uhr«, warf Reinert ein, »bleibt die Frage, wo sie von halb elf bis zu ihrem Tod war.«

»Womöglich hat er sie zu diesem Zeitpunkt bereits entführt.«

»Es gibt weder Kampfspuren noch Anzeichen von K.-o.-Tropfen oder Drogen, allerdings war der Blutalkoholspiegel recht hoch«, entgegnete Reinert.

»Das reichte vielleicht. Alkohol enthemmt, möglicherweise hat er mit ihr getrunken, sie in Sicherheit gewiegt. Eine junge Frau mit verletztem Stolz, die sich von der besten Freundin hintergangen fühlt, nutzt die Gelegenheit, sich selbst etwas zu beweisen, und wird unvorsichtig.«

»Dann müsste unser Mann attraktiv sein«, warf Hauns ein.

Sybille schenkte ihm einen belustigten Blick. »Oder er kann einfach nur gut reden. Dafür braucht man kein schönes Gesicht, auch ein hässlicher Mund verbreitet schmeichelhafte Lügen«, fügte sie noch bitter an.

Kurz herrschte angespanntes Schweigen, das die Oberkommissarin auflöste, indem sie sagte: »Sorry, da habe ich mich hinreißen lassen.« Sie atmete durch. »Aber es ist trotzdem gut möglich, dass er ihr einfach ein gutes Gefühl geben konnte, das hat sie leichtsinnig gemacht.«

Hauns stieß geräuschvoll die Luft aus. »Fragt sich nur, wie er das jedes Mal schafft. Denn wenn ich richtigliege, dann ist ihm das nicht nur bei Tabea Fröhlich gelungen, sondern schon vierzehn Jahre zuvor bei Claudia Wegener.«

»Wem gelingt es, Vertrauen aufzubauen? An wen denken wir da als Erstes?«, griff Reinert den Punkt auf.

»Autoritätspersonen, Staatsdiener, Polizisten, Ärzte, Lehrer, Pfarrer, irgendwer in Uniform, das reicht oft schon. Sich irgendwo eine passende Verkleidung zu beschaffen, war weder vor vierzehn Jahren noch heute schwierig«, antwortete Sybille Wald spontan. »Aber«, warf sie ein, »es wäre auch möglich, dass er seine Opfer mit einer Waffe bedroht. Wenn jemand eine Pistole auf eine Frau richtet, wird er sie ebenfalls zum Einsteigen zwingen können, und auch das hinterlässt dann keine Spuren. Außerdem dürfen wir nicht davon ausgehen, dass er immer gleich vorgeht. Vielleicht hat er in der Vergangenheit Gewalt angewandt, die Frauen niedergeschlagen, betäubt, was ihm gerade von Nutzen war.«

»Stimmt, wir werden das mit dem Team besprechen«, entgegnete Hauptkommissar Reinert. Er war müde und auch seine beiden Kollegen machten den Eindruck, reif für den Feierabend zu sein. Deshalb fügte er noch an: »Das machen wir morgen, jetzt ist es Zeit, nach Hause zu gehen.«

* * *

Am nächsten Morgen

Thilo Kratzer war gut gelaunt, das Vorstellungsgespräch bei dem Reisebusunternehmen hatte ihm Hoffnung gemacht. Die suchten dringend einen erfahrenen Busfahrer und der Fünfundvierzigjährige hatte einen kompetenten Eindruck hinterlassen. Nach dem Grund befragt, warum er denn nicht mehr bei seinem alten Arbeitgeber sei, erzählte er etwas von Einsparungen. Es war nur eine Pro-forma-Frage gewesen und man bat ihn, heute noch einmal vorbeizukommen, zu einem letzten Gespräch. Er fühlte sich, als hätte er den Arbeitsvertrag bereits unterschrieben.

Als er die Küche betrat, saß seine Mutter über der Zeitung, sie blickte nicht auf, sondern sagte statt einer Begrüßung: »Wir sind uns heute einig.« Mit dem »Wir« meinte sie sich selbst und die Presse, genauer gesagt den zuständigen Horoskopschreiber. »Im Zeichen des Wassermanns Geborene sollten nicht allzu viele Erwartungen in diesen Tag stecken«, fügte sie noch an.

Da Thilo selbst Wassermann war, entfuhr ihm ein genervtes »Mutter!«, aber sie ließ sich nicht abhalten.

»Hier steht: ›Heute sollten Sie weitreichende Entscheidungen vermeiden und klärende Gespräche auf später verschieben.‹ Das ist ja noch freundlich ausgedrückt«, kommentierte sie abschätzend. »Laut meinen Berechnungen ...« Sie schob einen Stapel bekritzelte Blätter hin und her. »... solltest du gar nicht erst das Haus verlassen, das erspart dir Enttäuschungen. Ich habe heute sowieso nicht viele Termine, wir können einen gemütlichen Tag zusammen verbringen.«

»Geht nicht«, antwortete er triumphierend, »ich soll noch einmal bei dem Reisebusunternehmen vorbeikommen, vermutlich die Zusage.«

Sie verzog das Gesicht, und ihre Missbilligung war deutlich. Dennoch fasste sie sie auch in Worte: »Reisebusse fahren, was für ein Unsinn. Da bist du Tage, ja sogar Wochen unterwegs, das ist nichts für dich. Ein Mann braucht ein Zuhause, zu dem er abends zurückkommen kann.«

Er kannte ihre kleinen Tricks, um ihn zu manipulieren. Seit er bei ihr eingezogen war, versuchte sie ihn zu kontrollieren. Aber er hatte eigene Pläne und würde sich jetzt nicht aufhalten lassen.

»Ich muss los«, sagte er deshalb, verabschiedete sich freundlich und fügte noch an: »Wünsche mir Glück!«

Erst als er aus der Tür war, antwortete sie leise: »Das wünsche ich dir, mein Junge, aber die Sterne lassen sich nicht beeinflussen.«

Sein Termin bei dem Reisebusunternehmen war erst in einer Stunde, er konnte sich also Zeit lassen. Aber noch bevor er die erste Straßenkreuzung erreicht hatte, klingelte sein Handy.

Es waren wohlüberlegt aufgesagte Sätze, mit denen man ihn abfertigte: »Tut uns leid, aber wir müssen den heutigen Termin verschieben, wir melden uns wieder.«

»Wann?«, fragte er perplex. »Ich bin flexibel, ich kann auch später vorbeikommen, jederzeit.« Er versuchte erst gar nicht, seine Enttäuschung zu verbergen. »Ich hätte den Job wirklich gerne«, fügte er an und schämte sich nicht dafür, dass es sich nach Betteln anhörte.

Die weibliche Stimme am anderen Ende der Leitung blieb jedoch reserviert. »Tut mir leid, wir haben ja Ihre Nummer. Noch einen schönen Tag. Wir melden uns.«

Das nächste »Wann?« brüllte er so laut in den Hörer, dass sich einige der Passanten nach ihm umdrehten. Aber die Frau am anderen Ende der Leitung hatte das Gespräch bereits beendet.

Thilo Kratzer stieß einen heftigen Fluch aus und schnauzte einen Mann an, der schnell kopfschüttelnd weiterhastete.

Das würde er nicht einfach hinnehmen, sein Ziel stand fest und er machte sich auf den Weg. Die Worte seiner Mutter kamen ihm in den Sinn: *klärende Gespräche auf später verschieben.*

Er hatte genug von dem Hokuspokus, ganz sicher würde er sich nicht von irgendwelchen Möchtegernhellsehern etwas vorschreiben lassen.

Als er den Firmensitz des Reisebusunternehmens erreichte, versuchte er, beherrscht zu wirken. Vielleicht war alles nur ein großes Missverständnis. Noch glaubte er, sein persönliches, unaufgefordertes Erscheinen könnte den Inhaber beeindrucken, zeugte es doch von großem Engagement. Tief in seinem Inneren wusste er es jedoch besser, aber das hielt ihn nicht davon ab, das Büro zu betreten.

Keine zehn Minuten später stand er wieder auf der Straße, er hatte es geahnt.

»Herr Kratzer, wir zweifeln nicht an Ihren Fähigkeiten, aber leider kam uns da ein sehr unschönes Detail zu Ohren. Sexuelle Belästigung ist kein Kavaliersdelikt.« Der Personalchef hatte geseufzt. »Wenn es um Warenbeförderung ginge, dann könnte man darüber hinwegsehen, aber so ...« Er hatte die Hände wie zum Gebet gefaltet und ein mitleidiges »Ich bedauere« angefügt.

Ja, ich bedauere auch, dachte Thilo Kratzer jetzt wütend. *Ich bedauere vieles, vor allem die Dinge, die ich längst hätte tun sollen.*

* * *

Etwa zur gleichen Zeit

»Komischer Zufall, dass wir schon wieder auf Sven Ehbach treffen«, meinte Hauptkommissar Reinert während der Fahrt zu dessen Lokal »Ehbachs Whisky-Ecke«.

»Eigentlich nicht«, warf Sybille Wald ein. »Ich sagte doch, Ehbach beziehungsweise sein Unternehmen ist hier in der Gegend ziemlich bekannt. Dass Gregor Öler zu seinen Kunden zählt, ist also nicht verwunderlich, und ›Ehbachs Whisky-Ecke‹ ist ein echter In-Treff, den kennt jeder. Vermutlich wird es kaum einen Jugendlichen geben, der nicht schon einmal da war oder zumindest davon gehört hat. Gelegentlich bieten die Livemusik an, also kein Wunder, dass auch Tabea Fröhlich dort verkehrte.«

Bei den Recherchen hatten die Kollegen herausgefunden, dass das jüngste Mordopfer nach dem Streit mit ihrer Freundin noch in Sven Ehbachs Lokal gesehen worden war. Nun sollte ein Gespräch mit den Angestellten stattfinden. Der Besitzer hatte sich sofort bereit erklärt zu kooperieren und stellte für Befragungen seine Räumlichkeiten zur Verfügung.

»Sie haben noch nicht viel von Stuttgart gesehen«, merkte Oberkommissarin Wald gerade an.

»Nein, außer den Tatorten, der Gerichtsmedizin und meinem Weg zur Arbeit ...«, antwortete er ehrlich.

»Wenn Sie bleiben wollen, dann sollten Sie das schnell ändern«, entgegnete sie daraufhin schmunzelnd.

»Erwecke ich etwa den Eindruck, dass das nicht der Fall ist?«, fragte Reinert perplex.

»Sie wirken wie jemand, der kein Interesse am Nestbau hat«, gab sie unumwunden zurück.

Reinert musste schmunzeln. »Aha, und woraus schließen Sie das, Frau Kollegin?«

Sie zögerte, sagte dann aber: »Keine Frau, keine Kinder, kein Einfamilienhaus, also auch kein Nestbau. Entweder wollten Sie das nie oder aber ...« Sybille Wald brach ab und biss sich auf die Lippe, weil sie sich bewusst wurde, dass sie da gerade eine Grenze überschritt.

»Oder aber was?«, ließ sie der Hauptkommissar nicht mehr aus der Nummer heraus.

Er konnte sehen, dass sie beim Einparken rot anlief, und setzte schadenfroh nach: »Es ist zu spät für einen Rückzieher.«

Sie stellte den Motor ab und fasste sich ein Herz. »Also schön, entweder wollten Sie nie ein Nest oder man hat Sie aus einem hinausgeworfen.«

Reinert, die letzten Tage ständig unter Anspannung, begann zu lachen. Es war befreiend und gab ihm das Gefühl, ein wenig mehr angekommen zu sein.

Sybille war froh, dass er ihr das nicht übel nahm, und

sagte erleichtert: »Ich bin manchmal zu direkt, tut mir leid, aber wenn ich mit jemandem so viel Zeit verbringe, kommen mir eben solche Gedanken, und nicht zu vergessen die berufliche Neugier.«

»Schon gut«, erwiderte er und entschloss sich, aufrichtig zu sein. »Sie haben recht, ich bin nicht so der Nestbautyp, Nester schrecken mich ab.«

»Kommt vielleicht noch«, antwortete sie daraufhin und sagte zu seiner Überraschung: »Aber besser keines als eines, das sich wie ein Gefängnis anfühlt.« Er sah sie fragend an, aber sie entgegnete nur: »Wir sollten jetzt hineingehen.«

Hauptkommissar Reinert hatte sich die »Whisky-Ecke« ganz anders vorgestellt, vor allem kleiner. In Wahrheit war das Wort »Ecke« im Namen regelrecht irreführend. Das Lokal hatte nämlich riesige Ausmaße, wirkte aber aufgrund der geschickten Aufteilung trotzdem gemütlich. Eine mehrere Meter lange Theke war der erste Blickfang, wenn man eintrat. Erst beim genauen Betrachten sah man, dass es eine zweite, kleine Bar in einer Nische gab. Dort wurden für die Liebhaber von altem Whisky die teuren Sorten ausgeschenkt. Die kunstvollen Flaschen standen hinter verschließbaren Glasvitrinen, und kleine Täfelchen verrieten Geheimnisse über den Inhalt. Aber abseits dieser Oase herrschte abends Partybetrieb. Dem Whisky blieb man insoweit treu, dass fast alle angebotenen Cocktails damit gemixt wurden. Das Angebot war vielfältig, ausgefallen und modern, wie alles in dem Raum. Plakate kündigten Live-Events an, und die große

Zahl Angestellter, die bereits auf die Polizisten wartete, ließ keinen anderen Schluss zu, als dass hier stets Betrieb herrschte.

Sven Ehbach kam auf die Beamten zu. »Wir kennen uns ja bereits«, sagte er bewegt. »Dass diese arme Frau ausgerechnet bei uns gesehen wurde ...« Er führte sie in den Raum und winkte einem Mann. »Das ist Mark Jörger, er ist der Geschäftsführer und wird Ihnen alle Auskünfte geben, die Sie benötigen.«

»Sie waren an dem Abend nicht hier?«, hakte Reinert routinemäßig nach.

»Nein«, antwortete Sven Ehbach und erklärte die Situation, seit seine Schwester Anna letztes Jahr unerwartet gestorben war. »Ich bin vor allem für die Brennerei zuständig.«

KAPITEL FÜNF

Claudia Wegener, erstes Opfer, verschwunden im September 2006

Als die junge Frau wieder zu sich kam, war die Leiche der anderen verschwunden. Nur die große rote Pfütze machte Claudia bewusst, dass sie das alles nicht geträumt hatte.

Mühsam richtete sie sich auf und lehnte ihren Körper gegen die Wand. Das Licht brannte noch und erst jetzt war sie in der Lage, sich den Raum anzusehen. Es gab ein Bettgestell mit Matratze, die noch in Folie eingeschweißt war, außerdem einen Stuhl und einen Tisch. Ihr Blick wanderte zu der Blutlache. Sie wollte eigentlich nicht mehr hinsehen, konnte dem Schrecken jedoch nicht entkommen. Ein innerer Zwang ließ sie auf die rote Flüssigkeit stieren, als könnte sie ihr so ein Geheimnis entlocken. Sie bemerkte, dass der Boden an der Stelle, an der der zerstückelte Körper gelegen hatte, gekachelt war. Ihr Blick wanderte an der Wand entlang, auch dort gab es Blutspuren. Schließlich entdeckte sie ein kleines Waschbecken und daneben eine Toilettenschüssel.

Eine Gefängniszelle, schoss es Claudia durch den Kopf. *Das ist eine weitere Gefängniszelle.*

In diesem Augenblick öffnete sich die Tür. Er war es.

»Du bist wieder wach«, stellte er emotionslos fest.

Sie drückte sich in der Hocke sitzend an die Wand wie ein verschrecktes Kind und wagte kaum den Blick zu heben.

Er hatte einen Eimer dabei und einen Schrubber. »Du wirst hier sauber machen«, sagte er und deutete auf das Blut.

Claudia nickte und betete im Stillen, dass er sonst nichts verlangen würde.

»Warum sitzt du in der Ecke? Du kannst das Bett benutzen«, fuhr er plötzlich freundlich fort und streckte seine Hand nach ihr aus.

Die junge Frau wusste nicht, was sie tun sollte. Sie scheute sich davor, ihn zu berühren. Er war ein Monster, eine Bestie, so jemanden wollte man nicht auf der eigenen Haut fühlen. Würde sie sich allerdings weigern, dann könnte er wütend werden, und was dann?

Sie griff zu und spürte seine kalten Finger. Er zog sie in die Höhe, und jetzt sah sie zum ersten Mal deutlich sein Gesicht. Sie konnte den Schrei unterdrücken, aber nicht verhindern, ihn geschockt anzustarren, als ihr bewusst wurde, dass er nicht entstellt war, sondern eine Maske über dem Kopf trug. Ein bizarr verzerrtes Gesicht blickte ihr entgegen. Der Gummi warf kleine Wellen, die Falten nachbilden sollten. Der Mund war unwirklich verzogen, die Augen wirkten wie Schlitze und dann erkannte sie, was genau die Maske darstellte: Es war das Gesicht eines schreienden Babys. Ein Schauder durchzog ihren ganzen Körper.

»Du frierst«, deutete er ihr Zittern falsch. »Ich werde dir später ein paar Sachen bringen, aber zuvor tu deine Arbeit.«

Claudia keuchte, löste schnell ihre Hand aus der seinen und umklammerte den Schrubber wie ein rettendes Seil. Und dann reagierte sie, ohne zu überlegen. Wie ein gejagtes Tier konnte sie nur noch an eines denken, und zwar an die Flucht. Sie holte aus und schlug zu. Ihr Peiniger, zu sehr von dem Angriff überrascht, stolperte nach hinten. Claudia sah die offene Tür und rannte los. Sie hatte keine Ahnung, in welcher Richtung der Ausgang lag. Das Einzige, was ihr in den Sinn kam, war, dass sie sich in einem alten Gebäude befand. Sie rannte durch das Halbdunkel, erreichte eine Treppe und nahm zwei Stufen auf einmal. Sie sah eine Tür, die einen Spalt offen stand, dahinter lag ihre Freiheit. Aber in der Sekunde, in der sie die Klinke berühren wollte, riss man sie von den Füßen. Claudia schrie auf, verlor den Kontakt zum Boden und fiel in die Tiefe. Der Aufprall war schmerzhaft, sie klatschte mit dem Gesicht auf den harten Steinboden. Ihr Nasenbein brach, eine Augenbraue riss auf und überall war plötzlich Blut. Für einen Augenblick blieb ihr die Luft weg. Die bösen Flüche, die man ihr zurief, klangen wie zu langsam abgespielte Schallplatten, ein grelles Licht drang an ihre Augen, vermutlich wieder die Taschenlampe, und dann verstand sie die Worte doch. »Du hast es wohl noch nicht kapiert«, zischte der Mann mit der Maske wütend, »dich wird nur der Tod hier herausbringen, denn du bist das Mädchen ohne Wiederkehr.«

* * *

2020, Befragung in Sven Ehbachs »Whisky-Ecke«

Hauptkommissar Reinert und Oberkommissarin Wald hatten zuerst mit dem Geschäftsführer Mark Jörger gesprochen. Der konnte ihnen zwar bezüglich Tabea Fröhlich nicht weiterhelfen, lieferte aber ein umfassendes Bild der Geschäftsabläufe und mischte das Ganze mit Angeberei. Wie es aussah, war es ihm ein Bedürfnis, die Beamten wissen zu lassen, dass er – und nur er – den Laden am Leben hielt.

Reinert mochte den Mann nicht und hätte wetten können, dass Mark Jörger schon einmal mit dem Gesetz in Konflikt geraten war, etwas, das er auf alle Fälle überprüfen würde.

Anschließend sprachen die Beamten mit den anderen Mitarbeitern.

Eine der Kellnerinnen sagte aus: »Die hat drei unserer Spezialcocktails getrunken, und zwar innerhalb kürzester Zeit, das habe ich auch schon Ihren Kollegen gesagt.«

»Und das wissen Sie noch, bei der Masse an Gästen jeden Abend?«, hakte Oberkommissarin Wald nach, die auf Reinerts Wunsch hin federführend bei der Befragung der weiblichen Angestellten sein sollte. »Vertrauensbildende Maßnahme«, hatte er ihr vorab mit einem Augenzwinkern zugeflüstert.

Die Aushilfe, eine Frau um die fünfzig, war kräftig gebaut, und Sybille, die sich selbst nicht gerade für einen sportlichen Typ hielt, fragte sich, wie ihr Gegenüber es bewerkstelligte, in einer überfüllten Bar stundenlang Tabletts zu schleppen.

»Ich mache das schon sehr lange. Bin quasi vom ersten Tag dabei, und Anna hat mich immer angefordert, wenn sie mit vollem Haus rechnen musste. Sie fragen sich sicher, was eine Frau mit meiner Figur zwischen all den jungen, schlanken Dingern verloren hat und ob ich da mithalten kann.«

An den Gesichtern der Polizisten konnte sie ablesen, dass die genau darüber nachdachten.

»Nun, erstens habe ich trotzdem eine gute Kondition, ich halte mich fit und bewege mich gerne, das ist kein Vorrecht der Mageren. Außerdem habe ich ein gutes Gedächtnis – Anna nannte es sogar phänomenal. Wenn ich Bestellungen aufnehme, kann ich sie mir bis zur Theke merken, richtig bonieren und weiß auch beim Austeilen, wer sie geordert hat. Früher konnte ich sogar im Kopf die Rechnung addieren, aber das neue Kassensystem vereinfacht vieles. Anna hat sich stets darauf verlassen, dass ich die Mädchen unter meine Fittiche nehme und dafür sorge, dass alles läuft. Natürlich kann ich mich nicht an jeden Gast und jede Bestellung erinnern«, fuhr sie mit einem amüsierten Ausdruck fort, »aber jemand, der drei Spezialcocktails in so kurzer Zeit herunterschüttet, bleibt mir im Gedächtnis. Die haben nämlich ordentlich Umdrehungen und die Frau sah nicht aus, als könnte sie viel vertragen.«

»War jemand bei ihr?«, fragte Sybille Wald aufgeregt, weil sie hoffte, endlich weiterzukommen. Sie hatten bereits mit den anderen Angestellten gesprochen. Zwei der männlichen Kellner erinnerten sich, Tabea gesehen zu haben, und einer der weiblichen Bedienungen war sie ebenfalls aufgefallen, als sie schwankend zur Toilette gegangen war, aber Einzelheiten hatten sie von diesen Mitarbeitern nicht erfahren.

»Ja, da war jemand. So eine ist doch nie lange allein. Sah mir zumindest nicht wie ein Mauerblümchen aus.«

»Kannten Sie den Mann, vielleicht ein Stammgast?«

Sie schüttelte den Kopf.

»Meinen Sie, es wäre möglich, ihn so zu beschreiben, dass wir ein Phantombild anfertigen können?«, hakte Oberkommissarin Wald nach.

»Möglich«, sagte die Kellnerin achselzuckend. »Wir können es gerne probieren. Aber ich muss dazu sagen, dass ich sie nicht die ganze Zeit gesehen habe, der Laden war gerammelt voll. Denkbar, dass noch andere um sie herumscharwenzelt sind und der Mann, an den ich mich erinnere, nur gerade zufällig neben ihr stand.«

»Wie kommt es«, mischte sich unvermittelt Hauptkommissar Reinert ein, »dass nicht Sie den Laden hier leiten, sondern Mark Jörger? Man braucht keine große gastronomische Fachkenntnis zu haben, um zu bemerken, dass Sie dafür bestens geeignet wären.« Seine Schmeichelei wirkte.

Die Frau bekam rosa Bäckchen und streckte den Oberkörper durch.

»Tatsächlich«, antwortete sie mit gesenkter Stimme, »hat mir Anna sogar angeboten, ihre rechte Hand zu werden. Allerdings musste ich ablehnen, wegen der Familie. Mein Mann arbeitet im Drei-Schichten-Betrieb und verdient gutes Geld. Vor fünf Jahren kam unser Nesthäkchen zur Welt, außerdem habe ich noch einen halbwüchsigen Sohn, zwei unerzogene Dackel und eine Mutter mit Rheuma. Der Aushilfsjob ist dazu eine nette

Abwechslung und bessert die Haushaltskasse auf, aber mehr Zeit kann ich nicht aufbringen.«

»Und wann hat Ihnen Anna Ehbach dieses Jobangebot gemacht?«

Sie zog die Stirn in Falten und blähte die dicken Wangen auf. »Vielleicht ein, zwei Monate vor ihrem Tod, das arme Ding«, fügte sie noch kopfschüttelnd an. »Sie war erst vierzig, ich war geschockt, als mich eine Kollegin anrief.«

»Sie mochten Anna?«

»Oh ja, sehr sogar«, bestätigte die Bedienung und es klang ehrlich. »Allerdings«, ergänzte sie noch, »war Anna nicht jedermanns Fall. Aber wir sind immer gut miteinander ausgekommen. Vielleicht, weil ich älter war.«

»Was heißt das?«, bohrte Sybille nach.

»Anna konnte gelegentlich etwas grob sein, wenn sie sich ärgerte. Aber meistens hatte sie recht. Wenn jemand zu dumm ist, ein Tablett von A nach B zu tragen, kann man ihn ja nicht als Genie bezeichnen.«

»Wusste Herr Jörger, dass Anna Ihnen seinen Job angeboten hat?«, hakte Reinert noch einmal nach, der irgendwie das Gefühl hatte, die Antwort könnte wichtig sein.

»Nein, das war ein vertrauliches Gespräch. Sie meinte nur, dass ihr der Typ auf die Nerven gehen und sie ihm nicht trauen würde und ich eben der perfekte Ersatz wäre. Ich habe ihr trotzdem gleich abgesagt. Kurz darauf war sie tot.«

»Und der Bruder, Sven Ehbach, kommt der gut mit Herrn Jörger klar?«

Sie wiegte den Kopf hin und her. »Sieht so aus, aber

Sven ist gutmütig, Anna nannte ihn immer eine typische Waage.«

Die fragenden Blicke der Beamten ließen sie sagen: »Das war Annas Ding, Horoskope. Mich hielt sie für einen atypischen Schützen.«

* * *

Am Nachmittag lag den Beamten ein Phantombild vor.

»Das ist der Mann, der laut einer von Ehbachs Angestellten mit Tabea Fröhlich gesprochen hat«, informierte Hauptkommissar Reinert sein Team.

»Gehen wir davon aus, dass das der Mörder ist?«, fragte eine der Polizistinnen.

»Das können wir jetzt noch nicht sagen, aber selbst wenn er nur zufällig längere Zeit in der Nähe unseres Opfers stand, ist es wichtig, ihn zu finden. Er könnte ein Zeuge sein. Vielleicht hat sie ihm etwas erzählt oder er sah, mit wem sie wegging. Deshalb veröffentlichen wir das Bild auch mit dem Hinweis, dass wir den Mann als Zeugen vernehmen möchten.«

»Das ist kein besonders gutes Phantombild«, warf der junge Kommissar ein, mit dem Reinert schon, seit er in Stuttgart eingetroffen war, im Clinch lag.

»Nein«, stimmte er dem Mann gelassen zu. »Aber es ist das Beste, das wir im Moment haben.« Er wechselte das Thema. »Was ist mit dem Alibi von Gregor Öler?«, fragte er in die Runde.

»Zu Hause im Bett, seine Frau hat das mehr oder weniger bestätigt«, antwortete eine Beamtin.

»Und das heißt?«, hakte Reinert ungeduldig nach.

»Offenbar nimmt sie starke Beruhigungsmittel, kann man ja verstehen.«

»Sie halten sie also nicht für eine zuverlässige Zeugin? Mann, dann sagen Sie das doch einfach«, platzte dem Hauptkommissar der Kragen. Er war es so leid, seinen Teamkollegen jede Information aus der Nase ziehen zu müssen.

Augenblicklich schwiegen alle, und die Beamtin, die er eben angeschnauzt hatte, blickte ihn fassungslos mit großen Augen an. Er wusste, wie ungeduldig er sein konnte, und auch, dass ihm das sein Umfeld für gewöhnlich übel nahm.

Plötzlich bedauerte er seinen Ausbruch, so konnte er die Besprechung nicht enden lassen. Stuttgart war ein Neuanfang, er wollte respektiert werden, das erreichte man nicht mit Unhöflichkeit. Also fasste er sich ein Herz und sagte: »Tut mir leid, ich weiß, dass Sie alle Ihr Bestes geben.« Er lächelte die Beamtin charmant an, und deren Züge entspannten sich. »Sie kennen mich erst seit Kurzem und das macht die Arbeit natürlich nicht einfacher. Eines sollte ich vielleicht deshalb klarstellen: Für Zurückhaltung haben wir keine Zeit. Wenn jemand eine Meinung hat, eine Ahnung oder einen Eindruck, dann raus damit. Ermittlungsarbeit ist nur im Team möglich und ich weiß, dass ich mit Ihnen ein sehr gutes Team habe.« Es folgte Schweigen und Reinert sagte schließlich: »Und jetzt an die Arbeit.«

Bis auf Oberkommissar Hauns und Sybille Wald verließen die Kollegen den Raum.

Keiner sprach, was die Oberkommissarin veranlasste zu sagen: »Sie wird es Ihnen verzeihen.«

»Wer?«, reagierte Reinert verblüfft, da er in Gedanken bereits ein Gespräch mit der Presseabteilung wegen der Veröffentlichung des Phantombilds führte.

»Na, die Frau Kommissarin. Sie wird den Rüffel überleben. Ich glaube, bei mir hat sich noch nie ein Vorgesetzter entschuldigt«, fügte sie gespielt enttäuscht an.

Reinert blickte mit einem Grinsen zu der Oberkommissarin. »Gibt es denn etwas, für das ich Sie um Vergebung bitten müsste?«

Sie wackelte unschlüssig mit dem Kopf. »Ich bin sicher, dass in der nächsten Zeit einiges zusammenkommen wird.«

Das eigenartige Quieken, das daraufhin erklang, kam von Hauns. Das war das erste Mal, dass Reinert den Mann lachen hörte.

Dann wurden die Beamten wieder ernst und kamen erneut auf den Fall Claudia Wegener zu sprechen.

Reinert überlegte laut: »Warum hat er die Kette zurückgelassen? Warum will er, dass wir uns mit dem Verschwinden von Claudia Wegener befassen?«

»Vielleicht hat er gar nichts mit ihrem Verschwinden zu tun, sondern will, dass wir nach ihr suchen«, schlug Sybille Wald vor. »Hört sich vielleicht verrückt an, aber was, wenn er seine Morde dazu benutzt, uns auf den alten Fall anzusetzen?«

Sie blickten nun beide zu Hauns, der bislang geschwiegen hatte.

»Was denken Sie?«, fragte ihn Sybille Wald direkt. »Sie haben den Chef doch gehört, immer raus damit.«

Hauns, der wieder einmal aussah, als säße er auf einem Kinderstuhl, der unter seinem Gewicht jede

Minute zusammenbrechen könnte, zuckte mit den Schultern. »Ehrlich gesagt verstehe ich es nicht. Warum ist er so darauf bedacht, an den Tatorten alle Spuren zu verwischen, und hinterlässt uns dann ein so wichtiges Beweisstück? Ihm muss doch klar sein, dass wir daraufhin viel tiefer graben, dass mehr Beamte eingesetzt werden und er damit das Risiko für sich selbst erhöht.«

Hauptkommissar Reinert ließ sich die Argumente durch den Kopf gehen und traf eine Entscheidung. »Ich werde mit dem Leiter der OFA sprechen. Die Fallanalytiker sollten sich die Akten ansehen, vielleicht übersehen wir etwas.«

»Gute Idee«, stimmte ihm Sybille Wald zu. »Ich stelle die Dateien der aktuellen Fälle zusammen.«

Reinert sah zu Oberkommissar Hauns, der entgegnete: »Und von mir bekommen die Kollegen alles, was ich über die vermissten Frauen zusammengetragen habe.«

»In der Zwischenzeit«, fuhr Reinert fort, teilen wir uns auf. »Oberkommissarin Wald wird heute die Zeugenaussagen und Ermittlungen im Fall Tabea Fröhlich koordinieren und ich werde mit Oberkommissar Hauns dem damaligen Freund von Claudia Wegener einen Besuch abstatten. Laut Melderegister wohnt er immer noch in Stuttgart. Haben Sie ihn je verdächtigt?«, fragte Reinert interessiert nach.

»Nein«, seufzte der Ältere. »Sein Alibi war damals wasserdicht, und da ihr Verschwinden nicht als Verbrechen behandelt wurde, gab es keinen Grund, ihm etwas vorzuwerfen, außer dass er vielleicht ihren Aufenthaltsort hätte kennen können, aber das bestritt er immer.«

»Gut, dann sehen wir mal nach, was aus ihm geworden ist.«

* * *

Claudia Wegener, erstes Opfer, verschwunden im September 2006

Die junge Frau lag in einem kalten, engen Raum, der höchstens drei Meter lang und zwei Meter breit war. Es gab kein Licht, keine Matratze und auch keinen Eimer, nur den kalten Steinboden. Ihr ganzer Körper schmerzte nach dem Sturz. Sie tastete vorsichtig über ihr Gesicht, spürte den vorstehenden Knochen der gebrochenen Nase und zuckte zusammen, als ihre Finger die Platzwunde an der Augenbraue berührten.

Was jetzt?, fragte sie sich verzweifelt. Sie saß in ihrem Grab, das Todesurteil hatte man bereits gesprochen.

»Ich bin das Mädchen ohne Wiederkehr«, schluchzte sie leise, als sie sich an die Worte ihres Peinigers erinnerte. »Ich hätte nicht versuchen sollen zu fliehen.« Plötzlich schrie sie: »Bitte, lassen Sie mich hier heraus, ich werde alles tun, was Sie sagen. Ich werde gehorchen, bitte.« Sie weinte, hatte nicht mehr die Kraft, Haltung zu bewahren oder so zu tun, als könnte sie die Qualen ertragen. Dunkelheit, Kälte und Schmerz hatten sie längst gebrochen.

Unvermittelt vernahm sie Schritte, glaubte, man hätte ihr Flehen erhört, und rief noch einmal: »Bitte, lassen Sie mich hier heraus, ich werde gehorchen.«

Dann sah Claudia einen Lichtspalt, die Tür war geöffnet worden, das Gesicht des schreienden Babys erschien, doch noch bevor sie etwas sagen konnte, kreischte sie laut auf. Der Eimer kalten Wassers, den man über sie kippte, verfehlte nicht seine Wirkung. Für einen Augenblick glaubte Claudia tatsächlich, ihr Herz würde stehen bleiben, dann wäre es wenigstens vorbei gewesen, aber sie war immer noch am Leben.

»Du hättest das nicht tun sollen«, hörte sie seine zornige Stimme. »Ich wollte, dass du es gut bei mir hast, aber du musstest alles kaputtmachen. Es ist deine Schuld, alles ist deine Schuld.«

»Nein, das wird nie wieder vorkommen, ich schwöre es, ich ...«

Etwas traf sie an der Schläfe, er hatte mit seinem Stiefel nach ihr getreten, so als wollte er einen bissigen Hund vertreiben. Sie spürte den dumpfen Schmerz und kroch benommen rückwärts.

»Du hast es kaputtgemacht«, rief er nun außer sich und trat erneut zu.

Schützend hob die junge Frau die Hände vors Gesicht, rollte sich zusammen, aber er hörte nicht auf, als wollte er es nun ein für alle Mal zu Ende bringen.

* * *

2020, Vernehmung Frank Bauer, damaliger Freund von Claudia Wegener

Frank Bauer war überraschend freundlich, als er die beiden Polizisten vor seiner Tür entdeckte. Er kam gerade aus dem Garten und trug einen Korb mit schrumpeligen, verdreckten Rüben. Seine Kleidung und Hände waren schmutzig, sein Gesicht hatte die gesunde Farbe eines Menschen, der sich viel im Freien aufhielt.

Die Beamten zeigten ihre Ausweise, und Frank Bauer bat sie, ohne nach dem Grund ihres Hierseins zu fragen, hinein.

»Sie wohnen alleine hier?«, fragte Hauptkommissar Reinert.

»Du liebe Güte«, antwortete der heute Achtunddreißigjährige amüsiert, stellte den Korb zur Seite und machte eine ausladende Handbewegung Richtung Wohnzimmer. »Sehen Sie sich doch um. Dieses Chaos kann ein erwachsener Mann allein nicht verursachen.«

Der Hauptkommissar verstand. Was im Flur nach einem ordentlichen Junggesellenhaushalt ausgesehen hatte, entpuppte sich in der »guten Stube« als Zuhause einer mehrköpfigen Familie. Nicht nur die herumliegenden Spielsachen, Kinderturnschuhe und Malbücher, sondern auch die zahlreichen Fotografien an den Wänden und in den Regalen zeugten davon, dass mindestens drei Kinder hier leben mussten.

»Sie haben Familie«, sagte Hauns überflüssigerweise.

Frank Bauer betrachtete den Mann einen Augenblick. »Ich kenne Sie irgendwoher.« Er überlegte. Automatisch war Bauer davon ausgegangen, dass sie ihn wegen der Sache am Friedhof befragen wollten. Plötzlich kam die Erinnerung zurück und er erschrak. »Sie sind der Beamte von damals. Geht es um Claudia?«

Hauns nickte und einen Moment lang starrte Frank

Bauer die Polizisten mit offenem Mund an, dann besann er sich und atmete tief durch. »Bitte setzen Sie sich doch, ich mache uns Kaffee.«

Er wartete nicht auf die Zustimmung der Männer, sondern verschwand in die Küche, und kurz darauf hörte man einen Kaffeeautomaten rattern.

Hauptkommissar Reinert setzte sich auf den erstbesten Stuhl, während sich Hauns in einen Sessel fallen ließ. Ein Brummton verriet, dass sein Hinterteil dabei auf einem Teddybären gelandet war. Umständlich zog er das Stofftier unter seinem Körper hervor.

Reinert empfand plötzlich tiefes Mitgefühl mit dem Kollegen. Mittlerweile kannte er dessen traurige Geschichte. Mit dem Teddybären auf dem Schoß wirkte Hauns in diesem Moment selbst wie ein überdimensionales Plüschtier, eines, das man schon vor langer Zeit ausgemustert hatte. Wieder einmal nahm sich Reinert vor, alles zu tun, um niemals so unglücklich zu werden wie Oberkommissar Hauns.

Frank Bauer kehrte mit einem Tablett und drei bunt zusammengewürfelten Tassen zurück.

»Tut mir leid, ich habe Sie gar nicht gefragt, ob Sie überhaupt Kaffee trinken, aber ich glaube, ich wollte Zeit schinden, mich vor den schlechten Nachrichten drücken.«

»Wieso denken Sie, wir bringen schlechte Nachrichten?«, fragte Reinert interessiert.

»Die Polizei kommt nicht, um dir zu sagen: ›He, Mann, alles gut!‹ Zumindest nicht zu mir. Also«, fragte er nun herausfordernd, »haben Sie Claudia gefunden?«

»Nein, leider nicht«, antwortete Hauns aufrichtig,

»aber dafür ist ihre Halskette aufgetaucht.« Er reichte Bauer eine Fotografie davon.

»Ich erinnere mich«, sagte der und lächelte, »ein Geschenk von der Oma, sie hing sehr daran. Wo wurde sie gefunden?«

Hauns zögerte und Reinert sprang ein. »Aus ermittlungstechnischen Gründen können wir Ihnen dazu keine Auskunft geben, aber nichtsdestotrotz hat uns der Fund veranlasst, den alten Fall noch einmal zu durchleuchten. Wir sind deshalb auf Ihre Mitarbeit angewiesen und würden Ihnen gerne ein paar Fragen stellen, wenn Sie einverstanden sind.«

»Natürlich«, erwiderte Bauer hilfsbereit. »Stellen Sie Ihre Fragen.«

»Sie hatten eine enge Beziehung zu Frau Wegener?«, begann Reinert.

Sein Gegenüber lachte auf. »Ich war verrückt nach diesem Mädchen, ich glaube, sie war die Erste, die ich wirklich geliebt habe.« Plötzlich blickte der Mann betroffen zur Seite und begann hektisch in seiner Kaffeetasse zu rühren.

Hauns wollte nachhaken, aber Reinert signalisierte ihm mit einem Blick zu schweigen. Man musste Frank Bauer etwas Zeit lassen. Tatsächlich fing der nun an zu sprechen, leise und mit belegter Stimme: »Wir wären sicher nicht zusammengeblieben, weil ich es am Ende doch vermasselt hätte.« Nun hob er den Kopf und lächelte verlegen. »Und es ist auch nicht so, dass ich heute unglücklich bin. Meine Frau ist umwerfend und wir gehören zusammen, dafür gibt es drei gute Argumente und das vierte ist bereits unterwegs.«

Reinert murmelte ein höfliches »Glückwunsch«, dann sprach Bauer weiter: »Aber Claudia hat mich berührt, verändert, sie tat mir gut. Ich hatte zu der Zeit Probleme mit der Polizei, war im Jugendknast gewesen, nichts, worauf ich stolz bin. Claudia zeigte mir ein anderes Leben. Wissen Sie, was das Ganze so traurig macht?« Er seufzte leise. »Mit ihrem Verschwinden legte sich in meinem Kopf ein Schalter um. Plötzlich habe ich kapiert, was sie versucht hatte mir zu sagen. Irgendwann habe ich mich dank ihr gefangen, kam auf die Beine. Was bleibt, ist die Schuld. Ich war der Grund für den Streit mit ihren Eltern. Danach ist sie zu dieser Bushaltestelle gelaufen und verschwunden. Ohne mich würde sie heute ein glückliches Leben führen.«

»Sie bezweifeln also, dass sie einfach abgehauen ist?«, fasste Reinert nach.

»Ja«, versicherte Bauer vehement.

»Allerdings gab es die Aussagen mehrerer Klassenkameradinnen, die bestätigt haben, dass es zwischen Ihnen beiden häufig Streit gab, dazu das angespannte Verhältnis im Elternhaus. Wäre es da nicht denkbar, dass sie in einer Art Kurzschlussreaktion auf und davon ist?«

»Nicht Claudia«, widersprach Bauer. Er sah zu Hauns. »Sie haben das doch auch nie geglaubt, oder?«

Hauns zögerte nicht, sondern antwortete: »Sie haben recht, ich hielt und halte Claudia Wegener nicht für eine Ausreißerin.«

Bauer schien sich zu entspannen. »Sie war viel zu pflichtbewusst, hatte ein ausgeprägtes Verantwortungsgefühl auch ihren Eltern gegenüber.« Er schüttelte müde den Kopf. »Natürlich habe ich trotzdem immer gehofft, sie wäre freiwillig verschwunden und würde irgendwo gesund und munter ein gutes Leben führen, aber als ich Sie vorhin erkannt habe, da ging ich eigentlich davon aus, dass man ihre Leiche gefunden hat.« Er räusperte sich. »Ich schäme mich zuzugeben, dass ich auch irgendwie erleichtert gewesen wäre …«

»Die Ungewissheit ist für die Angehörigen immer am schlimmsten«, redete Hauns dem Mann verständnisvoll zu.

Hauptkommissar Reinert übernahm nun wieder. »Sie sagten vorhin selbst, und natürlich wissen wir das auch aus den Akten, dass Sie einige Probleme hatten. Man hat Sie wegen illegalen Drogenbesitzes und Dealerei verurteilt. Mich würde interessieren, ob Claudia Wegener mit irgendwem aus der Drogenszene in Kontakt gekommen ist?«

»Nein«, begehrte Bauer sofort auf, »um Gottes willen, ich hätte sie da nie mit hineingezogen. Sie wollte mich ja von alldem wegholen. Ich habe sie von den Drogen und meinem verkorksten Leben ferngehalten, sogar von der Band, und die war harmlos.«

»Welche Band?«, fragte Reinert verblüfft.

»Ach, das war eigentlich keine richtige Band, mehr so zum Spaß. Wir hatten ab und zu Auftritte in kleinen Kneipen, hielt nicht lange. Ich bin als Erster rausgeflogen, nachdem unser Bandleader von der Drogensache erfahren hat.«

»Waren Sie noch in der Band, als Sie mit Claudia Wegener eine Beziehung hatten?«

»Ja, aber ich ging schon nicht mehr regelmäßig zu den Proben. Lars war deshalb ziemlich sauer und Mark hat das ausgenutzt, um meinen Platz zu übernehmen.« Er grinste gutmütig. »Kann es ihm nicht verdenken. Der Gitarrist hat bei den Mädels immer einen guten Stand.«

»Welcher Mark?«, hakte Reinert hellhörig geworden nach.

»Mark Jörger, der war damals ein echter Herzensbrecher, aber auch ein Feigling vor dem Herrn. Wenn es Ärger gab wegen seiner Anmachversuche, dann hat er sich immer hinter Lars verkrochen, der war unser Bandleader.«

»Haben Sie noch Kontakt zu Mark Jörger?«, unterbrach Reinert den Mann, da er sich nun ganz sicher sein wollte.

»Kontakt nicht, aber ich sehe ihn gelegentlich, wenn meine Frau und ich uns einen kinderfreien Abend gönnen und ›Ehbachs Whisky-Ecke‹ besuchen. Er ist mittlerweile dort der Chef. Passt zu ihm, scheint sein Leben immer noch zu genießen, ist aber auch ein fürchterlicher Angeber.«

»Erzählen Sie uns von dieser Band«, bat Reinert, der seine Anspannung bezüglich dieser Informationen kaum verbergen konnte.

»Wie gesagt, Lars, Lars Steinhard, er war der Bandleader und Sänger. Er war zwei, drei Jahre älter als ich und Mark. Seinem Vater gehört eine Baumschule Richtung Schwäbische Alb, mittlerweile wird sie wohl Lars führen. Das Grundstück war riesig und in einer alten Scheune hatten wir unseren Proberaum. Lars ist übrigens immer noch aktiv zusammen mit Mark. Letztes Jahr sind die bei einem Straßenfest aufgetreten, covern Lieder aus den Achtzigern, das war richtig gut. Beide nicht mehr jung, aber die Fans standen trotzdem Schlange. Mark war wie gewöhnlich am Flirten und Lars hat sogar Autogramme gegeben. Ich nehme es ihm nicht übel, dass er mich damals hinausgeworfen hat, er war ja im Recht.«

»Gab es sonst noch ein Mitglied?«, kam Reinert wieder zurück zum Thema.

Bauer zögerte, schien zu überlegen und sagte dann: »Ja, der Typ war schon Anfang dreißig.« Wieder überlegte ihr Gegenüber und fügte schließlich an: »Thilo, Thilo Kratzer war sein Name. Wir nannten ihn nur den Grapscher, weil er seine Finger nicht von den Mädels lassen konnte. Anna hat ihm deshalb mal ordentlich eine verpasst.«

»Anna? Etwa Anna Ehbach?«, rief nun Hauns überrascht.

»Ja, Sie kannten Anna?«, reagierte Bauer mit einer Gegenfrage. »Schlimme Sache, das mit ihrem Tod.«

»Was hatte Anna Ehbach mit der Band zu tun?«

»Na, die Brennerei der Ehbachs liegt doch direkt neben der Baumschule. Lars und Anna kannten sich schon seit der Kindheit und sie kam manchmal zu den Proben. Ich nahm immer an, dass sie mehr von Lars wollte. Auf jeden Fall war Thilo stark an ihr interessiert, zu stark.« Frank grinste. »Die hat ihm eine Lektion erteilt.«

»Und Mark Jörger? War der auch an Anna interessiert?«

»Möglich, jedenfalls hat ihn Anna ja irgendwann eingestellt.«

»Und wie war Ihr Verhältnis zu Anna Ehbach?«

Bauer runzelte die Stirn. »Nicht besonders, ehrlich

gesagt mochte ich sie nicht, aber deshalb tut es mir dennoch leid, dass sie so früh gestorben ist«, ergänzte er schnell.

»Warum mochten Sie die Frau nicht?«

Sein Gegenüber dachte kurz nach, bevor er sagte: »Manchmal stimmt die Chemie nicht, ich denke, ihr ging es genauso mit mir.«

»Aber Claudia Wegener kannte niemanden aus der Band?«, bohrte Reinert erneut nach.

Es folgte ein Achselzucken. »Möglich, dass sie uns mal bei einem Auftritt gesehen hat. Natürlich wusste sie von der Band, sicher haben wir gelegentlich eines der Mitglieder zufällig getroffen. Aber wir haben nie gemeinsam etwas unternommen. Was spielt das überhaupt für eine Rolle?«, fragte Frank die Beamten nun verwundert.

Anstatt einer Antwort stellte ihm Reinert eine weitere wichtige Frage: »Kennen Sie eigentlich Gregor Öler, den Getränkegroßhändler?«

»Ich lese Zeitung, seine Tochter wurde getötet«, erwiderte Frank Bauer nun zusehends nervös. »Ich dachte, es geht um Claudia? Denken Sie etwa, dass ...«

Wieder erhielt er keine Antwort, dafür kam Reinert noch einmal auf die Ehbachs zurück. »Kannten Sie auch den jüngeren Bruder von Anna Ehbach?«

»Flüchtig, aber der war damals doch noch ein Kind.«

»Ich schätze, er war sechzehn«, entgegnete ihm Reinert.

Bauer lachte auf. »Ich war damals vierundzwanzig, fühlte mich wie ein Mann, da hängt man nicht mit einem Sechzehnjährigen ab.«

»Und Claudia, die war doch auch erst siebzehn?«

»Das ist ja wohl etwas anderes«, fuhr ihn Bauer gereizt an. »Claudia war sehr reif für ihr Alter und außerdem fast schon achtzehn, wenn Sie mir jetzt unterstellen wollen, ich hätte mich irgendwie an ihr vergangen …«

»Nein.« Reinert hob beschwichtigend die Hand. »Das war nicht meine Absicht«, gab er vor, denn er hatte dem Mann natürlich absichtlich auf den Zahn fühlen wollen. »Mir war nur wichtig, Ihre Einschätzung zu erfahren«, erklärte er lapidar.

In diesem Moment ging die Tür auf und drei Kinder zwischen vier und acht Jahren stürmten das Wohnzimmer. Hinter ihnen trat eine hübsche Frau mit kugelrundem Schwangerschaftsbauch ein.

Sie sah besorgt von ihrem Mann zu den Beamten.

»Die Polizei, wegen der Vandalen auf dem Friedhof«, log Bauer schnell.

»Ach«, sagte sie erleichtert. »Sie müssen da unbedingt etwas tun.«

»Sicher«, ließ sich Reinert darauf ein und sah neugierig zu Frank Bauer.

»Schatz, kannst du die Kinder nach oben bringen, wir sind gleich fertig.«

Sie tat, worum er sie gebeten hatte, und verabschiedete sich freundlich.

Reinert wartete nun mit leicht angehobenen Augenbrauen auf eine Erklärung.

»Tut mir leid, aber meine Frau sollte sich in ihrem Zustand nicht aufregen.«

»Was würde sie denn an Fragen über Claudia

Wegener aufregen?«, hakte der Hauptkommissar sanft nach.

Bauer presste die Lippen aufeinander, sagte schließlich: »Meine Frau hat es nicht gerne, wenn ich über Claudia spreche. Ich habe mich da wohl am Anfang unserer Beziehung öfter hinreißen lassen. Das Thema ist bei uns mittlerweile tabu.«

»Verstehe«, gab sich Reinert freundlich. »Und was hat es mit dem Friedhof auf sich?«

»Wir haben eine Gärtnerei und sind vor allem auf Grabpflege spezialisiert. Zurzeit verwüsten irgendwelche Halbstarken ständig die Gräber. Sie sagen meiner Frau doch nicht, dass ich gelogen habe?«, fügte er nun flehentlich an.

»Solange dafür keine Notwendigkeit besteht«, ging Reinert darauf ein. »Sie sollten sich aber überlegen, ob das auf Dauer klug ist«, konnte er sich nicht verkneifen und kam sich dabei wie ein Heuchler vor. Wann hatte er denn seiner Ex-Freundin Nadine jemals die Wahrheit gesagt?

KAPITEL SECHS

Baustelle im Gewerbegebiet Stuttgart

Juri Walther verstand etwas von Abrissarbeiten. Er hatte sich das Vertrauen der Firmenleitung verdient und es mit seinen achtundzwanzig Jahren bei dem Hoch- und Tiefbauunternehmen schon weit gebracht.

Zu Hause kümmerte sich seine Frau Teresa um das schmucke Einfamilienhaus, das er mit viel Eigenleistung hergerichtet hatte, und bald würde das erste Baby ihr Glück perfekt machen. Juri war fleißig, liebte Herausforderungen und dachte stets einen Schritt voraus. Es war also kein Wunder, dass man ihn zum Vorarbeiter gemacht hatte und er verantwortlich für die Einhaltung des Zeitplans war. Aber heute schien ihn sein Glück zu verlassen. Zuerst gab einer der großen Kipplaster den Geist auf und dann machte auch noch die Steuerung des Abbruchbaggers Sperenzchen. Abergläubisch, wie Juri war, befürchtete er bereits, dass das am heutigen Tage noch nicht alles sein würde, denn wenn das Unglück kam, dann für gewöhnlich im Dreierpack. Und so sollte es dann auch sein.

»He, Juri, ich glaube, das musst du dir einmal ansehen«, rief einer der Arbeiter, der wegen des Maschinenausfalls abseits stand, rauchte und lustlos mit den Schuhen in einem Haufen Schutt herumgestochert hatte.

Die anderen sahen neugierig auf und erreichten vor Juri den Kollegen. Heiseres Keuchen und erschrockene Rufe wurden ausgestoßen, als den Männern bewusst wurde, was ihr rauchender Freund da mit der Schuhspitze angetippt hatte.

»Verdammte Scheiße«, stöhnte jemand und ein anderer fragte: »Ist die echt?«, während Juri sich durch die Mauer aus breiten Rücken drängte.

»Sieht nicht aus wie eine Puppenhand«, stotterte der mit der Zigarette.

Als die Männer ihren Vorarbeiter entdeckten, sahen sie ihn erwartungsvoll an. Auch der starrte jetzt auf den staubigen Berg aus Steinen, Brettern und zerbröseltem Beton. Zwischen einem herausgebrochenen Stück Mauer und den Resten eines Fensterrahmens konnte nun auch er eine zierliche Hand entdecken, deren bräunlich verfärbte Finger leicht gekrümmt in seine Richtung zeigten. Zumindest hatte er den Eindruck, dass die Geste ihm galt.

Tausend Dinge gingen ihm in diesem Moment durch den Kopf. Was auch immer unter den Trümmern des Hauses begraben lag, wäre es menschlichen Ursprungs, dann hätten sie ein Problem. Ein Baustopp, den er nicht verhindern konnte, würde Ärger bringen. Den Fund zu vertuschen, wäre jedoch genauso problematisch. Was, wenn einer der Männer nicht den Mund halten würde? Außerdem regte sich Juris Gewissen. Seine Frau Teresa war fromm und auch er ging regelmäßig zum Gottesdienst. Es wäre nicht recht, einer armen Seele den nötigen Respekt zu verwehren. Seine Entscheidung war gefallen. »Männer, jetzt ist Muskelkraft gefragt!«

Die Arbeiter stöhnten unter der Anstrengung, aber schließlich gelang es ihnen, die oberste Schicht Bauschutt auch ohne schwere Maschinen abzutragen.

Stumm standen sie um ihren Fund, betrachteten den Körper, der aussah, als hätte man ihm jede Flüssigkeit entzogen. Braungelbe ledrige Haut bedeckte die Knochen nicht nur, sondern schien sie wie ein unter Spannung stehender Taucheranzug zu umschließen. Zumindest sah das an den Stellen so aus, die nicht von Kleidung verborgen waren. Man erkannte deutlich die Reste einer pinkfarbenen Jacke, verschlissene Jeans, sogar einen Schuh, der noch über dem knöchernen Fuß steckte. Außerdem baumelte ein dünner Gummischlauch um das linke Ellbogengelenk und einige Strähnen dunkles Haar bedeckten den Schädel, während Teile des Gesichts von einer weißen unappetitlichen Substanz überzogen waren.

Die Männer wendeten sich ab, einer musste sich übergeben, ein anderer sprach ein Gebet in einer fremden Sprache und Juri bekreuzigte sich. Es war an der Zeit, die Polizei zu verständigen.

* * *

Oberkommissarin Wald fühlte sich, als hätte man sie ins kalte Wasser geworfen.

Reinert hat ja Nerven, dachte sie angespannt. *Überlässt mir den Laden und wie zu erwarten, gibt es gleich Ärger.*

Tatsächlich hatte sich eine Mutter von Tabea Fröhlichs Freundinnen direkt beim Kommissariatsleiter beschwert, weil man ihre achtzehnjährige Tochter ohne Elternteil befragt hatte.

Sybille Wald musste antanzen und Rechenschaft ablegen. »Die Befragte ist achtzehn Jahre alt«, reagierte sie genervt. »Gestern galt das in unserem Land noch als Volljährigkeit!«

»Darum geht es nicht«, erhielt sie einen Rüffel. »Der Kollege hat es wohl an Feingefühl fehlen lassen, das sagt zumindest die Mutter. Die Tochter sei nach dem Gespräch verschreckt gewesen.«

»Mord verschreckt die Menschen, das ist eben so«, beherrschte sich die Beamtin nur mit Mühe. »Der Kollege hat seine Arbeit getan, wir sind keine Meditationsgurus, wir sind Ermittler.«

Ihr Gegenüber sog scharf die Luft ein und Sybille wusste, dass sie gerade dabei war, sich sehr unbeliebt zu machen. »Aber Sie haben recht«, bekam sie gerade noch die Kurve. »Ich werde mit dem Mann sprechen, wir sollten darauf achten, Zeugen nicht zu erschrecken.« Es klang lahm und aufgesagt, aber es glättete die Wogen.

»Schön, was gibt es sonst Neues?«

Sybille Wald berichtete dem Vorgesetzten kurz und wollte schon gehen, da hielt sie der Mann zurück. »Wie läuft es denn mit Hauptkommissar Reinert?«

Die Oberkommissarin war auf der Hut. »Gut«, antwortete sie knapp und machte erneut einen Schritt Richtung Tür.

»Was halten Sie von dieser Idee, die alten Fälle von Hauns wieder auszugraben?«

Im Stillen fluchend drehte sie sich nun doch um und verschränkte die Arme vor der Brust. »Wir haben keine andere Wahl bei der Beweislage. Die Halskette von Claudia Wegener …«

»Ja, schon gut, aber es gibt Kollegen, die das für einen Zufall halten.«

»Ich gehöre nicht dazu«, sagte Sybille voller Überzeugung, obwohl sie durchaus Zweifel hatte. Allerdings war ihr Bedürfnis, sich gegenüber Reinert und Hauns loyal zu zeigen, stärker.

Der Kommissariatsleiter ließ sie daraufhin gehen und die Beamtin kochte vor Wut. Sie hatte eine ziemlich genaue Vorstellung davon, wer diese Theorie dem obersten Boss vorgetragen hatte, und machte sich auf die Suche nach dem jungen Kommissar, der es anscheinend auf Streit anlegte. Sie erreichte dessen Büro und wollte schon eintreten, als sie den Namen »Hauns« fallen hörte.

Die Tür war nur angelehnt und so konnte sie der Versuchung nicht widerstehen zu lauschen.

»Das ist doch ein komischer Zufall, oder?«, sagte der Mann drinnen.

Offenbar sprach er mit einer weiblichen Beamtin, die antwortete jetzt nämlich: »Ich glaube, deine Fantasie geht mit dir durch. Hauns ist immer noch einer von uns. Außerdem hat er viel durchgemacht.«

Ein gereiztes Auflachen erklang. »Ja, deshalb wäre es vermutlich besser gewesen, ihn aus dem Verkehr zu ziehen. Der ist doch völlig besessen von dem Fall. Die anderen haben mir erzählt, dass er schon seit Jahren versucht, aus seinen Vermissten Mordopfer zu machen. Jetzt ist er kurz vor der Pensionierung, die Zeit läuft ihm davon. Völlig neben der Spur hat er eventuell nachgeholfen, um endlich seinen großen Durchbruch zu bekommen.«

»Du spinnst ja«, erwiderte die Polizistin, »er soll zwei junge Frauen umgebracht haben, nur um uns auf Claudia Wegeners Fall anzusetzen? Er ist ein alter Mann.«

»Er hat einen Polizeiausweis. Hat unser Hauptkommissar *Oberwichtig* nicht gesagt, dass die Opfer ihrem Mörder womöglich vertraut haben? Zu einem Polizisten steigt man ins Auto. Außerdem weiß er genau, wie wir arbeiten, er kann Spuren verwischen und legen. Er könnte die ganze Abteilung manipulieren und keiner würde etwas bemerken. Wer sucht denn schon in den eigenen Reihen?«

Eigentlich wäre das der Augenblick gewesen, in dem Sybille hätte eingreifen müssen, aber plötzlich hielt sie etwas davon ab. Sie entfernte sich leise von der Tür. Ihr Bedürfnis, den jungen Kollegen zur Rede zu stellen, war immer noch drängend, aber würde sie damit nicht auch provozieren, dass die noch hinter verschlossenen Türen gemachten Anschuldigungen und Sticheleien Kreise zogen? Ihr Instinkt riet ihr, es vorerst auf sich beruhen zu lassen, sie musste sich mit Reinert beraten. Ein ungutes Gefühl beschlich sie. Sie spürte Zweifel in sich wachsen. Die Art und Weise, wie der Täter seine Spuren beseitigte, es gleichzeitig aber darauf anlegte, dass man die Leichen fand, Hauns' unerwartete Chance kurz vor der Pensionierung und das Auftauchen der Halskette von Claudia Wegener gaben ihr zu denken. Wer hätte überhaupt den Zusammenhang erkannt, wenn nicht Hauns? Aber Mord? Er hatte ein Kind verloren, so etwas veränderte Menschen, konnte sie sogar in den Wahnsinn treiben.

Die Gedanken der Oberkommissarin überschlugen sich nicht nur, sie brachen regelrecht über sie herein. Wie hätte Hauns überhaupt in den Besitz von Claudias Kette kommen können?

»Stopp!«, stieß Sybille Wald laut hervor.

Ein an ihr vorbeieilender Beamter sah sie fragend an. Sie winkte mit einem Lächeln ab, er war nicht gemeint, sondern ihre Fantasie, die von einem unreifen Kollegen angestachelt worden war und Schlüsse zog, die keinen Sinn ergaben. Und dann beschloss Sybille Wald etwas zu tun, das sonst nicht ihre Art war. Sie würde den Mund halten und erst einmal abwarten.

* * *

Claudia Wegener, erstes Opfer, verschwunden im September 2006

Die Kälte und die Feuchtigkeit ließen Claudia zittern. Sie hörte das Klappern der eigenen Zähne und versuchte sich so wenig wie möglich zu bewegen, um den Schmerz im Zaum zu halten. Nicht dass in der kleinen Zelle überhaupt Platz gewesen wäre. Wände umschlossen sie, schienen immer näher zu kommen, so als wollten sie Claudia zerquetschen. Bei jedem Atemzug spürte sie einen quälenden Stich unterhalb der Brust. Vermutlich hatte einer der Fußtritte ihre Rippen verletzt. Daher traute sie sich kaum, Luft zu holen. Sie musste ihren Körper nicht sehen, um zu wissen, dass sich langsam überall blaue Flecken bildeten. Die Knöchel ihrer Hände waren aufgeschürft, denn mit ihnen hatte sie die Attacken gegen den Kopf abgewehrt.

Warum eigentlich?, fragte sie sich nun selbst. Sie würde doch sowieso hier sterben, in einer Pfütze kalten Wassers sitzend, den Geruch der eigenen Fäkalien in der Nase und von Schmerzen gepeinigt.

Wie lange er sie wohl noch auf den Tod warten lassen wollte? Sie hätte jetzt gerne geweint, aber sie konnte nicht. Es war, als hätte sie diese Fähigkeit verloren, als hätte er sie ihr aus dem Leib geprügelt. Selbst der Gedanke an die Eltern, der sie mit großer Traurigkeit erfüllte, ließ es nicht zu, dass ihr Tränen in die Augen stiegen. Würden die beiden nach Claudia suchen oder wären sie froh, dass die unvernünftige Tochter künftig nicht mehr ihr Leben störte? Nein, ihre Familie hatte Frank zwar nicht gemocht, aber das eigene Kind hätten sie deshalb nie verstoßen.

Claudia überkam Scham, sollte das etwa ihre Strafe sein? War es ihre eigene Schuld?

Sie zuckte zusammen, als sie ein Geräusch hörte. Wie ein scharfes Messer fuhr ihr bei dieser plötzlichen Bewegung der Schmerz durch den Körper.

* * *

2020, Dienstgebäude der Kriminalpolizei Stuttgart

Sybille Wald lauschte gespannt der Zusammenfassung ihres Vorgesetzten. Der Besuch bei Frank Bauer hatte Überraschendes zutage gebracht.

»Es gibt Verbindungen«, erklärte Hauptkommissar Reinert gerade und fing an, mit einem Stift Namen auf die Magnettafel zu schreiben. Um niemanden zu vergessen, sagte er laut: »Nehmen wir Claudia Wegener als Ausgangspunkt und setzen sie in die Mitte.« Weiter links notierte er Patricia Öler und Tabea Fröhlich, die beiden Mordopfer. »Außerdem haben wir Claudias damaligen Freund, Frank Bauer, und Mark Jörger, der in ›Ehbachs Whisky-Ecke‹ arbeitet, die beiden kennen sich.«

»Und zwei neue Mitspieler sind aufgetaucht«, warf Oberkommissar Hauns ein. »Die Bandkollegen Lars Steinhard, Besitzer einer Baumschule, die nicht weit vom Fundort der ersten Leiche liegt, und Thilo Kratzer, über den wir bis jetzt noch nichts wissen.«

»Was ist mit Gregor Öler, dem Vater unseres ersten Opfers?«, hakte Sybille Wald nach.

Reinert schrieb dessen Namen ebenfalls auf die Tafel. »Er könnte Claudia Wegener gekannt haben, immerhin liefert er schon seit zwanzig Jahren Getränke aus, vorwiegend an Bars, Lokale und Kneipen, Orte, an denen Bands spielen und Teenager ihre Zeit verbringen.«

»Was nützt uns diese Erkenntnis? Öler war und ist ziemlich gut im Geschäft, vermutlich beliefert er auch ein Lokal, das ich besuche. Das hilft uns doch nicht.«

Hauns widersprach: »Einen gemeinsamen Nenner muss es geben und der wäre perfekt. Öler kommt viel herum, er hat ständig Termine mit Gastronomen. Wenn er eine Kneipe betritt, ist er geschäftlich dort, niemandem fällt auf, dass er sich nach jungen Frauen umsieht. Er könnte seine Opfer auf diese Weise aufspüren.«

»Und sich dann auf dem Parkplatz auf die Lauer legen, in der Hoffnung, sie tauchen alleine auf?«, hielt Sybille dagegen. »Außerdem ist der Typ, gelinde gesagt, kein Augenschmaus. Warum sollte eine Frau zu dem ins Auto steigen?«

»Weil sie ihn kennt«, ereiferte sich Hauns. »Sie hat ihn in ihrem Stammlokal ein paar Mal gesehen, weiß, dass er Geschäftsmann ist, hält ihn für seriös und vertraut ihm. Außerdem hätte er sie, wie wir festgestellt haben, auch zum Einsteigen zwingen können.«

Die Oberkommissarin hinterfragte plötzlich die Vehemenz, mit der Hauns den Getränkegroßhändler zum Schuldigen abstempeln wollte, und dachte an die belauschten Worte. Schnell schalt sie sich eine Närrin, genau das erreichte man mit wilden Gerüchten.

»Was ist mit Mark Jörger?«, wechselte sie deshalb das Thema. »Er könnte sowohl Patricia Öler als auch Tabea Fröhlich aus der ›Whisky-Ecke‹ gekannt haben, immerhin arbeitet er dort, ihm würden sie auch vertrauen und er kannte vermutlich Claudia Wegener, wenn auch nur flüchtig.«

Ihr fiel noch etwas ein. »Ist es nicht merkwürdig, dass dieser Frank Bauer seine Frau belogen hat? Mag ja sein, dass die megaeifersüchtig ist und deshalb nicht über die verschwundene Ex-Freundin sprechen möchte, aber wenn die Polizei deswegen ermittelt, dann ist so eine Heimlichtuerei doch absurd.«

»Denkbar, dass er einfach nur eine weitere Eifersuchtsszene vermeiden wollte«, warf Hauns ein. »Jedenfalls kann er mit dem Verschwinden von Claudia nichts zu tun haben. Er war nämlich zu der Zeit in Polizeigewahrsam wegen einer Kneipenschlägerei. Ehrlich gesagt kann er heute noch dankbar dafür sein, ansonsten hätte er mit seiner Vorgeschichte damals jede Menge Ärger am Hals gehabt.«

* * *

Getränkemarkt von Gregor Öler

Gregor Öler saß an seinem Schreibtisch und versuchte sich auf die Buchhaltung zu konzentrieren. Seine Hand zitterte beim Schreiben, seine Unterschrift auf dem Papier wirkte krakelig und unecht, als hätte ein schlechter Fälscher versucht, sie dem Original nachzuempfinden.

»Herrgott!«, entfuhr es ihm und er warf den Stift wütend auf den Tisch. Seine Augen brannten und schnell rieb er sich mit den Fingern darüber. Was er auch tat, ständig tauchte das Bild von Patricia vor seinem geistigen Auge auf. Das war doch früher nie so gewesen. Er probierte sie sich lächelnd vorzustellen, strahlend, ausgelassen kichernd oder zumindest gut gelaunt, aber wie sehr er sich auch bemühte, er sah immer nur den entsetzten Gesichtsausdruck voller Vorwürfe und Abscheu.

Aus dem Verkaufsraum drang ein fürchterlicher Lärm an seine Ohren. Definitiv war Glas zerborsten und nicht nur eine einzelne Flasche. Er hätte nun aufstehen und sofort nachsehen müssen, aber dazu fehlte ihm heute die Kraft.

Seine Gedanken wanderten zu Manuela, die zu Hause vor sich hin vegetierte, kaum ansprechbar, ständig unter Beruhigungspillen und wenn sie ihn dann überhaupt einmal ansah, dann waren auch in ihrem Blick nur Vorwürfe. Sie glaubte ihm nicht, das konnte er spüren, und plötzlich fühlte er sich in die Enge getrieben, hatte den Eindruck, man würde ihm die Luft zum Atmen nehmen.

»Herr Öler«, schreckten ihn die Worte seiner Angestellten auf, »Sie sollten in den Laden kommen.«

Bevor er sein »Warum?« aussprechen konnte, war die Mitarbeiterin wieder verschwunden und er fragte sich, warum er dieses faule Weibsstück ohne Engagement, Loyalität oder Eigeninitiative überhaupt behielt. Er sah ihr nach, sein Blick fiel auf den strammen, runden Hintern und da erinnerte er sich wieder. Richtig, sie war ausgesprochen heiß.

Mühsam hievte er sich aus seinem Stuhl und hörte, als er durch den Korridor zum Verkaufsraum ging, wie jemand sagte: »Ich bezahle das, ganz bestimmt, aber vielleicht könnten wir über Ratenzahlung sprechen.«

»Der Chef kommt gleich«, bekam sie zur Antwort.

Als Gregor Öler die Tür öffnete, stieg ihm sofort der typische Geruch von Bier in die Nase. Der ganze Raum war davon erfüllt und als sein Blick zu der Ecke wanderte, über der das Schild »Hopfen und mehr« hing, sah er den Grund dafür. Einer der Türme, die immer aus fünf Bierkästen bestanden, war umgekippt. Wenn er es richtig erkannte, hatte es das teure Weizenbier getroffen. Knapp hundert zerbrochene Flaschen verteilten ihren Inhalt über dem Boden, auf dem sich bereits ein kleiner

See gebildet hatte. Dazwischen schwammen Scherben und abgelöste Etiketten.

Das Chaos im Laden passte zu dem in seinem Kopf. Unfähig, sich zu beherrschen, brüllte er: »Verdammte Scheiße, schnappen Sie sich Putzzeug und beseitigen Sie die Sauerei. Auf was warten Sie denn?«

Seine Angestellte sah ihn mit großen Augen an. Der Rüffel prallte augenscheinlich an ihr ab, denn die Zweiundzwanzigjährige zuckte nur mit den Schultern und antwortete gelangweilt: »Die Putzfrau kommt heute Abend.«

Öler war wie vor den Kopf gestoßen. Plötzlich vergaß er den prallen Hintern der jungen Frau und das hübsche Gesicht mit dem Schmollmund. Ihre flapsige Art, die ihm sonst fragwürdige Sexfantasien bescherte, brachte ihn heute zum Explodieren.

»So lange sollen die Kunden durchs Bier waten? Sind Sie noch ganz bei Trost?«

Das war dann doch zu viel für die Mitarbeiterin. »Ich lasse mich nicht so behandeln, ich habe Rechte.«

»Ja, und Pflichten«, erwiderte Öler wütend.

Sie sah ihn herausfordernd an, sagte dann: »Ich fühle mich nicht wohl, ich muss zum Arzt!«, legte den Kassenschlüssel auf die Theke und ließ ihn einfach stehen.

Er blickte ihr hinterher, sah das Wippen ihrer Hüften und hatte das Verlangen, ihr wehzutun.

»Es tut mir so leid«, hörte er plötzlich neben sich eine fremde Stimme.

Erst jetzt nahm er die Frau wahr, die abseits gestanden und mit bebenden Lippen den Streit der beiden verfolgt hatte. Sie war zierlich, fast schon mager, und mochte höchstens Ende zwanzig sein. Sie wäre hübsch gewesen, hätte es da nicht diesen traurigen Ausdruck und die Augenringe gegeben, die sie wie ein altes Mütterchen wirken ließen. Dicht an sie gedrängt stand ein kleines Mädchen von etwa acht Jahren.

Sie ist fast so alt wie Patricia bei unserer ersten Begegnung, dachte er bewegt. Das Kind hatte allerdings kein dunkles, sondern hellblondes Haar. *Wie ein Engel*, war sein nächster Gedanke.

Sie sah ihn mit großen wachsamen Augen an, schien ihn genau ergründen zu wollen.

Gregor Öler fühlte sich auf einmal freier, so als hätte jemand in einem stickigen Raum das Fenster geöffnet, als würde eine frische Brise alles Alte und Muffige fortwehen.

»Es tut mir wirklich leid. Corinna hat das nicht absichtlich getan«, erklärte die Frau schüchtern. »Ich werde Ihnen das bezahlen, nur kann ich es nicht sofort. Aber ich werde sauber machen, wenn Sie einen Eimer hätten, ich ...« Sie brach unsicher ab.

Das Mädchen blickte ihn immer noch an, nicht schüchtern, sondern abwartend. Sie erinnerte ihn an einen Forscher, der Tiere beobachtete. Fast glaubte er, sie wäre gespannt darauf, wie er nun reagieren würde, und plötzlich hatte er den starken Eindruck, dass Corinna, entgegen der mütterlichen Gutgläubigkeit, absichtlich die Bierkästen umgestoßen hatte.

Öler warf dem Kind ein kurzes wissendes Lächeln zu, was das Mädchen veranlasste, provozierend das Kinn nach vorne zu strecken, fast so, als würde es ihn herausfordern.

Gregor sah wieder zur Mutter und streckte ihr die Hand entgegen. »Ich bin Gregor Öler und keine Sorge, wir werden uns schon einigen.«

* * *

In den nächsten Tagen erhielten die Beamten einige Hinweise bezüglich des veröffentlichten Phantombilds, allerdings allesamt unbrauchbar, sodass man sich bald darüber einig wurde, dass diese Spur in eine Sackgasse führte. Die Ermittler fanden jedoch heraus, dass die beiden Mordopfer die Vorliebe für angesagte Kneipen teilten, auch »Ehbachs Whisky-Ecke« bildete da keine Ausnahme, aber nichts deutete auf einen Kontakt zwischen den jungen Frauen hin.

Mark Jörger, der Barmann, war tatsächlich kein unbeschriebenes Blatt. Eine Nötigung auf der Autobahn hatte ihn vorübergehend den Führerschein gekostet. Allerdings hatte ihn das nicht davon abgehalten, auch ohne Fahrerlaubnis zu fahren, was ihm einen Auftritt vor Gericht beschert hatte. Außerdem gab es noch eine Ermittlungsakte wegen Unterschlagung, angestoßen von einem früheren Arbeitgeber, jedoch konnte dem Barmann nichts nachgewiesen werden. Gerüchten zufolge war Jörger zudem jemand, der gerne über seine Verhältnisse lebte, manchmal mit Geld um sich warf und dann, wenn alles sinnlos verprasst war, bei Bekannten um Darlehen bettelte.

Oberkommissarin Wald ertappte sich immer wieder dabei, wie sie ihren Kollegen Hauns verstohlen beobachtete, so als würde sie darauf warten, dass er sich mit irgendetwas verriet. Sie wünschte sich, nie etwas von der Behauptung, Hauns könnte in die Mordfälle verwickelt sein, gehört zu haben, und haderte mit sich.

Dann, als sie fest entschlossen eines Abends in Reinerts Büro trat, um mit ihm darüber zu sprechen, kam der Anruf. Nachdem der Hauptkommissar den Hörer wieder aufgelegt hatte, sagte er mit verkniffenem Mund: »Ein Leichenfund, offensichtlich handelt es sich um eine von Hauns Vermissten!«

* * *

Sybille Wald und Marco Reinert kamen als Erste in der Gerichtsmedizin an und befanden sich bereits im Büro des zuständigen Arztes, als auch Oberkommissar Hauns zu ihnen stieß.

Sybille fiel auf, dass der Mann mehr denn je aussah, als stände er kurz vor einem Schlaganfall. Die Nachricht vom Leichenfund hatte ihn aufgewühlt, das war unverkennbar.

»Wer ist es?«, fragte er statt einer Begrüßung.

»Marlene Weiß«, antwortete ihm der Gerichtsmediziner, ein Mann um die fünfzig, der nun gehetzt auf die Uhr blickte und sagte: »Können wir anfangen? Wir sind heute etwas im Stress!«

Die Beamten, schon versucht, die Neuigkeit zu diskutieren, verstummten und ließen den Mediziner seinen Bericht zusammenfassen. Der öffnete dazu eine Datei, und auf dem Bildschirm wurden unschöne Bilder einer mumifizierten Leiche sichtbar.

»Wir hatten Glück«, sagte der Arzt, und bevor man

ihm Pietätlosigkeit vorwerfen konnte, fügte er an: »Aus medizinischer Sicht natürlich.« Er scrollte durch die Datei, zeigte ihnen verschiedene Aufnahmen der Leiche und des Fundortes. Als Erstes wies er auf den dünnen Gummischlauch hin, der um den linken Arm der Toten gewickelt war. »So wurde sie gefunden, unter den Trümmern einer alten Fabrik. Die Abrissmannschaft ist auf die Leiche gestoßen.«

»Mit dem Schlauch hat sie sich vermutlich den Arm abgebunden, um die Vene zu finden, also Drogen«, flüsterte Hauns und der Gerichtsmediziner bestätigte das.

»Wir können davon ausgehen, dass diese Frau an einer Überdosis Heroin gestorben ist.«

»Freiwillig?«, hakte Sybille Wald nach.

»Ob beabsichtigter Suizid oder Unfall, lässt sich nicht sagen, aber Fremdeinwirkung schließe ich aus. Darauf weist nichts hin.« Er öffnete eine weitere Datei. Dieses Mal sah man einen alten Bauplan auf dem Bildschirm. »Ich habe Ihnen da vielleicht etwas vorgegriffen«, sagte er verlegen und wirkte plötzlich jungenhaft, »aber es ist außergewöhnlich, eine so gut erhaltene zwölf Jahre alte Leiche hereinzubekommen. Deshalb habe ich mich ein wenig schlaugemacht. Nennen Sie es berufliche Neugier.« Er deutete mit dem Finger auf den Plan. »In diesem Teil des Gebäudes hat man sie gefunden. Sehen Sie das hier?«

Automatisch nickten alle, obwohl keiner von ihnen erkennen konnte, worauf der Mann hinauswollte.

»Auf dem Gelände stand eine alte Ziegelei, hier waren die Brennöfen, ich vermute, die Frau hat in einer dieser Nischen gesessen, als sie starb. Betrachtet man die Pläne, dann kann man davon ausgehen, dass dort die Luftzirkulation beziehungsweise der Luftzug ideal gewesen sein muss, um dem toten Körper in kurzer Zeit das Wasser zu entziehen und ihn zu konservieren. Jedenfalls können wir durch die Mumifikation auf ausreichend Gewebe und Haarproben für unsere Analysen zugreifen.«

»Und Fremdeinwirkung schließen Sie definitiv aus?« Reinert stellte die Frage, nicht weil er den Arzt anzweifelte, sondern um Hauns damit zuvorzukommen.

»Man könnte sie natürlich mit einer Pistole bedroht haben, sich die tödliche Nadel in die Vene zu rammen«, antwortete der Gerichtsmediziner geduldig, »aber wie gesagt, keine Anzeichen von Gewalteinwirkung auf den Körper.«

»Was ist das Weiße in ihrem Gesicht?«, fragte Sybille und konnte nicht verhindern, dass sich ihr Mund angeekelt verzog.

»Schimmelpilz, der bildet sich manchmal«, entgegnete der Mann knapp. Er sah auf die Uhr, wies dadurch nochmals auf seinen Zeitdruck hin und deutete dann auf einen Labortisch. »Das sind ihre Sachen. Wir fanden unter anderem ein Tütchen mit Heroin in der Innentasche der Jacke, inklusive Fingerabdruck. Tja, Plastik, der Untergang der Welt, aber ein Segen für die Forensik«, fügte er noch trocken an.

Rudolf Hauns starrte auf die Reste der pinkfarbenen Jacke. Er erkannte das Kleidungsstück. Die Eltern von Marlene Weiß hatten es ihm damals genau beschrieben. Sie waren so überzeugt davon gewesen, dass ihre Tochter die Drogen hinter sich gelassen hatte. Was für ein Schlag würde das für die beiden nun sein?

»Wir führten einen Abgleich mit der Datenbank der unbekannten Toten und Vermissten durch. Die Angaben in der VERMI/UTOT waren umfänglich und ermöglichten uns zusammen mit dem Fingerabdruck eine Identifizierung. Hat trotzdem ein paar Tage gedauert, tut mir leid.«

Als die drei Beamten die Gerichtsmedizin verließen, sagte zunächst keiner etwas. Schließlich war es Oberkommissar Hauns, der aussprach, was sie alle dachten: »Wenn Marlene Weiß nicht Opfer eines Verbrechens wurde, dann wird man sich fragen, ob Claudia Wegener und die anderen vermissten Frauen eines waren.«

Hauptkommissar Reinert, der zumindest beruflich ein Mann der klaren Worte war, machte dem Kollegen keine falschen Hoffnungen. »Anzunehmen, dass man Ihre Theorie erneut anzweifelt.«

Hauns blieb stehen. »Und wie geht es jetzt weiter? Bin ich raus?«

Reinert antwortete, ohne zu zögern: »Nicht, wenn es nach mir geht. Die Halskette von Claudia Wegener reicht mir momentan aus, die Sache weiterzuverfolgen, und vergessen wir nicht, dass es mittlerweile einen Personenkreis gibt, der auf die ein oder andere Art sowohl mit Claudia Wegener als auch mit den beiden Mordopfern der letzten Wochen in Verbindung steht, und solange wir keine andere Spur haben …«

Rudolf Hauns wirkte erleichtert und Sybille fragte sich, wie er wohl reagiert hätte, wenn ihm vom Hauptkommissar eine Abfuhr erteilt worden wäre.

* * *

Etwa zur gleichen Zeit

Thilo Kratzer hatte sich entschieden. Die Idee steckte schon lange in seinem Kopf wie ein gelber Klebezettel mit einem Erinnerungsvermerk, aber die Entschlossenheit, sie auch umzusetzen, die hatte sich erst jetzt entwickelt.

Vielleicht hatte das auch mit dem kürzlichen Besuch der Polizei zu tun. Ein junger Schnösel, den Namen wusste er schon nicht mehr, hatte ihn regelrecht vor der Haustür abgefangen. Natürlich wollte Thilo das Gespräch nicht auf der Straße führen und natürlich blieb ihm daher nichts anderes übrig, als den Mann und seine Kollegin hineinzubitten.

»Sie wohnen hier allein?«, war die erste Frage des Kommissars und die klang bereits unverschämt. Aber das war längst nicht alles. Es folgten belustigte Blicke, als er die Utensilien von Kratzers Mutter im Wohnzimmer entdeckte. »Soso, die Frau Mama legt Karten«, kommentierte er überheblich.

»Um was geht es?«, wies ihn Thilo daraufhin mit scharfem Ton in die Schranken. »Vielleicht sollte ich besser mit einem Ihrer Vorgesetzten sprechen.«

Das hatte der andere nicht erwartet und riss sich zusammen. Trotzdem waren die Fragen unangenehm und betrafen vor allem seine Zeit in der Band. Er hasste die Erinnerung daran, aber das konnte er nicht sagen. Also zeigte er sich überrascht, gab magere Auskünfte und betonte, dass ihm eine Frau namens Claudia Wegener nicht bekannt sei. Auch auf das Foto hin, das ihm gezeigt worden war, hatte er unwissend den Kopf geschüttelt. Was hätte er auch sagen sollen? »Ja, ich kenne sie, das war doch Frank Bauers Freundin, die, die eines Tages verschwand«? So leicht wollte er es ihnen nicht machen. Sollten sie doch alles selbst herausfinden. Unweigerlich würden sie wieder bei ihm auftauchen. Die Anschuldigungen bezüglich der sexuellen Belästigung kämen dann auf den Tisch und er wäre erneut gezwungen, sich zu rechtfertigen. Davon hatte er endgültig genug. Sein Entschluss stand fest.

Vor dem nun folgenden Gespräch hatte er sich präventiv Mut angetrunken. Mit schleppender Stimme sagte er gerade: »Ich habe es langsam satt, immer übergangen zu werden, ich will auch ein Stück vom Kuchen, und zwar nicht irgendwann, sondern sofort.«

»Natürlich hast du einen Anspruch, jeder hat den«, erwiderte sein Gegenüber gelassen, »aber wie kommst du darauf, den bei mir einzufordern?«

»Weil ich das Recht dazu habe«, lallte Kratzer.

Damit änderte sich die Tonlage. Sie hatten das Geplänkel hinter sich, die Sache wurde ernst. Jetzt kam es darauf an, alles in die richtigen Bahnen zu leiten.

»Ich bin nicht dumm, ich weiß, wie ich bekomme, was mir zusteht«, fuhr Thilo fort. »Und eines ist ja wohl klar, wenn wir diese Unterhaltung ...« Er vermied bewusst das Wort Streit. »... in der Öffentlichkeit führen, dann wirkt sich das äußerst negativ auf deinen Ruf aus«, fügte er hinterhältig an.

Überraschenderweise gab sein Erpressungsopfer kurz darauf nach. Wäre Thilo nüchtern gewesen, hätte ihn diese Art der Kapitulation misstrauisch gemacht, aber so wähnte er sich in Sicherheit. Noch in der gleichen Nacht sollte ihm klar werden, dass er einen schweren Fehler begangen hatte. Er war leichtsinnigerweise davon ausgegangen, der Überlegene zu sein, und hatte dabei die Entschlossenheit eines Menschen unterschätzt, der Gefahr lief, die Kontrolle zu verlieren.

* * *

In der Nacht

Wie gewöhnlich hatte sich Thilo Kratzer in einer Kneipe nahe seinem Elternhaus volllaufen lassen. Eine Gewohnheit, die man leicht über ihn herausfinden könnte, wenn man ein wenig in der Nachbarschaft herumfragen würde. Da es unter der Woche war, hielten sich gegen Mitternacht nicht mehr viele Menschen in den Straßen auf. Thilo Kratzer beachtete sie sowieso nie und ein möglicher Verfolger wäre ihm in seinem Zustand niemals aufgefallen. Er wankte und nahm – auch das war eine seiner Gewohnheiten – eine Unterführung, um den Fußweg abzukürzen.

Wenig Licht und die hohe Promillezahl machten es ihm unmöglich, die Gestalt, die plötzlich hinter ihm aus der Dunkelheit hervortrat, rechtzeitig zu sehen. Er stand am Treppenabsatz, wollte gerade die erste Stufe nach unten gehen, als ihn ein heftiger Stoß in den Rücken aus dem Gleichgewicht brachte. Vergebens fuchtelte er mit den Armen, um irgendwo Halt zu finden, der Sturz ließ sich nicht mehr aufhalten. Thilo Kratzer schlug mehrfach auf den harten Steinstufen auf. Ein Hüftknochen splitterte, das linke Handgelenk, mit dem er verzweifelt versuchte, sich abzufangen, brach und beim Aufprall am Ende der Treppe erlitt er ein Schädel-Hirn-Trauma. Allerdings lebte er noch. Bewegen konnte er sich im Moment nicht, die Orientierung fehlte, auch machte es ihm der Alkohol schwer, die Situation richtig zu erfassen. Erst als er undeutlich ein Gesicht sah, das sich über ihn beugte, erinnerte er sich an das Gefühl von Händen auf seinem Rücken, die ihn mit aller Kraft nach vorne gestoßen hatten.

Das war kein Unfall, schoss es ihm durch den Kopf.

»Dachte mir schon, dass das nicht reicht«, hörte er die ihm vertraute Stimme, konnte aber nicht glauben, dass man ihn tatsächlich umbringen wollte.

»Wir können uns doch einigen«, krächzte er hilflos, »du willst doch …« Der Rest des Satzes war nicht mehr zu hören, denn schon drückte man Thilo Kratzer ein kleines Kissen aufs Gesicht. Viel zu geschwächt probierte er vergebens, den Angriff abzuwehren. Vielleicht war es auch die Fassungslosigkeit, die ihn lähmte. Niemals hätte er mit so einer Reaktion gerechnet. Ein weiteres Mal in seinem Leben war er damit der Unterlegene, hatte sich verschätzt und musste nun dafür bezahlen.

Es dauerte länger als gedacht, bis Thilo Kratzer nach einem letzten heftigen Krampf endlich aufhörte zu zappeln. Es war eine heikle Sache gewesen. Zu früh mit der Tötung aufzuhören, hätte bedeutet, Thilo Kratzer könnte überleben. Jede Sekunde, die länger zugedrückt würde, erhöhte wiederum das Risiko, entdeckt zu werden. Schließlich musste man immer damit rechnen, dass ein Nachtschwärmer oder ein Hundebesitzer vorbeikam.

»Ich denke, das war's«, hörte man ein Flüstern, als das Kissen angehoben wurde. »Selbstverständlich hattest du das Recht auf ein Stück des Kuchens, aber von meinem Kuchen kann ich dir leider nichts abgeben.«

Damit ließ man Thilo Kratzer am Ende der Treppenstufen liegen.

KAPITEL SIEBEN

Am nächsten Morgen

Oberkommissar Hauns hatte es sich nicht nehmen lassen, die Familie von Marlene Weiß persönlich aufzusuchen. Sie hatte von den Kollegen keine guten Nachrichten erhalten, aber zumindest Gewissheit. Sein Beileidsbesuch sollte jedoch anders als erwartet verlaufen.

Der fünfundzwanzigjährige Bruder von Marlene Weiß öffnete die Tür, ließ den Beamten aber nicht eintreten.

»Ich bin Oberkommissar Hauns«, stellte sich der Polizist vor und der Bruder fiel ihm direkt ins Wort.

»Ich weiß, wer Sie sind, und ich weiß, dass man Marlene gefunden hat.«

»Ich wollte Ihren Eltern persönlich mein Mitgefühl aussprechen, auch Ihnen selbstverständlich, es tut mir sehr leid, was mit Marlene passiert ist.«

»Sparen Sie sich das, meine Eltern sind tot.«

»Mein Beileid«, murmelte Hauns betreten. »Das wusste ich nicht.«

»Nein, Sie waren ja viel zu sehr damit beschäftigt, falsche Hoffnungen zu wecken.«

»Was?« Hauns spürte das Ziehen in der Brust und wie sich plötzlich Schweiß auf seiner Stirn bildete. Sein Herz begann so stark zu pumpen, dass er glaubte, man könnte das Hämmern unter dem Mantel sehen.

»Mit dem Verschwinden meiner Schwester hat sich unser ganzes Leben verändert«, schleuderte ihm der Bruder der Toten an den Kopf. »Mutter hat wegen Ihnen jahrelang gehofft.«

»Ich habe nur versucht meine Arbeit zu machen«, verteidigte sich der Oberkommissar und hörte ein Rauschen in den Ohren.

»Gratuliere, das ist Ihnen ja hervorragend gelungen. Meine Mutter ist in eine Fantasiewelt abgetaucht. Sie haben keine Vorstellung, wie das war. Anfangs hat sie jeden Sonntag Marlenes Lieblingskuchen gebacken, in der Hoffnung, sie würde durch die Tür marschieren. Jedes Telefonklingeln ließ sie aufschrecken. Und jedes Mal stürzte sie in ein noch tieferes Loch, wenn es eben nicht Marlene war. Weihnachten, Ostern, Geburtstage, alles drehte sich nur noch um Marlenes Rückkehr, mein Vater hat es schließlich nicht mehr ertragen und sich totgesoffen, und meine Mutter ...« Er lachte heiser auf. »... die hat aus Versehen zu viele ihrer Beruhigungstabletten genommen.«

»Wenigstens können Sie Ihre Schwester jetzt beerdigen«, versuchte es Hauns versöhnlich.

»Meine Schwester, diese Egoistin? Ja, das war sie, hat uns mit ihrem Drogenscheiß alle ins Unglück gestürzt. Das einzig Gute ist, dass meine Eltern nicht mehr erfahren müssen, dass Marlene nichts weiter als ein Junkie war und jedes ihrer Versprechen, von den Drogen loskommen zu wollen, eine Lüge.« Er sah wütend zu Hauns, bevor er zischte: »Und jetzt verschwinden Sie!«

Der Oberkommissar hörte das Knallen der Tür nur gedämpft. Wie betäubt drehte er sich um und stieg die Treppe hinunter. Auf der Straße taumelte er langsam vorwärts. Sein Herz begann erneut zu rasen, er rempelte jemanden an.

Der Fremde blökte: »He, Fettsack, kannst du nicht aufpassen?«

Hauns bekam keine Luft, geriet ins Stolpern, versuchte nach dem Röhrchen mit den Tabletten zu greifen.

»Ist der besoffen?« Ein paar Teenager kicherten auf einer Bank, als er gerade noch verhindern konnte zu stürzen.

Plötzlich verschwamm alles um ihn herum. Die klaren Konturen von Häusern, Autos und Menschen lösten sich auf und vermischten sich zu einem einzigen farbigen Brei. Hauns drehte sich im Kreis, Worte drangen an seine Ohren. Er wusste nicht, woher sie kamen, er bewegte den Kopf, um die Quelle auszumachen, aber es gelang ihm nicht. »Sie sind schuld … falsche Hoffnung …«

Hauns rief: »Es tut mir leid«, doch gleich darauf versagte ihm die Stimme. Er spürte eine Hand auf der Schulter, geriet noch mehr in Panik und dann war es vorbei. Endlich umgab ihn vollkommene Stille.

* * *

Etwa zur gleichen Zeit

Es war Sybille Wald, die bei ihren Nachforschungen auf einen interessanten Aspekt gestoßen war.

»Wir sollten doch die Mitglieder dieser Band überprüfen«, eröffnete sie das Gespräch.

Reinert nickte und noch bevor er sie ungeduldig daran erinnern konnte, gleich zur Sache zu kommen, sprudelte es aus Sybille heraus: »Thilo Kratzer, der Mann war erstens Busfahrer und wurde zweitens wegen einer Beschwerde entlassen. Man warf ihm sexuelle Belästigung vor.«

Der Hauptkommissar stieg sofort darauf ein. »Gab es eine Anklage?«

»Nein. Kratzer war bei einem privaten Unternehmen beschäftigt, das für die Stadt arbeitet, die konnten das vertuschen, weil das Opfer sich mit denen geeinigt hat.«

»Und wieso wissen Sie dann davon?«

»Erstens gibt es auf dieser Welt keine Geheimnisse und zweitens sind Personalabteilungen nicht immer so verschwiegen, wie sie sein sollten. Ich habe einfach bei dem alten Arbeitgeber von Kratzer angerufen, verbal meinen Dienstausweis gezückt und nach dem Grund für das Ende des Arbeitsverhältnisses gefragt. Eine sehr nette Dame gab mir bereitwillig Auskunft.«

»Einfach so, am Telefon?«

»Einfach so, es lebe der Datenschutz!«

»Gute Arbeit, dann sollten wir Herrn Kratzer schleunigst vernehmen. Als Busfahrer hätte er die Opfer kennen können. Wir überprüfen, welche Strecken er gefahren ist. Vielleicht hat er noch mehr zu sagen als bei dem ersten Gespräch mit den Kollegen. Informieren Sie auch Oberkommissar Hauns, er sollte bei der Befragung dabei sein.«

Zehn Minuten später stand Sybille Wald erneut vor Reinerts Schreibtisch. Sie wirkte fahrig, aufgelöst und stammelte: »Ich habe auf Hauns' Handy angerufen.« Als ihr die Luft wegblieb und sie stockte, da wusste Reinert, dass etwas Furchtbares passiert war.

»Das Krankenhaus war dran, Hauns ist tot.«

Für einen Moment drehte sich der Raum, in dem Reinert saß, im Kreis. Es war, als wäre er in einer Spirale gefangen, die ihn immer weiter nach unten zog. Sein ungläubiges »Was?« ging im lauten Schluchzen seiner Kollegin unter. Kurz darauf rannte er über die Flure des Präsidiums Richtung Parkplatz. Er wusste nicht, warum es für ihn so wichtig war, Hauns noch einmal zu sehen. Vielleicht entsprang dieses Bedürfnis der Hoffnung, es möge doch alles ein Irrtum sein, vielleicht war es aber auch nur der Wunsch, Abschied zu nehmen.

Hinter sich hörte er Sybille Wald rufen: »Warten Sie, ich komme mit.« Sie holte ihn außer Atem ein. »Sie wissen doch gar nicht, wie Sie dort hinkommen.«

Obwohl Reinert während der Fahrt kein Wort sprach, war er dankbar, die Kollegin an seiner Seite zu haben. Sie suchte nach Erklärungen. Ihm kamen ihre Worte bekannt vor. Er hatte ähnliche schon einmal gehört und sie hatten ihn auch damals nicht getröstet.

* * *

Mit dem Dienstausweis kamen die Beamten bis zu Hauns' Krankenzimmer, man hatte ihn noch nicht weggebracht. Dort verweigerte ihnen jedoch eine Schwester den Zutritt.

»Ich bin ein Kollege von Rudolf Hauns, wir haben zusammengearbeitet«, versuchte Reinert die Krankenhausangestellte zu überzeugen, die blieb jedoch stur.

»Sie gehören nicht zur Familie, oder?«

In diesem Moment öffnete sich die Tür des Zimmers und eine Frau trat auf den Flur.

Reinert wusste sofort, dass es sich um Bärbel Hauns handelte. Er hatte ihr Bild auf dem Schreibtisch des Kollegen gesehen, aber er erkannte sie auch daran, dass sie Hauns' Mantel über dem Arm hatte und unbewusst mit einer Hand darüber strich, als sie jetzt sagte: »Sind Sie Hauptkommissar Reinert?« Ihre Stimme war fest, aber man sah ihr an, wie viel Mühe sie das kostete.

Reinert nickte.

Daraufhin gab sie der Schwester ein Zeichen. »Es ist schon gut. Rudolf ist es sicher recht.« Nun konnte sie die Tränen doch nicht mehr zurückhalten und der Hauptkommissar, der sich plötzlich verantwortlich fühlte, eilte zu der Frau und nahm sie spontan in den Arm. Sie lehnte sich an ihn und schluchzte. Eine ganze Weile standen sie so da, dann löste sie sich aus der Umarmung und bat ihn, ihr zu folgen.

Sybille Wald beobachtete, wie die beiden im Krankenzimmer verschwanden, froh, dass man sie nicht gebeten hatte mitzukommen. Aber noch für etwas anderes war sie dankbar, nämlich dafür, dass sie wider besseres Wissen geschwiegen hatte. So war Hauns wenigstens erspart geblieben, sich gegen haltlose Vorwürfe verteidigen zu müssen.

»Er und Edgar sind jetzt wieder zusammen«, sagte Bärbel Hauns unter Tränen.

»Edgar war Ihr Sohn?«, fragte Reinert überflüssigerweise, da er sonst nicht wusste, was er hätte antworten sollen.

Sie standen vor Hauns' Bett. Man hatte alle Schläuche und medizinische Apparaturen entfernt. Die Decke war bis zu seinem Kinn nach oben gezogen. Er wirkte friedlich, zur Ruhe gekommen.

»Er ist damals mit seinem Sohn gestorben, hat sich immer die Schuld gegeben.« Sie sprach leise und mit zitternder Stimme. »Ein Straßenbahnunglück, technisches Versagen, keiner konnte etwas dafür, aber Rudolf ...« Sie schluckte schwer. »Danach hat er sich in seinen Beruf verkrochen. Es war, als wollte er Buße tun. Wie besessen hat er versucht, diese vermissten Kinder ihren Eltern zurückzubringen.« Sie ging ans Bett und legte eine Hand auf den Arm ihres Mannes. »Sein Vorgesetzter dachte, er täte Rudolf einen Gefallen, wenn er ihn vom Drogendezernat in die Vermisstenabteilung versetzen würde. Weniger Stress, weniger Brutalität, Sie verstehen?«

Reinert räusperte sich und hauchte ein »Ja«.

»Natürlich war genau das Gegenteil der Fall. Gibt es denn etwas Brutaleres, als das eigene Kind vermisst melden zu müssen?« Sie streichelte jetzt sanft über den Arm unter der Decke. »Ich habe ihn gebeten, ganz aufzuhören, sich etwas Neues zu suchen, vielleicht umzuziehen, aber Rudolf war stur.«

»Er war ein guter Polizist«, sah sich Reinert genötigt, etwas zu sagen. Er hatte Hauns kaum gekannt, sich anfangs von ihm sogar genervt gefühlt, was ihm jetzt aufrichtig leidtat. Aber er hatte ihn als Kollegen bereits geschätzt und auch als Mensch war er ihm nicht unsympathisch gewesen. Mit einem Mal wünschte er sich, sie hätten mehr Zeit miteinander gehabt, und musste selbst mit den Tränen kämpfen.

Es machte es nicht leichter, als Bärbel Hauns sagte: »Er war dankbar, dass Sie ihn ernst genommen haben. Mein Mann sprach selten über seine Arbeit, wir haben sowieso selten über irgendetwas gesprochen, aber gestern Abend, nachdem man Marlene Weiß gefunden hat, da sagte er: ›Gut, dass Reinert die Ermittlungen leitet, der wird es zu Ende bringen.‹«

Ja, das werde ich, gab der Hauptkommissar sich und dem toten Hauns im Stillen ein Versprechen.

»Ich wollte mich scheiden lassen«, wechselte Hauns' Witwe unvermittelt das Thema. »Ich war schon beim Anwalt. Ich schäme mich deswegen nicht, wir hatten uns zu sehr auseinandergelebt. Ich wollte es ihm sagen, aber es hatte sich noch nicht ergeben.« Sie blickte zu Reinert. »Denken Sie, er hat es geahnt? Es wäre mir wohler, wenn nicht. Ich hätte es ihm nämlich gerne erklärt.«

Reinert trat zu ihr, legte ihr eine Hand auf die Schulter. »Ich bin sicher, dass er nichts geahnt hat. Und wenn es noch etwas gibt, dass Sie ihm sagen möchten, dann tun

Sie es einfach jetzt. Nehmen Sie sich die Zeit, die Sie brauchen, ich werde Sie später nach Hause fahren.«

»Nein«, widersprach sie, »das ist nicht nötig, meine Schwester und ihr Mann werden mich abholen. Die Krankenhausleitung war so freundlich, die beiden zu informieren.« Das sanfte Lächeln drückte ihren Kummer noch stärker aus als alle Tränen zuvor. »Ich war so lange mit einem Polizisten verheiratet, ich weiß, dass Sie dringend zurück zu Ihrer Arbeit müssen. Bitte gehen Sie, Rudolf hätte das auch gewollt.« Dann wandte sie ihm den Rücken zu.

Sein Blick fiel ein letztes Mal auf die tote Gestalt im Bett. Es wäre ihm komisch vorgekommen, einen letzten Gruß laut auszusprechen, deshalb nickte er dem Toten nur zu und sagte in Gedanken »Lebewohl«.

Auf dem Flur wartete Sybille Wald. Sie reichte ihm unaufgefordert ein Taschentuch und er wischte sich damit übers Gesicht. Sie hatte gar nicht erst versucht, ihre Tränen zu verbergen. Ihre Augen waren gerötet.

»Herzversagen, eine der Krankenschwestern hat mir das im Vertrauen erzählt«, begann sie zu sprechen, einfach weil es ihr half, mit dem, was passiert war, klarzukommen. »Er nahm etwas gegen Panikattacken, ein pflanzliches Medikament, aber das hat natürlich nicht geholfen. Sein Übergewicht, der ungesunde Lebenswandel ... Zum Arzt ist er sicher auch nicht gegangen, vermutlich aus Angst, dass der ihn krankschreibt. Was machen wir denn jetzt?«

Reinert blieb stehen und sie sahen sich an.

Der Hauptkommissar atmete durch. »Wir machen weiter wie bisher. Sie werden mir Hauns' Aufzeichnungen und Dateien besorgen, alles, was er über Claudia Wegener und die anderen zusammengetragen hat.«

»Denken Sie, das ist eine gute Idee?«, fragte die Oberkommissarin und fügte an: »Hauns war der Einzige, der immer geglaubt hat, die Frauen wären Opfer eines Verbrechens gewesen. Die meisten Kollegen hielten das für absurd. Niemand wird gerne angezweifelt«, fügte sie noch mit einem warnenden Blick an.

»Wir werden diskret vorgehen, von mir aus erzählen Sie herum, dass ich nicht an Hauns' Theorie glaube oder je geglaubt habe, lediglich der Ordnung halber eine letzte Überprüfung vornehme. Das wird uns Zeit verschaffen und niemanden vor den Kopf stoßen.«

»Sie verlangen von mir zu lügen«, antwortete sie in verschwörerischem Tonfall.

Reinert besann sich. »Nein, natürlich nicht, vergessen Sie die Sache, ich ...«

Sie setzte sich wieder in Bewegung. »Seien Sie nicht naiv. Glauben Sie ernsthaft, ich hätte Skrupel? Außerdem finde ich es richtig, Hauns' Theorie zu verfolgen, das schulden wir ihm.«

Sie hörte sein leises »Danke« und brummte: »Keine Ursache!«

* * *

Claudia Wegener, erstes Opfer, verschwunden im September 2006

Wieder glaubte Claudia, Stimmen zu hören, jemand musste im Raum neben ihr sein.

Plötzlich schrie eine Frau: »Warum machen Sie das mit mir? Ich habe Ihnen doch nichts getan, bitte, ich will nach Hause.«

Claudia Wegener stöhnte und hielt sich schnell beide Hände vor den Mund, um nicht aus Versehen einen Laut von sich zu geben. Wieder stellte sie ihr Leben an die oberste Stelle und hoffte, dass ihm sein neues Opfer erst einmal genug wäre.

Hinter der Wand vernahm sie ein Murmeln, er musste etwas Entsetzliches zu der Frau gesagt haben, denn ihre Hilferufe wurden nun noch schriller, und lautes Schluchzen erklang zwischen den abgehackten Sätzen, die sie nur noch mühsam hervorbrachte.

»Sei still«, brüllte er und Claudia begann zu zittern.

Sie wusste, was das bedeutete. Wenn er in einer solchen Stimmung war, dann musste man mit dem schlimmsten rechnen, das hatte sie längst begriffen. Gerne hätte sie der anderen zugerufen: »Schweig, dann hast du vielleicht eine Chance«, aber sein Zorn schien die Frau im Raum nebenan noch anzustacheln, denn ihre panischen Schreie hörten einfach nicht auf.

»Du willst nicht gehorchen, gut«, rief er daraufhin gereizt, »dann werde ich dafür sorgen, dass du schweigst.«

Was nun folgte, war ein unmenschlicher Aufschrei, ein Laut, entstanden aus Todesangst und Schmerz.

Claudia rutschte zur Mauer und lehnte den Kopf

gegen den kalten, feuchten Stein. War da nicht ein leises Wimmern, direkt auf der anderen Seite? Sie drückte ihr Ohr nun ganz fest gegen die Wand und tatsächlich konnte sie hören, wie jemand stöhnte, dann folgte ein deutliches »Jetzt habe ich keine Verwendung mehr für dich«.

Danach war es unheimlich still.

Schnell krabbelte Claudia Wegener zurück zu ihrem Platz in der Ecke, als fürchtete sie eine Strafe dafür, dass sie sich ein paar Zentimeter bewegt hatte. Instinktiv zog sie die Beine an und machte sich so klein wie möglich, etwas anderes blieb ihr nicht übrig, da es nichts gab, wo sie sich hätte verstecken können.

Kurz darauf öffnete sich die Tür. Sie hatte geahnt, dass er kommen würde. Die andere war ihm also nicht genug gewesen.

Er hatte die Campinglaterne dabei und Claudia hoffte, er würde sie ihr überlassen, aber dafür hatte er sie nicht mitgebracht.

»Ich hätte dir gerne eine weitere Freundin vorgestellt«, sagte er nun süffisant, »aber da die leider nicht bereit war zu schweigen, werdet ihr euch wohl nicht besser kennenlernen. Dafür habe ich eine Überraschung für dich.«

Etwas flog vor Claudias Füße.

»Na los, du kannst es ruhig anfassen«, forderte er sie boshaft auf.

Claudia zögerte und sofort brüllte er: »Fass es an!«

Sie griff nach dem Ding auf dem Boden. Es fühlte sich glitschig an und weich, erkennen konnte sie nichts. Voller Ekel dachte sie an eine Nacktschnecke und hoffte, sein grausames Spiel würde bald enden.

»Weißt du, was das ist?«

Ihr heiser hervorgebrachtes »Nein« amüsierte ihn.

»Vielleicht solltest du es dir dann ansehen«, erwiderte er mit falscher Freundlichkeit und plötzlich fiel das Licht der Laterne auf das feuchte Etwas in ihrer Handfläche.

Sie schrie entsetzt auf, schleuderte das, was sie festgehalten hatte, von sich und er lachte aus vollem Herzen.

»Das geschieht mit den Frauen, die nicht gehorchen«, fügte er höhnisch an, während Claudia auf die abgetrennte menschliche Zunge starrte, die nun vor ihr auf dem Boden lag.

Sie spürte sie trotzdem immer noch in ihrer Hand und obwohl sie wusste, dass ihr das Stück Fleisch nichts anhaben konnte, hatte sie das entsetzliche Gefühl, das Gewebe würde sie anstarren, sogar belauern und womöglich im nächsten Augenblick wie ein Frosch zum Sprung ansetzen. Sein Lachen dauerte an, während er sich mit der Laterne aus der Kammer entfernte und Claudia in der Dunkelheit zurückließ.

* * *

2020, Dienstgebäude der Kriminalpolizei Stuttgart

Im Präsidium traf Reinert auf ungläubige Gesichter, die meisten drückten zudem Trauer aus, manche sogar Scham. Der ein oder andere hatte es Rudolf Hauns nicht einfach gemacht, aber keiner wünschte ihm dieses Ende.

»Im Dienst gestorben«, sagte der Kommissariatsleiter

bedrückt, »das fehlt uns gerade noch.« Mehrfach strich er sich über die feuchte Glatze und murmelte: »Das wird natürlich untersucht werden müssen, aber das soll nicht Ihre Sorge sein. Was hat er denn da überhaupt gemacht?«

»Einen Beileidsbesuch bei der Familie von Marlene Weiß«, gab Reinert Auskunft. »Er wollte das unbedingt persönlich tun.«

Unverständliches Brummen folgte, dann Satzfetzen. »Guter Mann, der Oberkommissar Hauns. Fleißig, loyal, berufen.« Es hörte sich an, als würde der Kommissariatsleiter bereits an einer Trauerrede arbeiten.

Reinert räusperte sich, um zu signalisieren, dass er jetzt gerne gehen würde.

»Ja, danke«, verabschiedete ihn der Vorgesetzte mit einem Handwedeln, als würde er einen Lakaien entlassen.

Doch als der Hauptkommissar die Tür erreichte, fiel dem Mann noch etwas ein. »Gibt es denn schon etwas Brauchbares in den Mordfällen Öler und Fröhlich?«

»Nein«, antwortete Reinert aufrichtig.

Wieder rutschte eine Hand über den haarlosen Kopf, dann sagte der Vorgesetzte: »Sie wissen vermutlich, dass Sie nicht meine Wahl für die Stelle waren. Ich hoffe, Ihre Fürsprecher haben sich in Ihnen nicht geirrt.«

Genauso gut hätte man Reinert das Kriegsbeil vor die Füße werfen können, und am liebsten hätte er danach gegriffen und seinem Gegenüber damit den kahlen Schädel gespalten, aber das Versprechen, das er sich und Hauns gegeben hatte, hielt ihn zurück, etwas Falsches zu sagen oder zu tun. Stattdessen nickte er lediglich und verließ ohne einen weiteren Kommentar den Raum.

Zur Trauer über Hauns' Tod kam jetzt auch noch eine gehörige Portion Wut. Reinerts Stimmung besserte sich auch nicht, als ihm Sybille Wald atemlos mitteilte, dass ihr bester Verdächtiger seit dem frühen Morgen in der Leichenhalle lag.

»Thilo Kratzer ist tot?«, entfuhr es Reinert und am liebsten hätte er seine Faust in irgendetwas oder irgendwen gerammt.

»Unfall beziehungsweise ein tödlicher Sturz, der Mann hat regelmäßig getrunken«, klärte ihn die Oberkommissarin auf.

»Gab es eine Autopsie?«

»Bis jetzt noch nicht ...«

Er ließ sie nicht aussprechen. »Ich setze mich sofort mit der Staatsanwaltschaft in Verbindung, damit die alles Nötige veranlassen.«

Der Staatsanwalt hörte aufmerksam zu, als ihm Reinert die Situation erklärte.

»Ich will mir sicher sein, dass das ein Unfall war. Schließlich ist es ein komischer Zufall, dass Kratzer ausgerechnet, kurz nachdem die Kollegen mit ihm gesprochen haben, stirbt.«

»Nun«, sagte Reinerts Gesprächspartner, »wie sich herausgestellt hat, ist der Mann schon länger arbeitslos, musste bei seiner Mutter unterkriechen und hat eine erneute Absage von einem potenziellen Arbeitgeber erhalten. Mittlerweile war der Griff zur Flasche offenbar eine Selbstverständlichkeit für ihn geworden. Da ist ein Sturz nach einem Kneipenbesuch erst einmal unverdächtig.« Er brach kurz ab und Reinert konnte das Rascheln von Papier hören, bevor der Staatsanwalt sagte: »Laut dem Besitzer des Lokals hat Herr Kratzer mehr als gewöhnlich konsumiert und war stark angetrunken.«

Der Hauptkommissar setzte schon zu weiterer Überzeugungsarbeit an, doch der andere sagte bereits: »Aber unter den von Ihnen geschilderten Umständen sollten wir auf Nummer sicher gehen. Ich werde eine Autopsie veranlassen.«

* * *

Am späten Nachmittag stand Gregor Öler vor einem der großen Mietshäuser und suchte die Klingelschilder ab. Unter seinem Arm klemmte ein riesiger Karton, auf den mit pinkfarbenen Buchstaben das Wort »Scooter« gedruckt war. Außerdem hatte er noch einen gewaltigen Blumenstrauß dabei.

Es dauerte einen Moment, bis er den richtigen Knopf fand. Anita Fischer hatte ihm ihre Adresse aufgeschrieben. Mit einer geradezu rührenden Aufrichtigkeit hatte sie ihm von den finanziellen Problemen seit ihrer Scheidung erzählt und dass sie kaum über die Runden käme. Der Vater von Corinna hatte sich aus der Verantwortung gezogen und die Hilfen vom Amt stopften nur die nötigsten Löcher. Sie versuchte sich seither mit Putzstellen über Wasser zu halten. Nicht zu bestreiten war, dass Anita anpacken konnte. Sie hatte die Ärmel hochgekrempelt und tapfer das Chaos aus Bier und Scherben beseitigt, das ihre Tochter Corinna verursacht hatte. Gregor Öler wollte sie davon abhalten, vor allem, als sie ihre Tochter aufforderte zu helfen.

Aber Anita blieb unnachgiebig. »Absichtlich oder

nicht, für Fehler muss man einstehen. Wir räumen hier zusammen auf und bezahlen den Schaden, Cent für Cent.«

Also packte auch er mit an, bemüht, dabei dem kleinen Mädchen ein Lächeln zu entlocken, was allerdings so gut wie unmöglich schien. Zum Abschied hatte Anita ihm einen Ratenplan aufgeschrieben, ihre Adresse und das Versprechen gegeben, die nächsten Wochen regelmäßig vorbeizukommen, um die Schulden zu bezahlen.

Heute Morgen hatte er dann nicht widerstehen können, den Kindertretroller gekauft und sich auf den Weg zu Anita Fischers Wohnung gemacht.

Endlich erklang eine Stimme über die Gegensprechanlage.

Sie ist zu Hause, dachte er erfreut.

Als er seinen Namen nannte, blieb es einen Augenblick still, vermutlich überraschte sie sein Auftauchen. Dann jedoch betätigte sie den Türöffner und er betrat ein düsteres Treppenhaus, in dem sich der penetrante Geruch von angebratenen Zwiebeln mit dem eines nassen Hundes und verschwitzten Socken mischte. An den Wänden sah er hässliche Graffitis, und eine der Fensterscheiben im Hausgang war zersprungen. Jemand schien Spaß daran zu haben, seine Zigarettenkippen auf den Stufen auszudrücken, und als ihn ein Jugendlicher anrempelte, roch Öler dessen Alkoholfahne.

Anita Fischer stand im Türrahmen, als er die Stufen erklommen hatte. Sie sah verlegen zu Boden, da aus der Nachbarwohnung eindeutige Geräusche auf den Flur drangen.

Klingt nach Orgie, dachte Gregor zunächst belustigt, dann entsetzte ihn jedoch die Vorstellung, dass auch Corinna diese Dinge hören konnte. Das hier war definitiv kein Ort für das Mädchen. Er durfte gar nicht an den besoffenen Teenager im Treppenhaus und die negativen Einflüsse, die solch ein Umfeld auf ein Kind hatte, denken.

»Herr Öler, ich hatte Sie nicht erwartet«, sagte Anita unsicher und starrte auf den Blumenstrauß in seiner Hand.

»Der ist für Sie, ein kleines Dankeschön, weil Sie mir geholfen haben.«

Er bemerkte ihre Skepsis und beeilte sich zu sagen, was er bereits für diesen Fall vorbereitet hatte. »Das ist kein Versuch, mich in irgendeiner Weise unsittlich zu nähern, da kann ich Sie beruhigen. Es war mir nur einfach ein Bedürfnis, Ihnen noch einmal zu versichern, dass ich keinerlei Groll hege und ganz bestimmt nicht auf der Bezahlung dieser albernen Bierkästen bestehen werde.« Sie wollte ihm ins Wort fallen, aber er ließ sich nicht unterbrechen, sondern sagte gedehnt und mit einem Lächeln: »Ich werde das Geld jedoch annehmen, weil ich weiß, dass Sie das möchten.«

Noch immer stand er vor der Tür und eine von oben kommende Nachbarin mit unverschämt wenig Kleidung an ihrem wohlgeformten Körper brachte ihn kurz aus der Fassung. Dann räusperte er sich jedoch, drückte Anita den Strauß in die Hand, stellte das Paket mit dem Roller vor die Tür und sagte: »Ich wollte das nur abgeben, ich gehe jetzt besser.«

»Nein«, rief sie schnell, »bitte, lassen Sie mich Ihnen

wenigstens einen Kaffee anbieten. Corinna sollte auch jeden Moment aus der Schule kommen. Hausaufgabenbetreuung«, fügte sie noch erklärend an. »Sie möchte sich bestimmt für das Geschenk bedanken.«

»Aber nur, wenn ich Ihnen keine Umstände mache«, gab er sich zögerlich, was sie verneinte, bevor sie die Tür freigab.

Die Wohnung war noch spärlicher eingerichtet, als es sich Gregor Öler vorgestellt hatte. Man sah, dass sich Anita bemühte, das Beste daraus zu machen, und sehr auf Sauberkeit achtete. Gregor erinnerte sich an seine ersten Treffen mit Manuela. Sie war damals selbstsicher aufgetreten, hatte den Verlust des Partners schon mehr oder weniger überwunden gehabt, außerdem hatte sie es genossen, wenn er Geschenke mitgebracht hatte.

Anita schien es nicht so zu gehen, denn stirnrunzelnd betrachtete sie den Roller. »Ich weiß, was so etwas kostet«, sagte sie nun besorgt. »Und die herrlichen Blumen«, seufzte sie und sog den Duft einer weißen Rose ein. »Ich habe schon lange keine Blumen mehr bekommen.« Sofort füllten sich ihre Augen mit Tränen.

»Und ich hatte schon lange keine Gelegenheit mehr, jemandem welche zu schenken«, antwortete er leise.

Sie bat ihn, auf der abgewetzten Couch Platz zu nehmen, und verschwand in der Küche. Bald erfüllte der Duft von frischem Kaffee die kleine Wohnung. Anita brachte ein Tablett, auf dem liebevoll ein Teller mit Keksen arrangiert war, die auf Papierservietten lagen, die farblich zu dem Geschirr passten.

Sie ist wirklich eine richtige Hausfrau, dachte Gregor und empfand es als angenehm, so umsorgt zu werden.

Manuela hatte ihm von Anfang an signalisiert, dass ihre Stärken weder in der Buchhaltung noch im Haushalt lagen. Sie liebte Sport, Kosmetik- und Friseurtermine, Shoppen und Ausgehen. Aber ihm war das völlig gleichgültig gewesen, denn um Manuela war es nie gegangen. Er hatte vor allem dieses kleine Mädchen geliebt.

Seine Hand, die gerade eine Kaffeetasse hielt, begann zu zittern und er stellte sie geräuschvoll auf den Unterteller.

»Alles in Ordnung?«, fragte ihn Anita.

»Ja, es ist nur so ...« Er fasste sich ein Herz und sagte: »Meine Tochter ist vor Kurzem verstorben und ...« Er konnte nicht weitersprechen, spürte dafür jedoch ihre Hand auf seinem Arm.

»Ich weiß das aus der Zeitung«, flüsterte Anita verständnisvoll, »Sie brauchen sich nicht zu erklären.«

»Ich vermisse sie«, sprach er trotzdem weiter. »Vielleicht suche ich deshalb die Nähe zu Ihnen und Ihrer Tochter, ich fühle mich sehr einsam.« Es war kein Schauspiel, das er da ablieferte. Gregor empfand genau so, wie er sagte. Er sah sich als Opfer, als der, dem man alles genommen hatte. Schuld spürte er gelegentlich und dann fraß sie ihn beinahe auf, aber meistens gelang es ihm, alle Gefühle dieser Art zu verdrängen und im Selbstmitleid zu ertrinken. »Meine Frau und ich hatten uns schon lange auseinandergelebt und der Verlust von Patricia ...« Auch das Schluchzen war echt, allerdings wählte er die folgenden Worte sorgsam. »Es ist, als wäre ich bereits geschieden. Letzten Endes habe ich nur unserer Tochter zuliebe diese Ehe weitergeführt.«

»Ich verstehe das«, redete Anita sanft auf ihn ein.

»Mir ging es genauso. Allerdings musste ich die bittere Erfahrung machen, dass wir unseren Kindern nichts Gutes tun, wenn wir ihnen zuliebe an etwas festhalten, das längst auseinandergebrochen ist.«

Sie müsste sich die Haare machen lassen und Make-up auflegen. Mit den richtigen Klamotten ... überlegte Öler, während er so tat, als würde er Anitas traurige Geschichte mit aufrichtigem Mitgefühl verfolgen.

»Am Ende wurde er dann gewalttätig, da musste ich ihn verlassen.«

»Das war das Einzige, was Sie hätten tun können«, sagte er verständnisvoll.

Im gleichen Augenblick öffnete sich die Tür.

Corinna sprang ins Wohnzimmer, stockte dann aber, als sie Öler sah. Ihr Blick fragte: »Was will der denn hier?«, trotzdem murmelte sie ein höfliches »Hallo«.

»Hallo, mein Spatz«, erwiderte ihre Mutter den Gruß und deutete dann Richtung Küche. »Herr Öler hat dir etwas mitgebracht, willst du nachsehen?«

Sofort war das Mädchen verschwunden und eine Sekunde später erklang ein freudiges Quietschen. »Ein Scooter, kann ich den gleich ausprobieren?« Das Mädchen war außer sich. »Der ist noch viel cooler als der von Lea, das ist das beste Geschenk überhaupt.«

»Solltest du dich nicht bedanken?«, mahnte ihre Mutter lächelnd.

Zur Überraschung aller fiel Corinna dem Mann auf der Couch um den Hals, das Eis war gebrochen und Gregor wusste, dass er bald eine neue Familie haben würde.

KAPITEL ACHT

Am nächsten Morgen

Hauptkommissar Reinert hatte schlecht geschlafen. Hauns' Tod machte ihm zu schaffen und nur mit Mühe hatte er der Versuchung widerstehen können, sich bei Nadine zu melden. Es wäre unfair gewesen, sie als Seelenmülleimer zu missbrauchen. Immerhin wusste er, dass sein Anruf bei ihr Hoffnungen wecken würde. Auch wenn ihm der Gedanke, sie sich mit einem anderen vorzustellen, nicht gefiel, musste er sich doch mittlerweile eingestehen, dass seine Gefühle für sie, aus welchen Gründen auch immer, nicht ausreichten, um über den eigenen, breiten dunklen Schatten zu springen.

Der Kaffee auf dem Revier hatte heute Morgen einen fahlen Geschmack, die Stimmung war bedrückend und der junge Kommissar, der sonst immer eine große Klappe riskierte, trat mit unsicherem Blick zu Reinert und sagte: »Das mit Hauns tut mir leid.«

Der Hauptkommissar hätte es begrüßt, sich zur Ablenkung mit dem Mann zu streiten, anstatt gemeinsam zu trauern, dennoch sagte er tröstend: »Man ist in unserem Job nicht immer einer Meinung, aber deshalb bleibt man trotzdem eine Gemeinschaft.«

Der andere nickte dankbar und trottete davon.

Sybille Wald, die in der Nähe stand, hatte die Unterhaltung verfolgt und hoffte insgeheim, dass der junge Kollege ordentlich unter einem schlechten Gewissen leiden würde, dafür, dass er den armen Hauns verdächtigt hatte. Sie selbst tat es zumindest.

Reinert saß schließlich, unfähig, einen klaren Gedanken zu fassen, wieder in seinem Büro und trommelte mit den Fingern auf den Schreibtisch. Zwei Mal hatte er schon in der Gerichtsmedizin angerufen, um nach den Ergebnissen der Obduktion von Thilo Kratzer zu fragen, und jedes Mal war er vertröstet worden. »Wir rufen zurück«, hatte man ihn genervt abgefertigt.

Sein Blick fiel jetzt auf den Eingangskorb und die dicke abgenutzte Mappe darin. Er wusste, was das war: Hauns' Aufzeichnungen. Oberkommissarin Wald hatte sie ihm gebracht, genauso wie den kleinen Datenstick, der Kopien von Hauns' Computer enthielt.

Der Hauptkommissar griff nach der Mappe und fragte sich, wie oft Hauns diese Unterlagen in den letzten Jahren durchgesehen hatte. Das Erste, was Reinert ins Auge fiel, war das Foto von Claudia Wegener.

Er seufzte und murmelte: »Vielleicht war ich etwas zu voreilig mit meinem Versprechen.« Plötzlich wurde ihm klar, wie schwer es sein würde, einen so alten Fall zu lösen.

Aber noch bevor er zu sehr ins Grübeln kam, klopfte es, und nach seiner Aufforderung trat Oberkommissarin Wald ein. »Jemand von der OFA ist da.«

»Hatten wir einen Termin mit einem Kollegen von der operativen Fallanalyse?«, fragte er überrascht.

»Nein, aber Hauptkommissarin Dietz sagt, sie sei sowieso in der Nähe gewesen, und wenn wir Zeit haben …«

»Sicher«, beeilte sich Reinert zu antworten. »Wir können jede Hilfe gebrauchen, die wir kriegen können. Die Einschätzung der OFA bringt uns vielleicht auf neue Ideen.«

Hauptkommissarin Beate Dietz sprach ihm ihr Beileid zum Tod des Kollegen aus und drückte seine Hand. Ihr Griff war überraschend fest, jedoch nicht unangenehm. Sie wirkte sympathisch und ihr Äußeres war durchaus ansprechend. Dennoch irritierte sie ihn, vermutlich weil sie Nadine mit ihren grünen funkelnden Augen und dem sanften Lächeln nicht unähnlich war.

Sie musterte ihr Gegenüber, deutete seine Zurückhaltung als Trauer und nickte mitfühlend. Dann begann sie ihr Laptop aufzubauen.

»Möchten Sie Ihr Team dazuholen?«, fragte sie schließlich, woraufhin Sybille Wald von Reinert ein entsprechendes Zeichen bekam.

Kurz darauf war er allein mit der Kollegin und betrachtete sie genauer. Sie war höchstens ein Meter fünfundsechzig; ihr schlichter Hosenanzug verbarg die hohen Schuhe, die sie größer erscheinen ließen. Das braune Haar hatte die etwa Fünfunddreißigjährige im Nacken zusammengebunden, und offensichtlich trug sie gelegentlich eine Brille, denn jetzt kramte sie ein entsprechendes Etui aus der Tasche. Es war nicht Beate Dietz' Ähnlichkeit mit Nadine, die ihn plötzlich aus dem Konzept brachte, sondern die Erkenntnis, dass alle seine Ex-Freundinnen sich geähnelt hatten – sowohl von der Optik als auch von ihrer Art her. Und immer war es aus den gleichen Gründen am Ende in die Brüche gegangen. Vielleicht hätte er sich und seinen Partnerinnen viel Kummer erspart, wenn er von Anfang an offener gewesen wäre.

Diese Einsicht ließ Reinert so tief in Gedanken versinken, dass er wie ein aufgeschrecktes Reh reagierte, als ihn die Fallanalytikerin fragte: »Kann ich mir hier irgendwo einen Kaffee oder ein Wasser besorgen?«

»Ja, natürlich«, stammelte er, »ich kümmere mich darum.« Er prallte mit Sybille Wald zusammen, als er die Tür öffnete.

»Wo wollen Sie denn hin?«, fragte die überrascht.

»Kaffee holen für Kollegin Dietz«, war seine Antwort und es brauchte nicht ihr breites Grinsen, um zu wissen, dass sie sein Verhalten völlig falsch deutete.

»Wirklich?«, gab die Oberkommissarin amüsiert zurück. »Mir wäre gerade auch nach einem Cappuccino mit viel Sahne.«

Sie genoss den überrumpelten Ausdruck auf dem Gesicht ihres Vorgesetzten, erlöste ihn dann aber, indem sie sagte: »Ich habe in der Kantine Kaffee und Getränke geordert. Die bringen uns gleich etwas und die Kollegen sind ebenfalls auf dem Weg.«

Wie aufs Stichwort erschien daraufhin der Rest des Teams und versammelte sich im Konferenzraum. Reinert trat vor die Kollegen und stellte Beate Dietz vor, die sofort mit ihrem Bericht begann.

»Das Fallanalyse-Team hat das Datenmaterial gründlich gesichtet und eine erste Auswertung vorgenommen.«

Sie schien keine Scheu zu haben, vor Menschen zu sprechen, zitterte nicht vor Nervosität, suchte Augenkontakt mit ihren Zuhörern und verhielt sich völlig unbefangen.

»Diejenigen, die schon einmal mit unserer Abteilung zu tun hatten, wissen vermutlich, dass wir vor allem mit dem arbeiten, was Sie uns in die Hand geben. Das heißt, wir bewerten die Fakten. In beiden Mordfällen lässt sich anhand der Spurenlage wenig über das Verhältnis zwischen den Opfern und dem Täter sagen. Was wir wissen, ist, dass er sich beide Male Frauen im gleichen Alter und mit gleicher Haarfarbe ausgesucht hat. Der Tathergang selbst ist nicht identisch. Er hat die Leiche des ersten Opfers zwei Tage versteckt, die des zweiten am Tatort zurückgelassen. Zudem hat er sogar verschiedene Tötungsarten gewählt, eine Gemeinsamkeit sind die zusätzlichen Einstiche, post mortem, aber auch die wurden nicht an den gleichen Stellen platziert.«

Irgendwer brummte: »Das wissen wir doch bereits«, und andere murmelten zustimmend, da sie der Meinung waren, man würde ihre Zeit verschwenden.

Reinert hatte das Bedürfnis, einzuschreiten, Beate Dietz zu verteidigen und den Störenfried des Raumes zu verweisen, aber die Fallanalytikerin brauchte seine Hilfe nicht.

Sie überging den Kommentar und warf ein Foto der Gerichtsmedizin an die Wand. »Wir kamen zu dem

Schluss, dass das Zufügen dieser Wunden womöglich der Grund ist, warum er möchte, dass man die Leichen findet. Das würde bedeuten, dahinter verbirgt sich eine Botschaft.«

»Und welche?«, fragte nun eine Beamtin interessiert.

Beate Dietz nahm einen Zeigestock und trat vor die vergrößerte Fotografie der toten Patricia Öler. Mit der Spitze berührte sie die vier Wunden im Gesicht der Toten. »Wenn Sie die kleinen Kreuze auf Stirn, Wangen und Kinn miteinander verbinden, haben Sie einen Kreis oder ...« Sie blickte in die Runde. »... oder den Buchstaben O.«

Dieses Mal entstand ein Gemurmel, das Interesse bekundete. »Nehmen wir die Verletzungen auf dem Oberkörper.« Der Zeigestock fuhr wieder über die Wand.

»Vielleicht ein V, eines, das auf der Seite liegt«, rief jemand und andere nickten.

Es folgte ein weiteres Bild, auf dem man den malträtierten Rücken von Tabea Fröhlich sah. »Verbindet man bei Opfer Nummer zwei die Einstiche entsprechend, entsteht ein I oder J«, sprach Hauptkommissarin Dietz weiter.

Sybille Wald kniff die Augen zusammen und musste zugeben, dass diese Theorie etwas für sich hatte, trotzdem hob sie die Hand zu einer Wortmeldung. »Allerdings könnte das auch ein D oder O sein, je nachdem, wie man die Linien zwischen den Verletzungen zieht. Auch bei Patricia Öler könnte man mit einer weiteren Linie aus dem V ein Dreieck bilden. Wäre es möglich, dass wir es mit Symbolen zu tun haben? Die spiralförmigen Wunden, die man Tabea Fröhlich um die Ohrmuscheln herum zugefügt hat, wirken fast wie das At-Zeichen. Und daraus ergibt sich meine eigentliche Frage: Warum arbeitet der Täter, wenn er uns eine Botschaft übermitteln will, nicht exakter?«

Alle Augenpaare waren nun auf die Fallanalytikerin gerichtet, die seufzte und ehrlich zugab: »Sie haben recht, er macht es uns nicht einfach und die Wunden als Buchstaben zu deuten, ist nur eine Theorie. Die spiralförmigen Verletzungen könnten auch ein angedeutetes C oder S sein. Falls es sich um eine Botschaft handelt, wissen wir noch nicht, für wen sie bestimmt ist und was sie bedeutet.«

»OVJ, SOVI oder OVIC«, griff der junge Kommissar, der weit entfernt von Reinert am anderen Ende des Raumes stand, den Vorschlag nun auf. »Das ergibt überhaupt keinen Sinn.«

»Momentan erschließt sich uns die Bedeutung noch nicht«, stimmte ihm Beate Dietz zu. »Vielleicht können wir jedoch aus dem Verhalten des Mörders etwas ableiten. Fassen wir also zusammen, was wir über ihn wissen: Er geht Risiken ein, damit die Leichen gefunden werden. Er ist gut vorbereitet und verwischt seine Spuren. Er wählt unterschiedliche Tötungsarten. Patricia Öler wurde erwürgt, Tabea Fröhlich hat er den Hals aufgeschlitzt. Beide Male keine langen Rituale, die folgen erst danach. Er mordet nicht in wilder Raserei, er handelt wohlüberlegt, hält sich für schlau und ist das vermutlich auch. Von der Polizei gesucht zu werden, versetzt ihn nicht in Angst und Schrecken, sonst würde er seine Taten verbergen. Vermutlich ist er davon überzeugt, dass wir ihm nicht ebenbürtig sind, da wir seine Nachrichten bisher nicht entschlüsseln konnten und ihn deshalb nicht erwischt haben. Bleibt die Frage nach dem Motiv«, fuhr Beate Dietz fort und im Raum wurde es mucksmäuschenstill.

»Natürlich ist das aufgrund der Datenlage nicht abschließend zu sagen. Allerdings ist interessant, dass es zu keinen sexuellen Handlungen gekommen ist. Auch wenn er die Leichen nackt zurücklässt, scheint das doch eher daher zu rühren, die Kleidung und damit mögliche Spuren zu beseitigen.«

»Ein sexuelles Motiv können wir also ausschließen?«, fragte einer der Anwesenden.

»Zumindest steht das nicht im Vordergrund«, äußerte sich die Fallanalytikerin zurückhaltend. »Wir sollten auch in Erwägung ziehen, dass er keinen Hass gegen seine ausgewählten Opfer hegt, dass er sie nicht oder nur flüchtig gekannt hat, sie lediglich Mittel zum Zweck sind.«

»Um die Botschaft zu verbreiten«, warf Sybille Wald ein.

»Ja, allerdings ist es nicht so, dass er sich überwinden muss, diese Frauen zu töten, dafür ist sein Vorgehen zu kontrolliert.«

Die Gruppe schwieg und es war schließlich Hauptkommissar Reinert, der eine Frage stellte, deren Antwort alle interessierte. »Was ist mit den alten Vermisstenfällen, die Kollege Hauns bearbeitet hat? Claudia Wegener, die Halskette, die wir beim zweiten Opfer gefunden haben?«

Die Fallanalytikerin stieß geräuschvoll die Luft aus. »Wir waren uns im Team ehrlich gesagt nicht einig. Eine vergleichende Fallanalyse schließt einen Zusammenhang eher aus. Dass sich die Opfer ähneln, reicht nicht. Zumal es bislang keinen Beweis dafür gibt, dass die vermissten Frauen ermordet wurden.«

Reinert wollte etwas einwenden, aber sie kam ihm zuvor.

»Es ist tatsächlich nur diese Halskette, die momentan eine Verbindung schafft. Wenn wir davon ausgehen, dass das kein Zufall ist, dann stellen sich natürlich einige Fragen. Warum sind nie die Leichen der Vermissten aufgetaucht, wo ihm doch jetzt so daran gelegen ist, seine Opfer zu präsentieren? Warum plötzlich zwei Morde so kurz hintereinander? Und warum führt er uns überhaupt zu Claudia Wegener?«

Sybille Wald hörte hinter sich ein Flüstern. Jemand sagte: »Na hoffentlich spuckt sie es jetzt bald aus, sonst platzt dem Reinert wieder der Kragen.«

»Solche massiven Änderungen des Täterverhaltens bedeuten entweder, dass wir es mit ein und derselben Person zu tun haben und in deren Leben etwas passiert ist, das sie dazu bewegt hat, ihr Vorgehen zu verändern, oder aber ...« Sie zögerte, sagte dann jedoch mit fester Stimme: »... wir haben es nicht nur mit einem Täter zu tun.«

Schnell fügte sie an und übertönte damit das laute Spekulieren, das gerade begann: »Allerdings sind das jetzt wirklich großzügige Interpretationen und wie gesagt, die Aktenlage gibt kaum etwas her.«

»Wie müsste man sich das vorstellen?«, warf Reinert ein, dessen Bass die anderen verstummen ließ.

»Ein Klassiker wäre die Kombination von Meister und Schüler. Letzterer will den Ersten überholen. Denkbar ist auch, dass eine Partnerschaft zwischen Gleichberechtigten zerbricht und einer macht alleine weiter, weicht dabei jedoch bewusst vom alten Muster ab.«

»Haben wir es vielleicht mit einer Sekte zu tun? Religiös motiviert? Immerhin sehen manche der Wunden wie kleine Kreuze aus«, fragte eine der Kommissarinnen. »Womöglich hat man Claudia Wegener damals entführt und getötet und eines der Mitglieder hat heute seine eigene Mission.«

Beate Dietz wählte ihre Worte mit Bedacht. »Ich kann nur sagen, dass sich nichts davon mit Fakten untermauern lässt, Sie aber bei Ihren Ermittlungen auch in solche Richtungen offen sein sollten.«

* * *

Claudia Wegener, erstes Opfer, verschwunden im September 2006

Claudia kam zu sich. War alles nur ein böser Traum, aus dem sie endlich erwachte? Sie spürte die weiche Matratze unter sich, die wärmende Decke, die sie umhüllte, und glaubte sogar den angenehm vertrauten Geruch des heimischen Holzofens wahrzunehmen. Allerdings traute sie sich nicht, die Augen zu öffnen, befürchtete sie doch, dann wäre alles wieder vorbei und sie läge auf dem nassen, kalten Boden, schlotternd vor Kälte und ohne jede Hoffnung.

Ein Räuspern an ihrer Seite ließ sie jedoch blinzeln. Jemand war bei ihr, saß an ihrem Bett, hielt Wache. Das war ein gutes Zeichen, womöglich hatte man ihre Mutter informiert und sie lag in einem Krankenhaus. Durch die Augenschlitze erkannte sie künstliches Licht. Vorsichtig wagte sie es schließlich, die Lider zu öffnen.

Ihr Herz machte einen Satz. *Nein*, dachte sie entsetzt. *Wie war das möglich?* Über sie beugte sich das Gesicht des schreienden Babys, das sie mittlerweile in ihren Albträumen verfolgte.

»Ah, du bist wach«, sagte er fürsorglich – etwas, das Claudia sofort alarmierte. Sie konnte ihm nicht trauen. Seine Stimmungsschwankungen waren unberechenbar. Er liebte es, sie zu quälen, abwechselnd in Sicherheit zu wiegen, nur um sie dann erneut in Panik zu versetzen.

Mit der Hand strich er ihr über die Stirn, wie eine Mutter, die unauffällig überprüfen wollte, ob das Kind im Bett noch Fieber hatte.

»Du hast die Lektion verstanden, nicht wahr?«

Die Zunge klebte ihr am Gaumen, beinahe fühlte es sich so an, als hätte sie das Sprechen verlernt. Nur mit Mühe gelang ihr ein krächzendes »Ja«.

»Gut, gut«, erwiderte er zufrieden, »das bringt uns weiter.« Dann schwieg er und die Maske starrte sie an.

Das Schweigen eines Wahnsinnigen, dachte Claudia kraftlos. Sie erkannte, wo sie war. In diesem Raum hatte man die Frau in zwei Hälften zerteilt. Sie nahm daher an, dass sie hier war, um ebenfalls getötet zu werden.

»Wieso bin ich in diesem Zimmer, hätten Sie mich nicht gleich in meiner Zelle sterben lassen können?« Die Worte kamen ihr einfach so über die Lippen.

»Du warst krank, fiebrig, so konnte ich dich doch nicht deinem Schicksal überlassen.«

»Spielt es denn eine Rolle, ob ich gesund oder krank

bin, wenn du mich tötest?«, antwortete sie jetzt trotzig und wechselte vom Sie zum Du. Vielleicht war der Wunsch, es nun doch hinter sich zu bringen, größer als der zu überleben. Ihn zu provozieren, könnte alles beschleunigen.

Er lachte amüsiert auf, blieb geduldig und strich ihr sogar noch einmal über das Haar.

So muss es sich anfühlen, wenn dich der Tod berührt, schoss es Claudia durch den Kopf und plötzlich begriff sie, dass sie unter der Decke nackt war.

Er hatte sie ausgezogen. Ein kaum zu unterdrückender Brechreiz überkam die Frau. Was hatte er sonst noch mit ihr getan? Sie war ohnmächtig gewesen, geschwächt und krank.

Seine Hand klebte immer noch wie ein unangenehmes Insekt auf ihrer Haut. Der Körper der jungen Frau versteifte sich, er schien das zu bemerken und ließ von ihr ab.

»Du brauchst mich nicht zu fürchten«, säuselte er sanft. »Von mir droht dir keine Gefahr, aber du darfst nicht mit mir streiten.«

»Werde ich nicht«, murmelte Claudia müde und erschöpft. Ihr Kampfgeist war längst verflogen und die Angst beherrschte sie wieder voll und ganz.

»Ich passe auf dich auf, aber du musst auch deinen Beitrag leisten, sonst kann ich sie nicht von dir fernhalten.« Abrupt stand er auf. »Ich bin der einzige Verbündete, den du hier hast.« Ein kurzes Nicken in ihre Richtung, dann verschwand er.

Nur nebenbei hörte die Frau im Bett, wie sich der Schlüssel im Schloss drehte. Ihre Gedanken kreisten um seinen letzten Satz. Sie hatte sich die Stimmen also nicht eingebildet, es gab mehr als nur eine Bedrohung. Wie viele versteckten sich unter der Maske?

Ihr Blick wanderte durch den Raum. Trübes Licht ließ sie das Waschbecken und die Toilette erkennen. Nirgendwo lagen Kleider, die Decke war ihr einziger Schutz. Jetzt nahm man ihr also auch noch ihre Würde. Sie drehte den Kopf ein Stück weiter zum Nachttisch. In einem Glas schwamm ein Fetzen Fleisch. Sie wusste sofort, dass das die Zunge war, die er ihr vor die Füße geworfen hatte. Das Gewebe faulte mittlerweile. Angewidert wandte sich Claudia ab. Sie verstand die Mahnung, die man ihr auf diese Art zukommen lassen wollte. Künftiger Ungehorsam würde ihr nicht verziehen werden, daran sollte sie immer denken.

* * *

2020, Dienstgebäude der Kriminalpolizei Stuttgart

Die Besprechung endete und Oberkommissarin Wald blieb mit ihrem Vorgesetzten und der Kollegin Dietz allein zurück.

»Sie haben Zweifel«, sagte die nun, als hätte man offen Kritik geäußert.

»Ja«, reagierte Reinert, »im Kern denke ich zwar, dass Sie richtigliegen, der Täter hat etwas mitzuteilen. Aber Buchstaben?« Er verzog den Mund. »Ich sehe das wie Oberkommissarin Wald und meine Kollegen, wenn er

Buchstaben hinterlässt, warum macht er das dann nicht besser? Er will doch, dass wir ihn verstehen.«

Beate Dietz ließ sich auf eine Tischplatte sinken und streckte die Beine aus. Dabei gab sie ein leichtes Seufzen von sich und sagte: »Meine Füße bringen mich um, ich bin schon seit fünf Uhr unterwegs.« Sie besann sich, hielt ihre Bemerkung für unpassend und sagte: »Tut mir leid.«

Sybille Wald gab sich verständnisvoll und erwiderte: »Ja, das kenne ich.«

Hauptkommissar Reinert stellte sich für einen kurzen Augenblick die zierlichen Füße von Hauptkommissarin Dietz vor, die er sanft zwischen seinen Händen massierte, während sie gemeinsam nackt auf der Couch lagen und eine Flasche Rotwein leerten. Nur um gleich darauf eine Vision von einem fürchterlichen Streit zu haben, in dem er die Träume seiner Partnerin zerstörte, indem er gestand, weder heiraten noch eine Familie gründen zu wollen. Rasch schüttelte er diese Gedanken ab und konzentrierte sich auf die Erklärungen der Kollegin.

»Im jetzigen Stadium der Ermittlungen ist es schwer, alle Beweggründe des Täters zu verstehen. Womöglich testet er die Polizei, will wissen, wie clever wir sind.«

Sie sah die Skepsis in den Gesichtern ihrer Zuhörer und sprach weiter: »Das mit den Buchstaben ist lediglich eine Idee, die in meinem Team durchaus bezweifelt wurde. Übrigens aus den gleichen Gründen, die auch Sie aufführen.«

»Was denken Sie, was er jetzt tun wird?«, fragte Sybille Wald direkt.

»Ich befürchte, er wird sich ein weiteres Opfer

suchen«, antwortete ihr die Fallanalytikerin genauso unumwunden.

* * *

Etwa zur gleichen Zeit in der Baumschule Steinhard

Regina Steinhard betrachtete sich in einem kleinen Taschenspiegel. Unglücklich stellte sie fest, dass die Frisur, die sie heute Morgen mit allen möglichen Hilfsmitteln gezaubert hatte, bereits wieder in sich zusammengefallen war.

Ich sehe aus, als hätte mir eine Kuh über den Kopf geleckt, dachte sie frustriert und versuchte mit den Fingern die feinen Strähnen aufzuschütteln. Dabei fiel ihr Blick sehnsüchtig auf das Telefon, dann auf das Handy.

Traurig widmete sie sich den letzten Verkaufsstatistiken, legte die Ausdrucke jedoch nach wenigen Minuten wieder zur Seite und griff mit klopfendem Herzen zum Hörer. »Angsthasen bleiben ewig single«, redete sie sich selbst gut zu und wählte.

Es dauerte einen Augenblick, bevor Sven Ehbach abnahm. Er schien nicht genervt, das verbuchte Regina als gutes Zeichen. Zwei Mal schon hatte er ihre Verabredung abgesagt, heute würde sie ihn auf einen Termin festnageln. »Mir ist nach Pizza, und zwar noch innerhalb dieses Jahrhunderts«, versuchte sie zu scherzen und so zu klingen wie ein guter Kumpel.

»Sorry«, hörte sie ihn den Zerknirschten spielen, »ich bin ein megaschlechter Nachbar.«

»Was ist mit heute Abend, sieben Uhr?«

»Einverstanden«, reagierte er prompt, »ich hole dich ab.«

Regina war erleichtert, achtete darauf, dass man ihr das nicht zu sehr anmerkte, und verabschiedete sich mit einem schlichten »Dann bis später«.

Nachdem sie aufgelegt hatte, bemerkte sie, dass ihre Wangen glühten und ihre Hände zitterten.

Schnell schob sie die Unterlagen auf ihrem Schreibtisch zusammen, während sie die Nummer ihres Friseurs wählte.

Lars Steinhard betrat gerade das Büro, als er seine Schwester sagen hörte: »Quetsche mich irgendwo dazwischen, es ist wirklich lebenswichtig!«

»Ist etwas passiert?«, fragte er besorgt und überrascht zugleich, als ihm klar wurde, dass Regina im Begriff war zu gehen.

Sie hatte aufgelegt und wirkte gehetzt.

»Ich mache früher Schluss, muss zum Friseur.«

»Jetzt?«, entgegnete Lars perplex.

»Ja, jetzt«, antwortete sie gereizt.

»Papa wollte doch mit uns die ...«

»Ich kann nicht«, fiel sie ihm ins Wort. Keinesfalls würde sie sich wegen irgendwelcher Bäume ihr Date versauen lassen.

»Das wird ihm aber nicht gefallen«, stichelte der Bruder.

»Dann soll er mich rausschmeißen, mir doch egal«,

schleuderte ihm die Schwester an den Kopf und wollte schon an ihm vorbeieilen.

Lars hielt sie am Arm fest. Ernst fragte er: »Geht es wieder um Sven?«

Sie errötete und er ließ sie los.

»Himmel, Regina, ist das denn immer noch nicht durch? Der Typ ist …«

»Was?«, gab sie scharf zurück. »Nicht an mir interessiert? Willst du das sagen? Weil ich ein hässliches Entlein bin, eines, mit dem sich niemand den See teilt.« Ihre Augen füllten sich bereits mit Tränen.

Lars wusste, wie sehr seine Schwester unter Minderwertigkeitskomplexen litt, und er wusste auch, wessen Schuld das war.

»Rede keinen Unsinn«, hielt er daher vehement dagegen. »Du weißt, warum ich das sage, ich denke, Sven ist nicht gut für dich!«

»Netter Versuch, mir klarzumachen, dass ich bei ihm chancenlos bin. Du bist ein guter Bruder, aber du siehst ja auch fantastisch aus.«

»Damit hat das nichts zu tun«, probierte er einen anderen Weg. »Sven ist dein Sandkastenfreund, du solltest einen richtigen Mann kennenlernen und nicht deine Zeit mit dem Nachbarsjungen verschwenden.«

»Ach, aber bei Anna und dir galt diese Regel nicht!«

Lars' Gesichtszüge verhärteten sich. Sie wusste, dass er nicht gerne über Anna sprach und sie deshalb gerade dabei war, eine Grenze zu überschreiten.

»Das ist lange her und ich habe sie ja nicht geheiratet«, konterte er gereizt.

»Selbst schuld«, gab Regina schnippisch zurück und ließ ihn stehen.

Lars blickte ihr mit einem eigenartigen Gesichtsausdruck nach. Besorgt ging er zum Fenster und konnte von dort aus beobachten, wie seine Schwester ihrem Vater direkt in die Arme lief.

Es gab Streit, das war offensichtlich, dafür brauchte er keines der Worte, die gesprochen wurden, zu verstehen.

Der alte Steinhard würde seine Tochter auf herzlose Weise daran erinnern, dass sie sich besser aufs Geschäft als auf Männer konzentrieren sollte, weil sie erstens von Letzteren nichts verstand und zweitens nicht über die Attribute verfügte, die ein Mann für gewöhnlich suchte. Regina, wie immer unfähig, den Alten zu ignorieren, würde mit überhöhter Geschwindigkeit und massiven Selbstzweifeln davonrasen und alles versuchen, die väterliche Einschätzung zu widerlegen, nur um dann doch zu scheitern.

Wie zu erwarten heulte der Motor von Reginas Wagen auf, als sie aus der Einfahrt fuhr. Es dauerte nicht lange, da hörte Lars den Alten die Treppe nach oben kommen.

»Deine Schwester benimmt sich wie ein Kind«, motzte der jetzt.

»Sei froh«, erwiderte Lars boshaft, »würde sie sich erwachsen verhalten, dann wäre sie schon längst von hier abgehauen.«

»Ich brauche keinen von euch«, gab Steinhard senior wütend zurück.

»Bist du dir da sicher?«, antwortete Lars provozierend und wich dem Blick seines Vaters nicht aus.

»Wir sollten anfangen«, überging er Lars' Bemerkung, hielt sich aber mit weiteren Unfreundlichkeiten zurück. »Lass uns die Bestellungen durchgehen«, lenkte er ab und beugte sich über einen Stapel Papiere, wobei ihm entging, wie sein Sohn die Kiefer zusammenpresste und ihm einen hasserfüllten Blick zuwarf.

* * *

Beate Dietz verschwand aus Hauptkommissar Reinerts Leben so schnell, wie sie gekommen war. Zumindest hatte er den Eindruck, dass es sich so verhielt. Der Anruf der Gerichtsmedizin hatte das Gespräch mit der Fallanalytikerin jäh beendet.

»Mord«, sagte der Mediziner am anderen Ende der Leitung. »Thilo Kratzer wurde erstickt, war nicht leicht festzustellen«, fügte der Arzt noch an. »Durch den Sturz muss er so gut wie bewegungsunfähig gewesen sein. Natürlich kann man dann auch keine Abwehrverletzungen sehen. Er war ein leichtes Opfer.«

»Aber Sie sind sicher, dass wir es mit Mord zu tun haben?«, fasste Reinert noch einmal nach.

»Ja, leichte, aber feststellbare Verletzungen an den Mundwinkeln, entsprechende Veränderungen der Lungen und der Befund des Labors räumen Zweifel aus. Wir fanden Fasern an der Gesichtshaut, in den Nasenlöchern und der Mundhöhle. Ich tippe auf ein Kissen.«

»Gibt es denn auch Anzeichen dafür, dass man ihn gestoßen hat?«, stellte der Hauptkommissar eine weitere Frage.

»Einen Stoß mit bloßen Händen von hinten kann ich

nicht mehr feststellen. Hinweise auf einen Schlag mit einem Knüppel oder einem anderen Gegenstand gibt es jedoch nicht. Allerdings wäre es ein ausgesprochen merkwürdiger Zufall, wenn der Mann aus Versehen stolpert und ausgerechnet in diesem Augenblick sein Mörder mit einem Kissen parat steht, oder?«

»Sie würden nicht glauben, was ich schon für Zufälle erlebt habe«, antwortete der Hauptkommissar geistesabwesend und legte auf.

»Und?«, hakte Sybille Wald nach.

»Wir werden mit Thilo Kratzers Mutter sprechen und ich will die Kriminaltechnik in seiner Wohnung.«

* * *

»Ich wusste, dass Sie kommen«, sagte Hilde Kratzer statt einer Begrüßung.

Reinert, in der Annahme, seine Kollegin hätte der Frau telefonisch Bescheid gegeben, sah fragend in Sybille Walds Richtung. Die zuckte jedoch mit den Schultern.

»Ich wusste nicht, dass man Sie verständigt hat«, sagte der Hauptkommissar deshalb freundlich, stellte sich vor und drückte sein Beileid aus.

»Mich hat niemand verständigt, meine Karten haben mich informiert«, entgegnete die Frau knapp, drehte sich auf dem Absatz um und ging zurück in die Wohnung.

Die Beamten standen verdutzt unter der Tür. Wie es aussah, erwartete Hilde Kratzer, dass sie ihr folgten. In den Räumlichkeiten herrschte eine merkwürdige Atmosphäre. Vermutlich lag das auch daran, dass Hilde Kratzer alle Vorhänge geschlossen hatte. Das künstliche

Licht war gedimmt, zusätzlich hatte die Frau Kerzen aufgestellt. Ein langes schwarzes Tuch verdeckte im Flur einen Spiegel und es roch nach Kräutern. Sybille Wald glaubte, Weihrauch zu erkennen.

Im Wohnzimmer fanden sie Hilde Kratzer. Sie saß in einem Korbstuhl mit hoher Lehne, der an den Thron eines Südseekönigs erinnerte und hinter einem Schreibtisch stand. Ihre Hände mit den langen manikürten Fingernägeln und zahlreichen Ringen umschlossen ein Kartenset. Mit einem Seufzen sagte sie: »Bitte nehmen Sie doch Platz.«

Die Beamten quetschten sich in zwei weitere Korbstühle ihr gegenüber, die zwar hübsch anzusehen, aber alles andere als bequem waren.

»Wir bringen leider keine guten Nachrichten«, begann Reinert behutsam das Gespräch.

»Was kann noch schlimmer sein, als zu erfahren, dass der eigene Sohn gestorben ist?«, entgegnete sie grob. »Seit man mich gestern über seinen tödlichen Unfall informiert hat, ist es, als wäre mein Leben vorbei. Thilo war mein einziges Kind und er wurde wahrlich unter keinem guten Stern geboren.« Wieder ein gequältes Seufzen, dann hob sie den Blick. »Also, was haben Sie mir noch mitzuteilen?«

»Ihr Sohn hatte keinen Unfall, er wurde ermordet«, fasste sich Reinert kurz.

Hilde Kratzer keuchte.

»Alles in Ordnung?«, fragte der Hauptkommissar besorgt.

»Ja, ja«, stammelte sie und trank hastig aus dem Glas, das auf dem Tisch stand. Ein scharfer Geruch ging davon aus. Auf der Flasche daneben stand »Ehbachs Whisky«.

»Wer hat das getan?«, fragte sie schließlich tonlos und sah die Beamten mit durchdringendem Blick an.

»Bislang wissen wir das nicht, deshalb sind wir hier«, sagte Reinert.

Hilde Kratzer wurde kalkweiß und es schien so, als würde ihr jetzt erst bewusst werden, was man ihr gerade mitgeteilt hatte.

»Können wir die Zimmer sehen, die Ihr Sohn bewohnt hat?«

»Sicher«, erwiderte die Mutter von Thilo Kratzer und erhob sich umständlich.

Sybille Wald vermutete, dass sich der Alkohol bei der Frau bemerkbar machte, denn die Fünfundsechzigjährige schwankte leicht, während sie die Polizisten durch einen langen Gang führte.

»Ein schönes Haus«, warf die Oberkommissarin ein, auch wenn sie fand, dass es an einen Trödelladen erinnerte. Überall standen Porzellanfiguren, kleine Vasen mit künstlichen Blumen, Schalen mit Krimskrams darin und Kerzenständer. An den Wänden hingen trübe Spiegel und langweilige Ölgemälde.

»Es ist mein Elternhaus, ich wurde sogar hier geboren«, erklärte Hilde stolz. »Unten war unser Geschäft. Mein Vater betrieb eine Metzgerei, mein Mann hat die dann weitergeführt, aber als er in Rente ging, fanden wir keinen Nachfolger, und Thilo ...« Sie winkte ab. »Der konnte schon als Kind kein Blut sehen.«

»Könnten Sie nicht umbauen und dann vermieten?«, fragte Sybille, einfach um das Gespräch am Laufen zu halten und so vielleicht noch ein bisschen mehr über das Opfer zu erfahren.

»Nein, niemals«, gab sich Hilde empört. »Dieses Haus war stets das Haus eines Metzgers und daran wird sich nichts ändern. Außerdem wäre das viel zu aufwendig. Der ganze Bau ist unterkellert und auf die Bedürfnisse einer Metzgerei ausgelegt. Nein, nein, solange ich lebe, bleibt alles, wie es ist.« Sie öffnete eine Tür. »So, das waren Thilos Räume.«

Die Beamten traten ein und es war Hauptkommissar Reinert, der entsetzt ausrief: »Was ist denn hier passiert?«

* * *

Zur gleichen Zeit in der Whisky-Brennerei

Sven Ehbach betrat gerade in dem Moment das Gewölbe, in dem die alten Sorten gelagert wurden, als sich Onkel Franz mit einem der Männer ein lautstarkes Wortgefecht lieferte.

»Das lasse ich mir nicht gefallen!«, blaffte der Arbeiter und sah den Alten wütend an.

Sven war alarmiert. Onkel Franz sah durch seine deformierte Wirbelsäule sowieso immer wie ein wütender Gorilla kurz vor dem Angriff aus, und momentan schien der Eindruck nicht zu täuschen. »Hier hinten hat niemand etwas zu suchen«, fauchte er wütend.

»Was soll das Theater?«, hielt der andere dagegen. »Ich bin nun seit fünf Jahren dabei, ich habe lediglich eine Fassbürste gesucht.«

»Hier?«, blökte Onkel Franz ungehalten. »Das sind unsere wertvollsten Abfüllungen, da ist der Zutritt verboten.« Er machte einen bedrohlichen Schritt auf den Mann zu und zischte: »Ganz sicher bewahren wir hier keine Bürsten auf.«

»Unterstellst du mir etwa, dass ich die Fässer beschädigen wollte?«, brüllte der andere zurück. Für einen Augenblick sah es so aus, als würde es zwischen den Männern zu Handgreiflichkeiten kommen. Während Onkel Franz ähnlich dem angriffslustigen Gorilla die Arme nach links und rechts schwang, baute sich sein Gegenüber zu voller Größe auf.

»Wir sollten alle zurück an unsere Arbeit«, ging in diesem Augenblick Sven dazwischen. Tatsächlich löste sich die Spannung der beiden, er hatte sie überrascht.

»Die Bürsten sind im Raum neben dem Flaschenlager«, sagte Sven ruhig, ohne darauf hinzuweisen, dass das schon seit fünf Jahren so gehandhabt wurde.

Der Arbeiter nickte und verschwand schnell.

Schweigend sahen sich der Ältere und der Jüngere an. Sie mussten nicht über den Vorfall sprechen, denn Sven hatte eine ziemlich genaue Vorstellung davon, warum sein Onkel so reagiert hatte.

Trotzdem schien der sich erklären zu wollen: »Man kann niemandem trauen, ich werde den Mann jedenfalls im Auge behalten.«

»Ja, tu das«, stimmte ihm Sven zu, der keine Lust verspürte zu diskutieren.

»Gehst heute also aus?«, wechselte der Alte abrupt das Thema und bewegte sich Richtung Ausgang.

Offenbar war es ihm wohler, das Gespräch vor der Tür weiterzuführen.

»Ich habe es Regina versprochen«, seufzte Sven und ließ keinen Zweifel daran, dass es sich bei dem Date um eine lästige Verpflichtung handelte.

»Vielleicht solltest du heiraten«, warf Onkel Franz ein und entlockte seinem Begleiter ein überraschtes »Was?«.

»Irgendwann musst du an deine Zukunft denken«, sprach der nun weiter. »Anna ist tot und alles Vergangene sollte endlich begraben werden, und zwar sehr tief. Irgendwann muss man Ballast entsorgen«, fügte er noch an.

»Ich wusste nicht, dass du so ein Philosoph bist, Onkel Franz«, machte sich Sven über den Mann lustig.

»Spotte nicht, Junge, ich meine das ernst. Es reicht, fang endlich an zu leben, wie es ein Mann in deinem Alter tun sollte.«

»Ich dachte, du kannst Regina nicht leiden«, überging Sven amüsiert die Mahnung.

»Spielt keine Rolle, sie wäre gut für die Brennerei. Sie kann das Büro übernehmen und den ganzen Kram, den Anna gemacht hat. Als Ehefrau musst du ihr nichts bezahlen.«

»Ganz so anspruchslos sind die Frauen heute nicht mehr«, widersprach Sven, den das Thema langsam nervte.

»Die schon«, gab der Alte rechthaberisch zurück. »Die ist nämlich in dich verliebt. Bei der brauchst du keine Angst zu haben, dass sie dir bei der erstbesten Gelegenheit wegläuft. Regle deine Angelegenheiten, Junge. Ich werde nicht ewig leben.«

KAPITEL NEUN

Im Haus von Hilde Kratzer

»Können Sie mir bitte sagen, was hier passiert ist?«, wandte sich Hauptkommissar Reinert nun an die Mutter von Thilo Kratzer.

Die wirkte trotzig, als sie knapp antwortete: »Ich habe aufgeräumt.«

»Wann?«, hakte der Beamte fassungslos nach. Immerhin hatte die Frau erst am Vortag von dem Tod ihres Sohnes erfahren.

»Die ganze Nacht, wenn Sie es genau wissen wollen. Es war wie ein Zwang, ich konnte nicht anders.«

Auch Sybille Wald starrte perplex auf die offen stehenden Schränke ohne Inhalt, die abgezogene Matratze und die wenigen Säcke mit alten Kleidern, die noch neben dem Bett standen.

»Wo sind die Sachen jetzt?«, versuchte Reinert, nicht zu ungeduldig zu klingen.

»Ich nehme an, die Müllabfuhr hat sie heute Morgen mitgenommen.«

»Gottverdammt«, entfuhr es dem Polizisten und er entschuldigte sich nicht dafür, sondern wandte sich erneut an die Mutter: »Wo sind die persönlichen Unterlagen Ihres Sohnes? Seine Papiere? Hatte er einen Computer?«

»Nur ein Handy und das hatte er bei sich. Die Papiere habe ich weggeworfen.«

»Aber warum?«, fragte Reinert nun doch ungehalten.

Hilde Kratzer stieß einen eigenartigen Laut aus. Es klang wie eine Mischung aus Seufzen und Auflachen.

»Ich erwarte nicht, dass Sie das verstehen, Sie sind schließlich keine Mutter. Aber ich habe mein einziges Kind verloren, und alles in diesem Raum hat mich an ihn erinnert. Worauf hätte ich warten sollen?« Sie sank aufs Bett und hielt sich eine Hand vor die Augen. »Es wäre niemals leichter geworden, warum es dann aufschieben?«

Am liebsten hätte Reinert die Frau kräftig geschüttelt und gefragt, ob sie ihren Verstand verloren hatte, aber richtig, er war keine Mutter, nicht einmal ein Vater. Wie konnte er es also wagen, über das Verhalten der Frau zu urteilen? Trotzdem sah er sich gerade in einem ermittlungstechnischen Albtraum gefangen.

»Sie werden vorerst nichts mehr anrühren. Wir müssen die restlichen Sachen untersuchen. Gibt es sonst irgendwo im Haus Dinge von Ihrem Sohn?«

»Im Keller sind einige Möbel eingelagert. Sie können alles mitnehmen, wenn Sie wollen.«

Den Beamten blieb nichts anderes übrig, als sich mit dem zufriedenzugeben, was von Thilo Kratzers Habseligkeiten noch übrig war.

Auch die Krimiminaltechniker betraten die Räumlichkeiten mit verdutzten Gesichtern und waren schnell mit der Arbeit fertig.

Währenddessen sprachen die Beamten erneut mit Hilde Kratzer. Sie saß wieder in ihrem Korbstuhl und trank ein weiteres Glas Whisky.

»Ich sehe, der stammt aus der Brennerei von Sven Ehbach«, begann dieses Mal Sybille Wald das Gespräch.

»Ja, den hat mir Thilo mitgebracht. Hat gesagt, der wäre ihm von einem alten Freund geschenkt worden.«

»Und wer war der Freund?«, fasste die Beamtin nach.

»Das hat er mir nicht verraten. Mein Junge war verschwiegen, immer schon. Ich glaube, ich habe ihm nicht die Aufmerksamkeit geschenkt, die er gebraucht hätte. Wir hatten die Metzgerei, da blieb keine Zeit. Thilo musste mit anpacken, ging eben nicht anders. Als er dann auszog, gab es nicht mehr viele gemeinsame Stunden. Ich glaube, er warf mir immer vor, dass ich mich für meine Klienten aufopfere. Aber wenn man mit dieser Gabe gesegnet ist, dann muss man sie nutzen, um anderen zu dienen. Er hat nie verstanden, dass ich eine Pflicht zu erfüllen habe.« Sie trank einen großen Schluck und ihre Wangen röteten sich.

»Sie sprechen vom Kartenlegen?«, fragte Reinert vorsichtig nach.

»Ja, davon spreche ich. Ich lege Karten und erstelle Horoskope. Das ist die Aufgabe, die mir das Universum zugeteilt hat, dennoch habe ich mich bemüht, eine gute Mutter zu sein.«

»Ihr Sohn ist wieder bei Ihnen eingezogen«, griff Sybille Wald das Thema auf.

»Ja, das hat uns etwas enger zusammengebracht, das war schön und ist mir jetzt ein Trost.«

»Wussten Sie, warum Ihr Sohn seinen Job verloren hatte?«

»Ach.« Sie wedelte mit der Hand, zum Zeichen, dass sie kein Wort von den Anschuldigungen glaubte. »Man hat ihn reingelegt, um seine Stelle streichen zu können, ohne eine Abfindung zu bezahlen. Thilo war immer schon ein Pechvogel. Die Karten waren da leider eindeutig. Ich wusste, dass ihm etwas Schlimmes passieren würde.«

»Aber den Mord hatten Ihnen die Karten nicht gezeigt«, fuhr die Oberkommissarin fort, bemüht, nicht ironisch zu klingen.

»Nein, so eindeutig ist es meistens nicht.« Sie sah auf. »Thilo hat das nie ernst genommen, schlug meine Warnungen immer in den Wind.«

»Was ist mit Freunden oder einer Freundin?«, bohrte Sybille Wald weiter.

Wieder das Handwedeln. »Thilo hatte nicht die Spur von Charisma.« Sie verzog das Gesicht. »Traurig, das zu sagen, aber er fand nur schwer Freunde und war auch nicht sonderlich beliebt. Als Mutter hätte ich mir einen anderen Weg für ihn gewünscht, aber unsere Schicksale sind nun einmal vorherbestimmt.«

»Was war mit der Band, der er angehört hat?«

»Die *Band*«, zischte sie und richtete sich plötzlich auf. Augenscheinlich zeigte der Alkoholkonsum Wirkung, denn ihre Aussprache war mittlerweile schleppend, trotzdem lag Vehemenz in ihrer Stimme, als sie sagte:

»Die Band bedeutete Unglück. Daher war ich froh, als mein Junge dort aufgehört hat.«

»Man sagte uns, er wäre rausgeflogen?«

»Wie auch immer«, widersprach sie nicht, »es war gut, dass er nicht geblieben ist.«

»Wissen Sie irgendetwas über die Mitglieder? Gab es Vorkommnisse, hat Ihr Sohn mit Ihnen darüber gesprochen?«

»Ich sagte doch schon, wir haben nicht viel geredet, aber dafür bekam ich Antworten von meinen Karten. Diese Band war schlecht für Thilo, genauso wie sein angeblicher neuer Job. Jetzt spielt das alles keine Rolle mehr«, murmelte sie geistesabwesend und plötzlich begann sie zu weinen. »Mein Junge ist tot«, schluchzte sie und Sybille reichte ihr schnell ein Taschentuch. »Das hätte nicht passieren müssen«, wiederholte sie aufgebracht mehrmals den gleichen Satz. Dann richtete sie das Wort plötzlich an Reinert. »Denken Sie, dass Sie den Mörder finden werden? Ich sah heute Morgen in den Karten einen gefährlichen Widersacher. Jetzt weiß ich, was das zu bedeuten hat.«

Der Hauptkommissar nickte langsam, antwortete jedoch zurückhaltend: »Wir werden alles tun, um herauszufinden, wer Ihrem Sohn das angetan hat.«

Sie wandte den Blick ab und schnäuzte sich. »Ich bin Ihnen keine große Hilfe«, fuhr sie nun ruhiger fort. »Ich werde versuchen die Karten zu befragen, aber wenn ich emotional nicht stabil bin, dann wird das schwer.« Erneut füllte sie ihr Glas auf und trank. »Ich sehe nicht den Tod«, sprach sie weiter, als würde sie ein Selbstgespräch führen, »aber ich sehe schlimme Dinge.

Wenn die Menschen nicht aufpassen, dann passieren die auch, so wie bei der jungen Frau. Ich hatte sie gewarnt.«

»Welche junge Frau?«, fragten die Beamten fast parallel.

Hilde Kratzer hob und senkte mehrmals die Lider, als könnte sie dadurch wieder klarer denken. »Na, die junge Frau, die man tot aufgefunden hat. Patricia hieß sie.«

»Patricia Öler hat sich von Ihnen die Karten legen lassen?«, hakte Reinert nun ungläubig nach.

»Ja, die war so aufgeregt, hatte kurzfristig einen Termin bekommen, stand auf der Warteliste, als jemand ausgefallen ist. Ich glaube, sie hat dafür sogar die Schule geschwänzt.«

»Warteliste?«, warf Sybille Wald ein.

»Ja, momentan bin ich auf sechs Monate ausgebucht«, sie lächelte huldvoll und ein stolzer Ausdruck erschien auf ihrem Gesicht.

»Und Patricia Öler kam wann genau?«

Hilde Kratzer zog eine Schublade auf und kramte einen Terminkalender hervor. Ihr Zeigefinger fuhr die Seiten entlang. Die Oberkommissarin konnte sehen, dass viele Namen eingetragen waren.

»Vor vier Monaten«, gab ihnen Hilde Kratzer Auskunft.

»Kam sie allein?«

»Nein, ein Mann war dabei, erst dachte ich, das ist ihr Freund, Sie wissen schon.« Sie senkte vertraulich die Stimme. »Ein alter Knopf, der ein junges Mädchen finanziert, so ein Sugardaddy, wie man wohl heute sagt, aber dann stellte sich raus, dass er der Vater war.«

»Können Sie sich noch dran erinnern, was Patricia von Ihnen wissen wollte?«

Ihr Blick streifte den Terminkalender. »Nein, ich habe so viele Sitzungen. Vermutlich ging es um Partnerschaften, darum geht es meistens. Partnerschaften und Geld. Ich erinnere mich nur noch an sie, weil sie ungewöhnlich schlechte Karten gehabt hat. Bei jungen Menschen sieht man meistens eine Fülle von Möglichkeiten, aber bei ihr war das anders. Ich habe gesagt, sie müsse aufpassen, nicht vom Weg abzukommen, und dass überall Gefahr lauere.«

»Wie hat sie darauf reagiert?«

»Sie fand das spannend. Glaubte, ein aufregender Mann würde in ihr Leben treten. Ich habe ihr geraten, sich von dem Bösen fernzuhalten. Ich glaube aber, dass sie genau das gesucht hat. Junge Menschen werden oft vom Dunklen angezogen. Außerdem war Patricia Skorpion, daran erinnere ich mich noch. Die können ausgesprochen eigenwillig sein, sie hätte sich vermutlich von niemandem etwas sagen lassen.«

Ihr Blick wanderte zu Reinert. Als hätte das Gespräch über Patricia Öler nie stattgefunden, fragte sie unvermittelt: »Wann sind Sie geboren?«

Der Hauptkommissar legte den Kopf schräg und blieb ihr die Antwort schuldig.

»Warten Sie«, fuhr Hilde Kratzer fort, »Wassermann oder Schütze, womöglich Fisch? Nein.« Sie schien in ihrem Element. »Nein, dafür sind Sie zu …« Sie schnalzte mit der Zunge. »Ich tippe auf Krebs oder Waage.«

Der Hauptkommissar gab ihr keine Antwort, sondern

fragte stattdessen: »Wie hat der Vater auf Ihre Vorhersagen für Patricia reagiert?«

»Oh, er war natürlich nicht dabei, er hat im Flur gewartet. Ich hatte den Eindruck, dass er sich äußerst unbehaglich gefühlt hat. Jedenfalls umgab ihn eine sehr negative Aura.«

* * *

In der Nacht

Julia lag nackt auf der Matratze, ihre Augen waren fast geschlossen, die Drogen zeigten die volle Wirkung. Nicht dass sie noch viele Phasen absoluter Klarheit erlebte und eine Chance gehabt hätte, das alles zu beenden. Sie war längst verloren in einem Alltag, in dem ihre Kraft einzig und allein dem Beschaffen der Glückseligkeit galt. Zumindest war es das, was Julia fühlte, während sie es genoss, dass sich jeder Muskel in ihrem mageren Körper entspannte, ihr Kopf aufhörte zu dröhnen und das Zittern und Schwitzen unterdrückt wurden.

Was er nun mit ihr tat, war ihr gleichgültig. Sie nahm ihn ohnehin nur noch als einen vagen Schatten wahr.

Ihn hingegen störte, mit welcher Gelassenheit sie dem Tod, den er ihr bringen würde, entgegentrat. Sie schrien und kämpften normalerweise, versuchten zu fliehen und zeigten ihm ihre Angst, das gefiel ihm. Aber die junge

Frau auf der versifften Matratze schien dem Ende ihres Seins gegenüber gleichgültig.

Er trug die Maske, auch das erschreckte sie nicht.

»Du bist lustig.« Sie kicherte und ihre Augen waren dabei verdreht. Eigentlich missfiel ihm ihr Verhalten und tatsächlich überlegte er, ob er überhaupt weitermachen sollte. Das war nicht das, was er wollte. Andererseits erleichterte es auch seine Arbeit.

Sie war sofort zu ihm in den Wagen gestiegen und er hatte noch gedacht, dass das zu einfach gewesen sei, bis er ihren berauschten Zustand bemerkt hatte.

»Hast du was dabei?«, hatte sie direkt gefragt und nicht einmal eine Sekunde daran gedacht, dass er womöglich von der Polizei sein könnte. Stattdessen sagte sie: »Macht nichts, ich habe genug, du musst jedoch dafür bezahlen.«

»Kein Problem«, entgegnete er lässig und zog schnell ein paar Euroscheine aus der Tasche.

»Ich lege noch etwas drauf, wenn du einen Ort kennst, an dem wir ungestört sind.«

Sie lachte ordinär und war einverstanden. »Das wird aber nicht billig«, fügte sie noch an und machte auf dem Beifahrersitz die Beine breit. »Wenn du willst, kannst du dich davon überzeugen, dass ich jeden Cent wert bin.« Wieder das Lachen, das mehr einem Kreischen glich.

»Sag mir, wo ich hinfahren muss.« Er hütete sich davor, sie zu berühren, und ließ sich von ihr stattdessen zu einem unansehnlichen Gebäude ohne Eingangstür dirigieren. Anschließend war er ihr durch einen dunklen Hausgang gefolgt, über abgetretene Stufen an offen stehenden Türen vorbeigekommen und hatte erkannt, dass sie in einer verlassenen Ruine gelandet waren.

Offensichtlich hauste sein Opfer dort, denn in einer der leer stehenden Wohnungen hatte sie sich ein Zimmer eingerichtet. Zumindest konnte man das so nennen, wenn man über das eingeschlagene Fenster und die beiden dicken Ratten, deren Krallen klackernde Geräusche auf dem Boden hinterließen, als sie unter einen alten Polstersessel flüchteten, hinwegsah. Vermutlich zogen die Tiere in dem Möbel ihren Nachwuchs groß, denn gelegentlich erklang von dort ein aufgeregtes Quietschen.

Obwohl es ihm im Prinzip egal sein konnte, fragte er: »Wohnst du hier?«

»Nur vorübergehend«, antwortete sie geistesabwesend, zündete einige Kerzen an und drückte zusätzlich auf den Schalter einer Campinglaterne.

Letztere erinnerte ihn sofort an Claudia. Es war ein gutes Gefühl und half zu vergessen, dass die Frau, die sich ohne Scham nackt ausgezogen und aufs Bett gelegt hatte, nicht genau dem entsprach, was er für heute eigentlich suchte.

Er beobachtete, wie sie sich fahrig eine weitere Dröhnung gab und kurz danach begann, sich wohlig auf der fleckigen Unterlage zu rekeln.

Im trüben Licht und mit der Maske, die sein Sichtfeld einschränkte, war es leicht, sich Claudia Wegener an ihrer statt vorzustellen. Seine Laune hob sich.

»Wo bin ich?«, lallte sie, während er nun den spitzen Holzpflock aus seinem Rucksack zog. Er hätte gerne ein etwas aussagekräftigeres Instrument benutzt, aber das hätte er nicht so problemlos transportieren können.

Sie fragte ihn weder, warum er sich Handschuhe überzog, noch, wie er hieß oder woher er kam. Stattdessen murmelte sie erneut: »Wo bin ich?«

Vielleicht sollte er es einfach genießen, dass es dieses Mal so einfach war. Plötzlich entspannte er, fast genauso wie die Frau auf dem Bett. Ihn überkam ein starkes Gefühl von Macht, eines, das es ihm ermöglichte, den nächsten Mord zu begehen.

Also packte er ohne Hast das mitgebrachte Laken aus. Die Kunstfaser glänzte im Kerzenschein.

»Was ist das?«, fragte sie leise, als er es ihr vors Gesicht hielt.

»Schau genau hin und sag mir, was du siehst«, gab er ihr geduldig Antwort.

»Keine Ahnung.« Sie kicherte. »Es riecht gut.« Dann streckte sie eine Hand aus und griff nach dem Stoff. »Und fühlt sich gut an.«

»Ja«, blieb er ruhig, »aber sag mir, was du siehst.«

Mühsam öffnete sie die Augen ein Stück weiter, kicherte dann erneut und gluckste. »Rote Bettwäsche! Du hast rote Bettwäsche mitgebracht, ich sehe rote ... du bist wirklich ...«

Das »lustig« kam ihr nicht mehr über die Lippen. Der Holzpflock wurde ihr seitlich in den Hals gerammt. Er zog ihn heraus, setzte erneut an und bohrte ihn dieses Mal in Julias Brust. Es waren leise, gedämpfte Laute, die sie beim Sterben hervorpresste. Als er den Pflock ein drittes Mal in ihren Leib trieb, war sie bereits tot. Die Waffe ließ er direkt unter dem Kehlkopf stecken. Dann begann er damit, die Botschaft zu hinterlassen. Er wusste genau, wo er zustechen musste, und warf am Ende zufrieden das rote Laken über den leblosen Körper.

»Du wolltest doch wissen, wo du bist«, flüsterte er in Richtung der Toten und legte den Kopf schräg. »Nun, jetzt bist du am Himmel.«

* * *

Am nächsten Morgen

Sven Ehbach war schon früh in der Brennerei aufgetaucht, um so den Abend mit Regina zu vergessen. Nicht dass etwas vorgefallen wäre, was ihn nachdenklich hätte stimmen müssen, es war eher das, was nicht vorgefallen war.

Er hatte wirklich versucht, sich Onkel Franz' Worte zu Herzen zu nehmen. Vielleicht war es tatsächlich an der Zeit, eine Familie zu gründen und alles in die richtigen Bahnen zu lenken. Und ja, Regina wäre die Richtige für den Betrieb, sie war geradezu versessen darauf, in seiner Nähe zu sein, und schien ihm verfallen. Das war ihm bei ihrem Date natürlich nicht entgangen und doch hatte er sie bereits gegen einundzwanzig Uhr erleichtert wieder zu Hause abgesetzt. Kaum dachte er an die Frau, hatte er das unangenehme Gefühl, einen ranzigen Käse zu riechen. Sagte man nicht, dass die menschlichen Ausdünstungen bei der Paarbildung eine entscheidende Rolle spielten? Wie sollte er mit einer Frau zusammenleben, die er im wahrsten Sinne des Wortes nicht riechen konnte? Wäre das nicht eine Katastrophe? Er brauchte seinen guten Geruchssinn für die Whisky-Produktion.

Wieso empfand er in Reginas Nähe diesen Widerwillen? Auch wenn sie keine Schönheit war, konnte man sie objektiv betrachtet nicht als hässlich bezeichnen. Abgesehen davon war sie nett, unterhaltsam und ehrlich. Müsste er sich vielleicht einfach nur überwinden?

Die Frage beschäftigte ihn mehr, als ihm lieb war. Plötzlich wurde er von einem Rufen aus seinen Gedanken gerissen. Sven drehte sich um und sah am Eingang Reginas Gestalt.

Es ist wie ein Fluch, dachte er unglücklich, hob allerdings freundlich die Hand zum Gruß.

Sie eilte auf ihn zu und er wünschte sich, sie hätte in sicherer Entfernung auf ihn gewartet. Jetzt würde sie ihren unangenehmen Duft in die Brennerei tragen.

»Warte, warte«, rief er laut, »lass uns an die frische Luft gehen, ich wollte sowieso gerade eine Pause machen.«

Er beeilte sich, zu ihr zu gelangen, um sie nach draußen zu führen. Seine Hektik deutete sie als Aufregung und Freude über ihr unangemeldetes Auftauchen.

»Ich wollte mich nur noch einmal für den schönen Abend bedanken«, sagte sie und hauchte ihm einen Kuss auf die Wange.

Ein süßes Parfum stieg ihm in die Nase, das alles nur noch schlimmer machte.

»Ja, ein netter Abend unter Spielkameraden«, dämpfte er ihre Euphorie.

»Unter ehemaligen Spielkameraden«, sagte sie neckisch, »jetzt sind wir erwachsen.« Sie zwinkerte ihm zu und sah dabei aus wie der fahle Mond in einem Märchenbuch. »Ich dachte, wir könnten das wiederholen. Heute Abend bei mir, ich koche uns etwas Schönes.«

»Oh, heute Abend muss ich …« Sven kam ins Stottern, ihm fiel so schnell keine Ausrede ein, und schließlich sagte er lahm: »Ich muss die Buchhaltung machen, in letzter Zeit ist viel liegen geblieben.«

»Dann komme ich mit einem Picknick-Korb vorbei und helfe dir. Was meinst du?«

»Das wäre wirklich nett, aber verschieben wir das auf ein anderes Mal. Ich habe auch noch ein paar Dinge mit Onkel Franz zu klären …« Er hob entschuldigend die Hände, und Regina sah ihn enttäuscht an. Fast glaubte er, sogar Tränen in ihren Augen aufblitzen zu sehen.

»Gegen Onkel Franz komme ich natürlich nicht an«, sagte sie tapfer und lachte gekünstelt.

»Wir holen das nächste Woche nach, versprochen«, entgegnete Sven deshalb schnell, was sie entspannen ließ.

»Also gut, du rufst mich an«, verabschiedete sie sich voller Hoffnung, und Sven wurde klar, dass er schleunigst etwas unternehmen musste, sonst käme er am Ende noch in eine unangenehme Situation.

Aber auch Regina hatte das Gefühl, dass es an der Zeit war, die Dinge voranzutreiben. Irgendetwas stimmte nicht mit Sven, und mittlerweile hatte sie den Verdacht, dass es mit ihrer Familie zusammenhing. Warum versuchte ihr Bruder Lars ständig, ihr Sven auszureden? Er selbst war doch in Anna Ehbach verliebt gewesen, daran hatte es keine Zweifel gegeben. War damals vielleicht etwas passiert? Plötzlich ging ihr die Frage durch den Kopf, warum aus Lars und Anna kein Paar geworden war. Sie hatte bisher nie ernsthaft darüber nachgedacht, aber jetzt, da ihr eigenes Glück bedroht schien, sollte sie sich vielleicht ein wenig umhören und mehr herausfinden.

* * *

Am nächsten Tag

Bärbel Hauns hatte nicht damit gerechnet, dass die Beerdigung ihres Mannes von so vielen Kollegen besucht werden sollte. Die Friedhofskapelle war bis auf den letzten Platz besetzt. In den Gängen und Nischen hatten sich Trauernde eingefunden und einige konnten nur noch auf den kleinen Vorraum ausweichen, um die Predigt des Geistlichen zu hören. Fast alle Anwesenden waren Polizisten oder arbeiteten für die Behörde. Auch einige Pensionäre hatten sich eingefunden, die Hauns noch von früher kannten.

»Mein Gott«, flüsterte jemand hinter Hauptkommissar Reinert, »der war zehn Jahre jünger als ich.« Sein Nebenmann antwortete: »Der hat sich fertig gemacht für den Job.«

Reinert ließ seinen Blick über die Anwesenden schweifen. Betretene Gesichter stierten nach vorne oder auf den Boden, alle vereint in dem erschreckenden Wissen um die eigene Endlichkeit.

»Ein fleißiger, loyaler Kollege«, sagte der Kommissariatsleiter gerade, der mit seiner Trauerrede begonnen hatte.

Reinert empfand plötzlich den Wunsch, laut zu schreien: »Nein, er soll nicht tot sein!« Nur mühsam riss er sich zusammen, hätte am liebsten die Kirche verlassen und dem allen den Rücken gekehrt. Um nicht in Panik zu geraten, lenkte er seine Gedanken auf den Fall. Gestern hatte er das erste Mal selbst mit Lars Steinhard gesprochen, dem Bandleader und Erben der Baumschule Steinhard. Vor seinem geistigen Auge sah er den Einundvierzigjährigen. Sybille Wald hatte angemerkt, dass er ein Typ sei, der Frauen gefiel. Womöglich hatte sie damit recht. Abgesehen davon kam er herum, tingelte mit der Band durch die Stuttgarter Kneipen und hatte einen gewissen Bekanntheitsgrad. Zu ihm würden die Frauen vermutlich freiwillig ins Auto steigen. Aber hätte er auch ein Motiv? Reinert hatte ein komisches Gefühl bei Lars Steinhard.

»Kommt mir vor, als würde er etwas verheimlichen«, hatte er zu Sybille Wald gesagt, die ihm zustimmte.

»Ja, aber das ist nicht ungewöhnlich, wenn wir irgendwo auftauchen. Hat nicht jeder etwas zu verheimlichen? Vielleicht hinterzieht er im großen Stil Steuern, da kann man schon nervös werden, wenn die Polizei vorbeischaut, selbst wenn wir von einem anderen Dezernat sind.«

Auch bei Familie Öler hatten die Beamten noch

einmal haltgemacht. Es herrschte eine seltsame Stimmung zwischen dem Ehepaar. Zudem stellte sich heraus, dass es Manuela Öler nicht bekannt gewesen war, dass ihre Tochter sich von Hilde Kratzer die Karten hatte legen lassen. »Wieder so ein Alleingang von dir«, hatte sie ihrem Mann Gregor verächtlich an den Kopf geworfen.

Der Getränkehändler hatte daraufhin kalt reagiert: »Ich hatte eben Verständnis für das Kind.« Und an die Beamten gewandt gab er an, dass Patricia fasziniert von dem Besuch gewesen sei. Einen Thilo Kratzer kenne er jedoch nicht, und der sei ihnen dort auch nicht begegnet.

»Wir werden den Kollegen schmerzlich vermissen«, ertönte die kräftige Stimme des Kommissariatsleiters, dem es im Blut lag, von einer Kanzel zu sprechen.

Reinert verzog bitter das Gesicht und dachte: *Was für ein Heuchler!*

Er senkte seinen Blick und rief sich in Erinnerung, was Lars Steinhard über Kratzer gesagt hatte.

»Thilo Kratzer? Natürlich kannte ich den. Frank Bauer hat den Typen angeschleppt. War kein schlechter Musiker, aber als Mensch …« Er machte eine wegwerfende Handbewegung. »Ich war froh, als ich den wieder losgeworden bin.«

»Warum?«, hakte der Beamte schnell nach.

»Der Kerl war nicht ganz dicht. Ich dachte erst, er nimmt Drogen, so wie Frank.« Sofort hob er abwehrend die Hände. »Ich hatte damit nie irgendetwas zu tun. Als ich von Franks Aktivitäten in dieser Richtung erfuhr, haben sich unsere Wege getrennt.«

»Aber Thilo Kratzer musste die Band aus anderen Gründen verlassen?«, fasste der Hauptkommissar nach.

»Er soll die Mädchen belästigt haben, die bei unseren Konzerten waren.« Lars Steinhard zögerte, fügte dann aber an: »Das waren wilde Zeiten, alle haben geflirtet und es auch mit der Treue nicht so genau genommen. Anfangs sah es so aus, als wäre Thilo völlig harmlos, aber dann habe ich ihn erwischt, wie er nach einem Auftritt eine junge Frau bedrängt hat, daraufhin habe ich ihn rausgeworfen.«

»Keine Anzeige?«

»Nein, dem Mädchen war es peinlich und da ich rechtzeitig aufgetaucht bin ...«

Sybille Wald ließ es sich an der Stelle nicht nehmen, darauf hinzuweisen, wie leichtsinnig es war, so etwas unter den Teppich zu kehren.

Lars Steinhard antwortete verlegen: »Schon möglich, aber so weit habe ich damals nicht gedacht.«

»Und Sie sind ganz sicher, dass Frank Bauer derjenige war, der Thilo Kratzer in die Band brachte?« Reinert erinnerte sich an das Gespräch mit Claudia Wegeners damaligem Freund. Der hatte Thilo Kratzer nicht als Freund, sondern eher als flüchtigen Bekannten beschrieben.

»Die waren Kumpels, keine Ahnung, wie lange schon. Dass Frank ausgerechnet mit so einem abgehangen hat. So eifersüchtig wie der war.«

Der Hauptkommissar wurde hellhörig. »Eifersüchtig?«

»Ja«, bestätigte Steinhard, »der hat seine damalige

Freundin kaum aus den Augen gelassen, war richtig besessen von ihr, wehe, jemand hat die auch nur schief angeguckt, war ein ziemliches Theater. Sie hat dann gelegentlich gedroht, mit ihm Schluss zu machen, woraufhin er ausgeflippt ist. Deshalb habe ich mich gefragt, warum er dann ausgerechnet mit Thilo abhängt, einem Typen, der seine Finger nicht bei sich behalten kann.«

»War Claudia Wegener denn oft mit der Band zusammen?«

»Nein, Frank hat sie nicht zu den Proben mitgebracht, sie war höchstens bei einem oder zwei unserer Auftritte dabei. Er hat sie vor uns abgeschirmt und vermutlich nicht nur vor uns. Als es hieß, sie sei abgehauen, da dachte ich, sie wäre vor Frank geflohen. Hätte es verstehen können.«

»Und woher wissen Sie das alles, wenn Sie Claudia so gut wie nie getroffen haben?«, hatte Sybille Wald neugierig nachgehakt.

»Anna, Anna Ehbach, die wusste immer jeden Klatsch und Tratsch, die hatte ja damals schon die Whisky-Ecke.«

»Wir werden ihn vermissen und beten für ihn«, holten ihn die Schlussworte des Kommissariatsleiters ins Hier und Jetzt zurück.

Ein letztes Gebet und die Menschen setzten sich in Bewegung, um dem Sarg bis zum Grab zu folgen.

Reinert fühlte sich wie in Trance, hoffte, bald hier

fortzukönnen, und kämpfte mit sich, Gott und der Ungerechtigkeit des Lebens, als er erkannte, dass man Rudolf Hauns in einem Familiengrab zur letzten Ruhe bettete. Nicht zum ersten Mal fragte er sich, was es denn für einen Sinn ergab, sich ein Leben aufzubauen, wenn am Ende das Schicksal mit einem großen Knüppel darüber herfiel und alles zertrümmerte, was je von Bedeutung gewesen war.

Jemand berührte ihn am Arm, gab ihm einen leichten Stoß und er wandte sich von der Grube ab, nachdem er einen letzten Blick auf den dunkelbraunen Sarg geworfen hatte.

Sybille Wald hatte ihn weitergeschoben und er war dankbar, als sie jetzt flüsterte: »Kommen Sie, ich gebe einen aus, wir sollten hier verschwinden.«

* * *

Sie saßen in einer Eckkneipe, weit weg vom städtischen Trubel, und teilten sich die Schlagermusik aus dem Radio mit einem Dutzend Gäste, die alle ihren eigenen Gedanken nachhingen und stumm vor ihren Getränken hockten.

»Hier ist es ganz schön deprimierend«, bemerkte Reinert, woraufhin seine Kollegin mit den Achseln zuckte.

»Dafür ist es ruhig und es gibt in diesem Laden die beste Gaisburger Marsch weit und breit.« Kaum hatte Sybille Wald das ausgesprochen, hob sie eine Hand und signalisierte der Wirtin, mit der sie bekannt war, zwei Portionen des Eintopfgerichts zu bringen.

Reinert widersprach nicht, obwohl er keinen Hunger hatte. Er war gerade in einer merkwürdigen Stimmung, vermutlich lag das an der Beerdigung.

»Mein Vater war genauso wie Hauns«, sagte er ohne Vorwarnung, und Sybille wusste, dass ihr Vorgesetzter in diesem Moment einfach einen Freund brauchte, der zuhören konnte, ohne Fragen zu stellen.

»Natürlich war er kein Polizist«, versuchte er mit einem Lächeln, seine Einleitung weniger ernst klingen zu lassen, fuhr dann aber frustriert fort: »Er war Buchhalter, aber genauso engagiert. Überstunden, Wochenendarbeit, alles, was nötig war, um sich der Firma gegenüber loyal zu zeigen. Und dann wurde er entlassen.« Reinert lachte auf und nahm einen Schluck von seinem Bier. »Eigentlich keine große Sache, aber er war damals bereits fünfzig, und auf dem Arbeitsmarkt gab es genug junge, günstige Alternativen. Das Geld wurde knapp. Er war immer stolz auf unser Einfamilienhaus, aber plötzlich konnte er die Raten nicht mehr bedienen. Wir hätten einfach in eine Wohnung ziehen können, aber er wollte ums Verrecken nicht aufgeben. ›Meine Familie wird nicht auf der Straße landen‹, hat er immer gesagt. Was für ein Unsinn. Mir wäre es völlig gleichgültig gewesen, wo wir leben. Meine Mutter hat ihm gut zugeredet: ›Sieh es als Chance, wir fangen woanders neu an!‹, aber er hat das Scheitern nicht verkraftet, sich vor uns geschämt.« Reinert brach ab. Dieses Mal hob er die Hand.

Die Wirtin kam an ihren Tisch.

»Bringen Sie uns irgendetwas Stärkeres.«

»Vielleicht einen Whisky? Ist ganz neu auf der Karte, ein echter schwäbischer!«

»Von Ehbach, was?«, reagierte Reinert müde. »Scheint uns zu verfolgen.«

Die Frau sah ihn irritiert an, während Sybille Wald mit einem Lächeln antwortete: »Vielleicht sollten wir uns dem dann stellen.« Und an die Wirtin gewandt sagte sie: »Dann bringen Sie uns zwei!«

Wenig später standen gut gefüllte Schwenker vor ihnen. Reinert hob sein Glas und betrachtete die gelbgoldene Flüssigkeit. »Ich habe keine Ahnung von Whisky«, gab er ehrlich zu.

»Ich auch nicht«, entgegnete Sybille Wald und nahm einen großen Schluck. Sie verzog das Gesicht, sagte dann jedoch: »Gar nicht so übel.«

Reinert tat es ihr gleich. »Er ist gestorben, ein Jahr nach seiner Entlassung. Bei einer seiner Bergtouren abgestürzt. Unfalltod, die Versicherung hat bezahlt und wir konnten das Haus behalten. Ich gehe heute noch davon aus, dass er sich das Leben genommen hat. Ein Jahr später hat meine Mutter alles verkauft. Sie wohnt heute auf Ibiza und ich versuche, nicht wie mein Vater zu werden. Kein Nest«, griff er den Begriff auf, den Sybille Wald einmal gebraucht hatte, »keine Ehe, keine Kinder. Armselig, was?«

Die Oberkommissarin trank ihr Glas aus. »Ich hatte ein Nest, einen Mann und einen Sohn. Den Sohn habe ich noch, der studiert in Leipzig. Den Mann samt Nest habe ich an eine andere abgetreten. Eigentlich hatte ich mich beurlauben lassen, damit unsere Familie nicht auseinanderbricht. Mein Sohn hatte als Teenager eine üble Phase und meine Schwiegermutter brauchte Betreuung. Mein Beruf war da nicht gerade hilfreich. Es war die richtige Entscheidung gewesen, wir hatten gute Jahre, auf die ich nicht hätte verzichten wollen. Trotzdem werde ich meinen Ex-Mann eines Tages erschießen, ich bastle nur noch an meinem Alibi.« Sie grinste und Reinert musste lachen, es war befreiend und mit einem Mal war er sehr froh, dass man ihm Sybille Wald zugeteilt hatte.

* * *

Claudia Wegener, erstes Opfer, verschwunden im September 2006

Die Tür ging auf, und wie schon so oft sprach er kein Wort. Claudia, die mittlerweile davon überzeugt war, dass nicht immer der gleiche Mann ihr Gefängnis betrat, versuchte sich über die Art seiner Bewegungen, zum Beispiel wie er das Tablett aufnahm und das neue hinstellte, darüber klar zu werden, mit wem sie es zu tun hatte. Allerdings war das schwierig.

Das Licht war trübe, er trug immer die Maske des schreienden Babys, einen weiten dunklen Mantel und meistens, so wie heute, grobe Handschuhe. Somit konnte sie nur schwer Unterschiede ausmachen. Er stierte sie durch die Augenschlitze an. Das war ebenfalls nichts Neues und doch hatte Claudia in diesem Augenblick das Gefühl, dass etwas anders war. Sie spürte die Gefahr, wenn das denn überhaupt möglich war, stärker als je zuvor.

»Was ist?«, fragte sie vorsichtig, auch weil sie hoffte, ihn über die Stimme zu erkennen. Bisher hatte nur einer mit ihr gesprochen. Auch ihn fürchtete sie, aber zumindest war er ihr ein wenig vertraut. Die Tage der Gefangenschaft hielten sie nicht nur in einem Zustand ständiger Angst, sondern gaben ihr auch das Gefühl vollkommener Einsamkeit. Sie sehnte sich nach einem Wort, selbst wenn es von ihrem Peiniger kam.

Die Plastikmaske starrte sie immer noch an.

»Sag doch etwas«, flehte sie, »bitte!«

Das schreiende Baby bewegte den Kopf erst nach links, dann nach rechts, so als würde es die Situation noch abwägen. Dann plötzlich schüttelte es jedoch verneinend den Kopf. Es wirkte trotzig.

»Habe ich nicht ein Recht zu erfahren, was mit mir passiert?«

Das Kopfschütteln endete abrupt.

Das ist nicht er, schoss es Claudia durch den Kopf.

Eine Sekunde später erkannte sie das Messer in der Hand ihres Gegenübers.

KAPITEL ZEHN

2020, am Morgen nach Oberkommissar Hauns' Beerdigung

Das Zimmer lag im Dunkeln, von der Straße drangen die Geräusche der städtischen Müllabfuhr nach oben. Die Männer an den Abfalltonnen machten sich gar nicht erst die Mühe, leise zu sein. Wie auch? Die schweren Eimer konnte man eben nicht geräuschlos über das unebene Pflaster rollen.

Normalerweise fluchte Sybille Wald, wenn sie von diesem Geräusch geweckt wurde. Jedes Mal verwünschte sie in diesem Moment ihren Ex-Mann, wegen dem sie gezwungen war, in einer Mietwohnung zu leben, nahm sich vor, die Stadtverwaltung anzuschreiben, weil die den Müll zu dieser unmenschlichen Zeit entsorgen ließ, und konnte nur schwer dem Drang widerstehen, das Fenster aufzureißen und den Arbeitern eine wüste Beschimpfung zuzubrüllen. Aber heute war sie viel zu erschöpft, um darüber nachzudenken. Weder die Flasche Mineralwasser noch die ordentliche Portion Gaisburger Marsch hatten verhindern können, dass die Menge Whisky, die sie gestern konsumiert hatte, sich heute brutal an ihrem Körper rächte. Die Oberkommissarin vermied es, an irgendetwas Ess- oder Trinkbares zu denken. Ihr Schädel brummte, die Erinnerung an die Beerdigung kam zurück, genauso wie die an den darauffolgenden Kneipenbesuch und die offenen Gespräche mit Reinert. Sie hatten über den Fall diskutiert, Pläne gemacht und abgewogen, ob sie mit der Familie von Claudia Wegener sprechen sollten. Etwas, das sie bisher vermieden hatten, um keine Hoffnungen zu wecken oder zu zerstören.

Draußen wurde gerade eine der Mülltonnen mit solcher Vehemenz auf das Pflaster geknallt, dass Sybille glaubte, ihr Bett würde vibrieren.

»Verflucht, was ist das für ein Krach?«, brummte plötzlich jemand neben ihr und mit einem Schlag war die Oberkommissarin hellwach. Das Bett vibrierte tatsächlich, weil sich nämlich jemand neben ihr bewegte.

Oh Gott, das kann nicht sein, sie schloss die Augen, betete für einen Traum, aber da war nichts zu machen. Ihr Herz hämmerte gegen die Brust und sie errötete in der Dunkelheit. Ihr wurde heiß und kalt, und dann, als wäre sie unter eine eisige Dusche gesprungen, kam auch die Erinnerung an den Rest des Abends zurück: leidenschaftliche Küsse vor der Kneipe, im Taxi, im Flur. Noch vor dem Erreichen der Wohnungstür hatte sie keinen BH mehr an. Auf dem Küchenboden lag er auf ihr und sie genoss seine Liebkosungen, im Schlafzimmer war er dann lautstark auf seine Kosten gekommen. Sie hatte mit ihrem Vorgesetzten geschlafen, was jetzt?

Hauptkommissar Marco Reinert musste sich erst einmal orientieren. Auch er kämpfte mit einem Kater, wusste dann aber sofort, wo er war und mit wem. »Guten

Morgen.« Er drehte sich nun zu Sybille um und fragte zärtlich: »Gut geschlafen?«

»Ich glaube schon«, gab sie zurück und formulierte ihre Antwort als Frage.

Er lachte leise, schlang einen Arm um sie und bemerkte, wie angespannt sie neben ihm lag.

»Bereust du es?«, flüsterte er und wusste, dass ihn ein »Ja« enttäuschen würde.

Sybille atmete hörbar durch, drehte sich zu ihm und sagte ehrlich: »Nein, das tue ich nicht, aber das heißt noch lange nicht, dass es besonders klug war.«

»Ich hatte auch nicht das Gefühl, dass es heute Nacht um einen Intelligenztest ging.«

»Du hast gut reden«, murmelte sie und fühlte sich plötzlich sehr verletzlich. Sie mochte ihren Job, aber was würde nun werden, wie würde sich Reinert verhalten? Er war jünger als Sybille, sah dazu auch noch sehr gut aus, vermutlich machte er viele Eroberungen dieser Art.

Noch bevor sie weiter grübeln konnte, beugte er sich über sie und küsste sie auf den Mund. »Es war schön letzte Nacht«, sagte er zärtlich. »Und ja, der Alkohol hat auch eine Rolle gespielt, aber es wäre nicht passiert, wenn ich dich nicht mögen würde.«

Sie war sprachlos, damit hatte sie nicht gerechnet.

Er deutete ihr Schweigen falsch. »Du bereust es also doch!«

»Nein«, reagierte sie heftig und fragte sich, was sie denn zu verlieren hätte. Immerhin war ja bereits alles passiert, jetzt konnte sie genauso gut ehrlich sein. »Nein«, wiederholte sie ruhiger, »ich bereue es nicht, es macht mir jedoch Angst. Ich bin älter, du siehst gut aus, bist mein Boss. Ich fühle mich unsicher.«

»Da sind wir schon zu zweit«, gab er lachend zurück und streichelte ihr mit dem Zeigefinger über die Wange. »Ich habe dir gestern mit Sicherheit alle meine Geheimnisse verraten. Du weißt quasi jedes Detail über mich, da gibt es also nichts mehr, was dich verunsichern muss.«

Sie wollte etwas einwenden, aber er ahnte schon, worauf sie hinauswollte, und griff ihr vor: »Mir ist es egal, ob die Dienststelle Bescheid weiß. Das Mittelalter ist vorbei. Beziehungen zwischen Kollegen sind ja nicht verboten.«

»Allerdings bin ich deine Untergebene, das ist etwas anderes. Wir sagen es deshalb vorerst niemandem«, erwiderte sie bestimmt. »Ich will, dass wir diesen Fall zusammen abschließen, das sind wir auch Hauns schuldig.«

»Einverstanden«, antwortete Reinert und drückte ihr noch einen Kuss auf den Mund, bevor er sich umständlich aus dem Bett hievte und über Kopfschmerzen klagte.

Sie sah ihm zu, wie er seine Klamotten einsammelte, und fragte sich, was so ein Mann eigentlich von ihr wollte.

Bevor er im Bad verschwand, wandte er sich noch einmal um. »Was ich gesagt habe, meine ich ernst. Ich mag dich.«

»Ich mag dich auch«, stammelte die Oberkommissarin verlegen, bemerkte sehr zum eigenen Ärger, dass sie erneut errötete, auch weil sie sich vorstellte, ihm unter die Dusche zu folgen. Das penetrante Klingeln ihres Diensthandys hielt sie schließlich jedoch davon ab.

»Was?«, knurrte sie ins Telefon.

Es war der junge Kommissar, der nun zögerlich antwortete: »Wir haben eine Leiche.«

* * *

Für weitere persönliche Gespräche blieb keine Zeit. In Windeseile verließen die Beamten Sybilles Wohnung. Sie fuhr Reinert zu seinem Auto und getrennt erschienen beide dann am Tatort. Wenn jemand auffiel, dass der Hauptkommissar noch die gleiche Kleidung wie am Vortag trug, dann behielt derjenige das für sich. Die Oberkommissarin hatte jedoch den Eindruck, ihr würden alle ansehen, was gestern Nacht passiert war. Ihr fiel es schwer, sich auf die Arbeit zu konzentrieren, während Reinert damit keine Probleme zu haben schien.

»Wer hat sie gefunden?«, fragte er in die Runde.

Sie standen vor dem halb verfallenen Gebäude, und der Hauptkommissar hatte das Gefühl, noch nie an so einem schäbigen Ort gewesen zu sein.

Jemand deutete auf einen etwas abseits stehenden älteren Mann, der einen aufgeregten Mischlingshund an der Leine hielt. Er hob die Hand, da er die Frage verstanden hatte.

Der Hauptkommissar ging auf den Mann zu und stellte sich vor, dann tätschelte er liebevoll den Vierbeiner, der sich begeistert an Reinerts Hosenbeine drückte.

»Das ist Hugo«, sagte der Mann stolz, »wir haben ihn aus dem Tierschutz, ein Podenco-Terrier-Mix. Lieber Kerl und ausgesprochen neugierig. Ich habe nicht aufgepasst, da ist er ausgebüxt.« Er senkte die Stimme. »Sie werden doch meiner Frau nichts sagen?«

»Nein, das bleibt das Geheimnis von uns dreien«, redete ihm Reinert gut zu und fuhr noch einmal über das kurze Fell des Hundes.

»Wie gesagt, er ist ausgebüxt und direkt in diese Ruine gespurtet. Ich bin ihm natürlich gefolgt und er hat mich in diesen furchtbaren Raum geführt.«

»Hat er die Leiche berührt?«

»Nein, nur den alten Sessel in der Ecke, ich konnte ihn kaum davon wegbringen. Hörte sich so an, als wäre in dem Polster ein Rattennest.«

»Und Sie, haben Sie etwas angefasst?«

»Ich sah dieses rote Laken und konnte darunter Haare erkennen. Ich habe es mit dem Schuh ein wenig zur Seite geschoben, wusste ja nicht, was da wirklich lag …« Er stockte und begann zu zittern. »Es war schrecklich, dann habe ich mit dem Handy sofort die Polizei verständigt und mit Hugo draußen gewartet.«

Reinert winkte einen Kollegen von der Streife zu sich. »Wir werden Sie nach Hause fahren, wenn wir noch Fragen haben, melden wir uns.«

* * *

»Der Holzpflock wurde ihr zwei Mal in den Hals getrieben, schließlich direkt zwischen die Knochen des Schlüsselbeins unterhalb des Kehlkopfes gerammt und dort zurückgelassen«, fasste Reinert für die Kollegen den vorläufigen Autopsiebericht zusammen und deutete auf das Foto, das der Beamer an die Wand warf. »Es gibt außerdem wieder post mortem zugefügte Verletzungen an der Körpervorderseite. Messereinstiche an beiden Schulterblättern, in Höhe des Bauchnabels, am linken Knie und Fußgelenk. Außerdem noch eine Wunde an der rechten Hüfte.«

»Wenn man die Punkte verbindet, ergibt das aber keinen sinnvollen Buchstaben«, bemerkte eine Kollegin und Sybille nickte zustimmend, so wie die meisten der Anwesenden.

Beate Dietz war ebenfalls im Raum und die Oberkommissarin beobachtete, wie freundlich sich der Hauptkommissar ihr gegenüber verhielt. Leichte Eifersucht überkam Sybille Wald, als Reinert der Fallanalytikerin lächelnd den Platz überließ.

»Es könnte sich hierbei um eine Buchstabenkombination handeln«, verteidigte die nun ihre Theorie. Auch heute ließ sie den Zeigestock über die Bilder aus der Gerichtsmedizin gleiten. »Ein V oder ein Y und ein I.«

Die Anwesenden blickten skeptisch nach vorne.

Schließlich war es Reinert, der sagte: »Vielleicht sollten wir das vorerst hintanstellen.«

Beate Dietz nickte zustimmend. »Sie haben recht, die Theorie mit den Buchstaben scheint immer unwahrscheinlicher«, gestand sie vor versammelter Mannschaft ein, etwas, wofür ihr Sybille Respekt zollte.

»Interessant ist bei diesem Mord, dass der Täter die Leiche zugedeckt hat. Außerdem war der Fund nur ein Zufall«, fügte sie noch an. »Vergleicht man das mit den beiden vorangegangenen Morden, dann wollte er uns die Leiche dieses Mal nicht präsentieren.«

»Könnte das Zudecken nicht auch bedeuten, dass er

seine Tat bereut, sich vielleicht sogar dafür schämt?«, warf der junge Kommissar ein und erntete dafür ein Nicken von Hauptkommissarin Dietz.

»Richtig, auch das ist ein wesentlicher Unterschied zu den anderen Morden.«

»Also doch mehrere Täter, ein Duo oder eine Gruppe. Gleiche Rituale, aber unterschiedliche Ausführungen«, sprach Sybille Wald aus, was die meisten der Beamten aus dem Gehörten folgerten.

»Das wäre zumindest eine plausible Erklärung für die Abweichungen«, bestätigte die Fallanalytikerin.

»Oder aber«, warf Marco Reinert nun nachdenklich ein, »er war noch nicht fertig.« Aufgeregt sah er sich um. »Ist die Meldung schon an die Presse gegangen?«

»Von uns nicht«, seufzte die zuständige Beamtin hinten in der Ecke, »aber Ihr Zeuge hat in den sozialen Netzwerken über die Fähigkeiten eines Hundes namens Hugo berichtet, damit ist die Sache gelaufen. Wir müssen bis zum Abend eine Meldung rausgeben, tut mir leid.«

Reinert fluchte und sah zu Beate Dietz. »Der Täter weiß also vermutlich bereits, dass wir sein jüngstes Opfer gefunden haben. Er wird daher nicht mehr an den Tatort zurückkehren, um sie zu holen.« Und an Beate Dietz gewandt fragte er: »Halten Sie es für möglich, dass er die Leiche dort nur lagern wollte, bis der richtige Zeitpunkt für eine Präsentation gekommen wäre?«

»Ja, sicher«, bestätigte die Beamtin. »Fragt sich nur, wann dieser richtige Zeitpunkt hätte sein sollen. Immerhin lag die Tote laut Gerichtsmedizin dort bereits seit fast drei Tagen.«

»Wir müssen herausfinden, wer sie war«, gab Reinert

Anweisungen an sein Team. »Sie hatte jede Menge Drogen im Blut. Sehen Sie sich noch mal ihre Sachen an, die wir am Tatort gefunden haben. Zeigen Sie ihr Bild herum. Wenn sie aus dem Milieu kommt, dann kennt sie dort auch irgendwer.«

Die Besprechung war beendet.

Beate Dietz trat zu Reinert. »Ich habe gerade das Gefühl, keine große Hilfe zu sein«, gab sie ehrlich zu. »Nach dem Mutterschutz ist das mein erster großer Fall, an dem ich mitarbeite. Mein Team hielt nichts von der Theorie mit den Buchstaben und langsam glaube ich, die hatten recht. Ich ...« Sie sah verlegen zu Boden.

»Ehrlich gesagt, denke ich auch nicht, dass das Buchstaben sind, aber ich stimme Ihnen zu, dass er uns eine Botschaft hinterlässt. Ich wäre jedenfalls dankbar, wenn Sie und Ihre Kollegen uns weiter unterstützen.«

»Selbstverständlich«, sagte sie erleichtert und verabschiedete sich.

Als Reinert mit Sybille Wald allein war, sagte diese wie nebenbei: »Mutterschutz also, sie trägt auch einen Ehering ...«

Er lächelte, verstand die Spitze und entgegnete amüsiert: »Auf so etwas achte ich nicht, ich bin ja bereits vergeben.«

Die Oberkommissarin spürte ihr Herz klopfen und schob schnell die Akten zusammen. »Wie gehen wir nun weiter vor?«, wechselte sie das Thema.

»Wir fühlen Frank Bauer, dem damaligen Freund von Claudia Wegener, auf den Zahn. Der soll uns darlegen, wie sein Verhältnis zu Thilo Kratzer tatsächlich war.«

In diesem Moment betrat ein Mitarbeiter den Raum

und wedelte mit einem Computerausdruck. »Wir haben endlich die Handydaten von Thilo Kratzer«, sagte er und reichte Reinert die Unterlagen.

»Was Interessantes?«, fragte der und überflog die Namen hinter den einzelnen Rufnummern.

»Keine Anrufe bei seinen ehemaligen Bandmitgliedern in den letzten Wochen. Es gibt mehrere Gespräche mit dem Arbeitsamt und einem Reisebusunternehmen. Dort hat er sich als Fahrer beworben. Dann Verbindungen zu dem Handy der Mutter, allerdings nicht häufig und meist von sehr kurzer Dauer, aber ein Telefonat ist auffällig.«

Der Kollege deutete auf eine Nummer, die Thilo Kratzer angerufen hatte. »Das ist eine namhafte Anwaltskanzlei in der Stuttgarter Innenstadt.«

Reinert schürzte die Lippen. »Mit denen sollten wir unbedingt sprechen.«

* * *

»Nein, es ist zu früh«, schrie er, als er sich unbeobachtet glaubte. Wie hatte das nur auf diese unglückliche Weise enden können? So war der Mord nicht geplant gewesen. Zufällig hatte er erfahren, dass man sein drittes Opfer gefunden hatte. Bereits waren wilde Spekulationen im Umlauf und er, der alles so genau vorbereitet hatte, fühlte sich, als würde man über ihn spotten, ihm einen Streich spielen.

Unbewusst knetete er die Gummimaske in seinen Händen. Das weiche Material fühlte sich vertraut an, so viele Jahre besaß er sie nun schon und alle Erinnerungen, die er mit ihr verband, bereiteten ihm Freude. Langsam stülpte er sie sich über den Kopf. Ein langer Seufzer entschlüpfte seinem Mund, als er das schreiende Baby im Spiegel betrachtete. Da waren die Nächte gewesen, in denen ihn die Gedanken an die Kindheit und die Angst beinahe aufgefressen hatten, und dann hatte es die Momente gegeben, in denen er die Maske getragen und sich von alldem befreit hatte. In denen er derjenige gewesen war, der Angst verbreitete, die Macht und die Kontrolle besessen hatte. Letztere hatte er jedoch gerade verloren. Ein dämlicher Hund war ihm zuvorgekommen.

Der Holzpflock hatte sich gut angefühlt, sich mühelos ins Fleisch gebohrt, das Blut war geflossen und schließlich der Tod gekommen. Dieses Mal war es schwer gewesen, die richtigen Stellen zu markieren. Trotz allem hatte er es geschafft, die Botschaft zu platzieren. Und dann das rote Laken, es war so eindeutig, so klar. Aber der falsche Zeitpunkt hatte alles verdorben. Warum hatte er nicht gewartet? Warum war es ihm nicht möglich gewesen, länger ohne den Tod auszukommen? Was war mit der Geduld passiert, die er durch Claudia Wegener erlernt hatte?

* * *

Fabian von Ohen war etwa in Reinerts Alter. Er war groß und schlank, beinahe hager mit weißblondem Haar, gezupften Brauen, die sich kaum von der hellen Gesichtshaut abhoben, und wässrig blauen Augen. Sein Aussehen erinnerte Sybille Wald augenblicklich an eine Albinoratte, seine Art, ihr die Hand zu schütteln und den Mund zu einem aufgesetzten Lächeln zu verziehen, ließ sie den Vergleich jedoch bereuen, denn er war dem Tier gegenüber unfair.

Alles in der Oberkommissarin sträubte sich gegen die Berührung, die kurz und kalt war, so als würde sie ein gefrorenes Steak aus der Kühltruhe holen.

»Was kann ich, was kann meine Kanzlei für die Polizei tun?«, sagte der Anwalt nun höflich, bat die Beamten, Platz zu nehmen, tat es ihnen schließlich gleich und lehnte sich selbstzufrieden in dem ledernen Sessel zurück.

»Es geht um einen Mandanten von Ihnen, einen gewissen Thilo Kratzer«, begann Hauptkommissar Reinert freundlich. Sie hatten keinen Beschluss, waren also vorerst auf das Wohlwollen des Mannes angewiesen.

»Das dachte ich mir schon«, fuhr dieser immer noch freundlich fort. »Wir haben die Nachrichten verfolgt. Ein Mord, schreckliche Sache. Wir rechneten damit, dass sich die Polizei melden wird.«

Die Oberkommissarin war sich nicht sicher, ob der Mann das Wir benutzte, um damit die Kanzlei als Ganzes zu umschreiben oder um von sich selbst zu sprechen und dafür den Pluralis Majestatis gebrauchte.

»Dann werden Sie sich natürlich denken können, warum wir gekommen sind«, erwiderte Reinert umgänglich.

Von Ohen wedelte lässig mit der Hand. »Sie haben herausgefunden, dass Herr Kratzer unsere Dienste in Anspruch genommen hat, und möchten nun wissen, warum. Vermutlich fehlt jedoch ein richterlicher Beschluss, sonst läge uns der bereits vor.« Der Anwalt zeigte ein amüsiertes Lächeln, als er Reinerts Reaktion bemerkte. »Keine Sorge, wir denken, dass es unter den tragischen Umständen unsere Pflicht ist, auch im Sinne des Verstorbenen, der Polizei zu helfen. Allerdings sehen wir nicht, inwieweit sein Mandat etwas mit seinem Tod zu tun haben sollte, aber ...« Er hob die Hand, weil er bemerkte, dass ihn der Hauptkommissar unterbrechen wollte. »... das können Sie anschließend selbst beurteilen.«

Das ging ja einfach, dachte Sybille Wald und sah sich misstrauisch in dem großen Besprechungszimmer um.

Sie erinnerte sich an das goldene Kanzleischild. Familien- und Erbrecht, Unternehmensnachfolge, Vermögensverwaltung. Keine Frage, hier wurde richtig Geld verdient. Jedes noch so kleine Accessoire in diesem Raum zeugte von Luxus. Sogar der kristallene Aschenbecher auf dem Beistelltisch neben ihr trug das Logo einer teuren Marke. Vermutlich kosteten von Ohens Schuhe mehr, als sie im Monat verdiente. Zwangsläufig kam ihr der Gedanke, dass dieser Mann nur so hilfsbereit war, um die Beamten möglichst schnell wieder loszuwerden. Wer wusste schon, welche dubiosen Mandanten er betreute und in welche grenzwertigen Aktivitäten die verwickelt waren? Gerne hätte sie diesem blassen Großkotz auf den Zahn gefühlt, aber dazu würde es vermutlich nicht kommen.

Neben ihr sagte Reinert: »Das wäre uns wirklich eine große Hilfe, auch wenn uns diese Information am Ende nur dazu dient, eine Theorie auszuschließen.«

»Natürlich«, entgegnete der Anwalt und wirkte dabei gelangweilt. Ihm war tatsächlich daran gelegen, die

Beamten schnell abzufertigen, denn er ließ sich nicht lange bitten. »Herr Kratzer war hier, um sich beraten zu lassen. Es ging um eine Betreuung.«

Die fragenden Blicke der Beamten ließen den Mann ausführlicher werden. »Früher nannte man das Entmündigung, allerdings verwendet die Justiz dieses Wort heute nicht mehr.«

»Und um wessen Betreuung ging es dabei?«, hakte der Hauptkommissar nach, obwohl er sich schon denken konnte, worauf das hinauslaufen würde.

»Um die Mutter des Mandanten, Frau Hilde Kratzer.«

»Und warum wollte er seine Mutter ...« Reinert zögerte, suchte nach der richtigen Formulierung und von Ohen sprang ein: »Warum er sie unter gesetzliche Betreuung stellen wollte?«

Der Hauptkommissar nickte.

»Ich nehme doch an aus Fürsorge. Er beschrieb uns seine Mutter als zunehmend geistig verwirrt. Sie scheint eine Obsession für die Welt der Wahrsagerei entwickelt zu haben, dazu ein übermäßiger Alkoholkonsum, die Vernachlässigung der eigenen Gesundheit, Überforderung mit der Versorgung in einem zu großen Haus und die mangelnde psychische Stabilität, das einzusehen.«

»Und wie sollte das ablaufen und vor allem wann?«, hakte der Hauptkommissar überrascht nach.

»Tja«, entgegnete von Ohen schnippisch, »nach Herrn Kratzers Vorstellung am besten sofort, aber so einfach ist das nicht. Der Betroffene hat grundsätzlich das Recht, eine Betreuung abzulehnen. Herr Kratzer war davon überzeugt, dass seine Mutter niemals einwilligen würde. Ich erklärte ihm dann, dass eine Betreuung gegen den

Willen des Betroffenen durchzusetzen ein äußerst komplexes Verfahren sei. Die Beweise für eine Notwendigkeit müssten dann schon sehr eindeutig sein. Wir hätten ihm natürlich zur Seite gestanden, aber er hätte auch mit einigen Kosten rechnen müssen.« Er spitzte die Lippen und wieder kam Sybille der Vergleich mit dem pelzigen Nager in den Kopf.

»Wie sind Sie mit Ihrem Mandanten verblieben?«

»Er bat um Bedenkzeit und wollte sich wieder melden. Außerdem war ihm Diskretion sehr wichtig, dahingehend konnte ich ihn beruhigen. Wir haben nichts mehr von ihm gehört und werden jetzt, da er verstorben ist, auf dem Honorar für die Erstberatung sitzen bleiben. Mehr kann ich Ihnen nicht mitteilen, tut mir leid«, schloss der Anwalt seine Ausführungen.

Sie wurden verabschiedet, bedankten sich höflich und fanden sich wenige Minuten später auf der Straße wieder.

»Das kam unerwartet«, seufzte Sybille Wald. »Ich hätte darauf getippt, dass Kratzer jemanden erpresst hat und sich bei dem Anwalt entsprechend absichern wollte. Ehrlich gesagt habe ich sogar darauf gehofft, dass er einen Brief hinterlegt hat, für den Fall, dass ihm etwas zustößt.«

»Das heißt aber nicht, dass deine Theorie falsch ist«, erwiderte Reinert nachdenklich. »Wir wissen jetzt definitiv, dass Thilo Kratzer versucht hat an Bares zu kommen. Denn gleichgültig, was uns der smarte Herr Anwalt erzählt, Thilo Kratzer wollte die eigene Mutter sicher nicht aus Fürsorge entmündigen oder betreuen lassen. Da ging es doch mit großer Wahrscheinlichkeit um Geld.«

»Sicher«, nahm Sybille den Faden auf. »Das Haus in bester Lage. Er übernimmt die Vormundschaft, verkauft das Gebäude und führt ein sorgenfreies Leben. So weit der Plan. Er informiert sich, erfährt, dass das schwierig, langwierig und teuer ist, und beschließt, einen anderen Weg zu gehen.«

»So könnte ich mir das vorstellen«, fuhr Reinert nun fort. »Wenn er skrupellos genug war, die eigene Mutter zu hintergehen, warum sollte er dann zögern, jemanden zu erpressen? Ihm stand das Wasser vermutlich bis zum Hals. Keine Aussicht auf einen neuen Job und abhängig von Mamas Wohlwollen.«

»Aber wen wollte er erpressen? Von seinem Handy aus hat er jedenfalls keinen Kontakt aufgenommen.«

»Vielleicht kann uns da Frank Bauer, Claudia Wegeners damaliger Freund, weiterhelfen«, sagte Reinert entschlossen.

* * *

Regina Steinhard hatte sich fest vorgenommen, mit ihrem Bruder zu sprechen. Als sie ihn jetzt allein im Gewächshaus antraf, wollte sie die Gelegenheit nutzen.

Es war nicht ihre Art, langes Geplänkel vorauszuschicken, also fiel sie direkt mit der Tür ins Haus.

»Wieso ist damals nichts aus dir und Anna geworden?«

Lars sah sie erst überrascht, dann genervt an. »Was

soll die Frage?«

»Ich finde, ich habe ein Recht, das zu erfahren«, blieb sie stur und verschränkte die Arme vor der Brust.

»Ein Recht?«, reagierte er höhnisch. »Das geht dich überhaupt nichts an.«

»Ich finde schon, immerhin scheint mir das der Grund dafür, warum du so gegen eine Beziehung zwischen mir und Sven bist, also?«, fragte sie herausfordernd.

Lars versuchte, sich zu entspannen. Daher wehte der Wind. Er zwang sich zu einem Lächeln. »Erstens: Anna und ich, das hat sich eben nicht ergeben. Und zweitens habe ich nichts gegen eine Verbindung zwischen dir und Sven.«

»Du lügst, genau wie Papa. Ihr seid beide abweisend, wenn es um ihn geht. Hast du vielleicht etwas zu ihm gesagt?«

»Jetzt fantasierst du aber«, gab Lars zurück und sein Lächeln war verflogen.

»Was ist euer Problem?«

Lars hätte das Gespräch gerne beendet, denn sowohl die ehrliche Antwort als auch die Lüge würden sie verletzen.

Sie wartete, machte keine Anstalten zu gehen.

Ihr Bruder fasste sich ein Herz und sagte: »Weil alle außer dir längst erkannt haben, dass Sven keinerlei Interesse an dir hat, und wir dich vor einer Enttäuschung beschützen möchten.«

Regina sah ihn fassungslos an. Ohne es verhindern zu können, füllten sich ihre Augen mit Tränen. Wut stieg in ihr auf und unbeherrscht schrie sie: »So ist es nicht und das weißt du auch. Vielmehr gönnt ihr mir mein Glück nicht, weil ihr selbst keines habt.« Trotz der Tränen klangen ihre Worte jetzt boshaft und in ihrer Rage bemerkte sie auch nicht, dass hinter ihr der Vater das Gewächshaus betreten hatte. »Du lebst allein und tingelst mit einer Altherrenband über die Straßenfeste mit dem Ziel, irgendeine Tussi abzuschleppen, die deine Tochter sein könnte, und Papa«, sprach sie voller Abscheu, »der hatte Mama gar nicht verdient. Spielt seit Jahren den trauernden Witwer, dabei hat er sie nur kontrolliert, so wie uns alle, er ist ein ...«

»Was?«, zischte der alte Mann hinter ihrem Rücken. »Erleuchte mich. Was bin ich?« Er stellte seine Frage in gemäßigter Lautstärke, wirkte dabei jedoch äußerst bedrohlich.

»Das reicht jetzt«, ging Lars dazwischen, bevor Regina antworten konnte. »Wir sind alle erwachsen, also kann jeder von uns tun, was er für richtig hält.« Sein Blick wanderte zur Schwester. »Das gilt auch für dich, tu, was du nicht lassen kannst. Frage Sven, ob er dich heiratet, aber komm nicht heulend angelaufen, wenn er dir eine Abfuhr erteilt.«

Sie blickte ihn wütend an, schwieg jedoch und wandte sich zum Gehen. Die beiden Männer sahen ihr nach, wie sie mit eiligen Schritten das Gewächshaus verließ.

Erst dann sagte Steinhard senior: »War das klug? Ich dachte, wir hatten beschlossen, dass wir diesen Kontakt unterbinden.«

Lars drehte ihm den Rücken zu und begann die Blätter eines kleinen Baumes zu untersuchen. »Du siehst ja, wohin das führt. Regina ist dickköpfig.« Er dachte an Anna, die ihm damals prophezeit hatte, dass ihm die kleine Schwester als im Sternzeichen des Stiers geborene noch Ärger bereiten würde. »Horntiere wollen immer mit dem Kopf durch die Wand«, waren ihre genauen Worte gewesen.

»Und was gedenkst du jetzt zu tun?«, blieb der Alte unversöhnlich.

»Er wird sich nicht auf sie einlassen. Hast du Sven jemals mit einer Frau gesehen?«

»Das ist keine Garantie. Selbst wenn er homosexuell ist, könnte er uns gefährlich werden.«

»Herrgott, wie denn?«, platzte Lars der Kragen. »Wenn das so wäre, dann würden wir längst nicht mehr hier stehen.«

»Wir waren uns doch einig, dass er auf Ideen kommen könnte, wenn er zu viel Zeit mit Regina verbringt. Menschen erinnern sich, wenn sie älter werden, an Dinge, die ihnen als Jugendliche merkwürdig vorgekommen sind. Dann grübeln sie, stecken ihre Nase in Sachen, die sie nichts angehen, und schon hat man eine Menge Probleme.«

»Hör auf«, brüllte Lars, »ich habe genug davon. Sven interessiert sich einen Scheiß für Regina, die werden nicht über irgendwelche Ungereimtheiten reden, die sie laut deiner verqueren Fantasie in ihrer Teenagerzeit bemerkt haben. Deine Paranoia kotzt mich langsam an.«

»Meine Paranoia hat uns bisher beschützt«, konterte Steinhard senior. »Was denkt ihr eigentlich, wen ihr vor euch habt? Ich bin immer noch euer Vater, mir gehört die Baumschule, ich ernähre euch. Wenn du gehen willst …«

»Ja«, unterbrach ihn Lars. »Ja, das will ich.«

Der Alte starrte ihn mit offenem Mund an. Er brauchte keine zwei Sekunden, um zu erkennen, dass es dem Jüngeren ernst war. Sofort schwenkte er um. »Tut mir leid, Junge, war nicht so gemeint«, gab er sich jetzt kleinlaut. »Du weißt doch, dass ich ein alter Mann bin, mein Ischias macht mir zu schaffen und dann sage ich Dinge, die ich nicht so meine. Wir sind doch immer gut miteinander ausgekommen und ...«

»Du lässt Regina künftig in Ruhe. Sie kann sich treffen, mit wem sie will. Wir beide mischen uns da nicht mehr ein. Wenn nämlich doch, dann wird sie keine Ruhe geben. Willst du etwa, dass sie diejenige ist, die in der Vergangenheit gräbt?«

Das letzte Wort sprach er sehr gedehnt aus. »Ich möchte nicht, dass meine eigene Schwester zum Problem wird.«

Der ängstliche Gesichtsausdruck des Alten zeigte ihm, dass der verstanden hatte.

»Und jetzt muss ich mich um die Jungpflanzen kümmern.« Damit war für Lars das Thema erledigt. Er hörte die schlurfenden Schritte seines Vaters, als der sich Richtung Tür bewegte.

Mit Genugtuung dachte er daran, dass er eben einen Sieg errungen hatte und künftig nie wieder der Unterlegene sein würde. Bisher hatten immer nur die anderen profitiert, sein Vater, Mark Jörger und in gewisser Weise auch Thilo Kratzer, der, wenn er nun darüber nachdachte, geschickt davongekommen war. Aber nun hatte er einmal Klartext gesprochen und das fühlte sich gut an.

KAPITEL ELF

Frank Bauer saß in ihrem Verhörraum. Er hatte sich sofort bereit erklärt, vorbeizukommen, um einen weiteren Besuch der Beamten in seinem Zuhause zu vermeiden. Sicherlich hatte er seiner Frau nichts von dem Termin auf dem Revier erzählt.

»Sie sagten am Telefon, Sie hätten noch Fragen wegen Claudia«, begrüßte er Marco Reinert und Oberkommissarin Wald, die ihm gegenüber Platz nahmen.

»So ist es«, antwortete der Hauptkommissar freundlich und klärte den Mann über seine Rechte und Pflichten als Zeuge auf.

»Keine Sorge, ich helfe gerne«, versicherte der den Beamten, dann murmelte er noch: »Tut mir leid mit Ihrem Kollegen. Herr Hauns war ein netter Mensch.« Sie nahmen seine Beileidsbekundung, die aufrichtig klang, entgegen und Sybille Wald fragte sich, ob Bauer wirklich in der Lage war, ihnen all das nur vorzuspielen. Sie war deshalb gespannt, wie sich die Befragung entwickeln würde.

»Wir möchten mit Ihnen noch einmal über die Band

sprechen«, begann Reinert und auch er beobachtete sein Gegenüber genau.

»Die Band?«, fragte Bauer verblüfft. »Aber Claudia hatte mit der Band nichts zu tun«, wiederholte er seine Aussage.

»Sie kannte also keines der Mitglieder?«

»Wie gesagt, wenn, dann nur flüchtig, warum?«

Bauer erhielt keine Antwort auf seine Frage, stattdessen verschärfte Reinert seinen Ton und meinte schnippisch: »Sie hingegen pflegten dort sogar Freundschaften, ist das nicht so?«

Noch antwortete er unbedarft. »Freundschaften würde ich das nicht nennen. Lars Steinhard hat mich immerhin rausgeworfen. Etwas, worauf Mark Jörger nur gewartet hat.«

»Und Thilo Kratzer«, bohrte Reinert weiter, »wie standen Sie zu ihm?«

Mit einem Mal wurde Bauer nervös. »Thilo Kratzer?«

»Sie wissen, dass er ermordet wurde«, fügte der Hauptkommissar an.

Frank Bauer nickte. »Es kam in den Nachrichten.«

Reinert fragte den Mann nach seinem Alibi für den Tatzeitpunkt und brachte ihn damit aus der Fassung.

»Ich war zu Hause bei meiner Frau und meinen Kindern«, beteuerte er plötzlich nervös. »Was soll das alles?«

»Ich denke, dass Sie nicht ganz ehrlich zu uns waren, was Thilo Kratzer betrifft«, fuhr Reinert fort. »Uns wollten Sie weismachen, den Mann nur flüchtig gekannt zu haben. Mittlerweile wissen wir, dass Sie beide beste

Kumpel waren. Sie haben Thilo in die Band gebracht. Warum haben Sie das verheimlicht?«

Frank Bauer hatte die Finger ineinander verschlungen, so als würde er ein Gebet sprechen. Seine Lippen presste er zusammen, bis nur noch ein rosa Strich zu erkennen war. Ob er diese Haltung absichtlich oder unbewusst einnahm, blieb unklar, aber alles an ihm schien zu sagen: »Ich werde nicht reden.«

»Warum konnten Sie uns nicht sagen, dass Thilo Kratzer Ihr Kumpel war?«

»Er war kein *Kumpel*«, reagierte Bauer nun bockig.

»Was dann? Ein enger Freund, vielleicht sogar mehr? Ein Liebhaber?« Reinert provozierte sein Gegenüber absichtlich, in der Hoffnung, so mehr zu erfahren.

»Quatsch«, blökte der damalige Freund von Claudia Wegener. »Ich bin nicht homosexuell.«

»Vielleicht eine Episode, ein Sich-Ausprobieren in einer wilden Zeit?«

»So ein Unsinn«, widersprach Bauer. »Ich bin hetero, war ich immer schon.«

»Kratzer war also kein Freund, kein Kumpel, kein Liebhaber. Was war er dann?«

Wieder folgte keine Antwort, und Reinert fragte nun scharf: »War er womöglich Ihr Komplize bei der Entführung von Claudia Wegener?«

»Nein!«, schrie Frank Bauer panisch auf, »um Gottes willen, was reimen Sie sich da zusammen?«

»Das Naheliegendste in Anbetracht Ihrer Reaktion. Sie hatten für den Abend, an dem Claudia verschwand, ein Alibi. Ein so gutes Alibi, dass man sich natürlich fragen könnte, ob Sie das nicht alles fein säuberlich geplant hatten. Mal eben eine Schlägerei anzetteln und in Polizeigewahrsam kommen. Perfektes Alibi. Der gute Kumpel erledigt dann den Rest.«

»Aber ich konnte doch nicht wissen, dass Claudia Streit mit ihren Eltern haben würde und zu mir kommen wollte.«

»Wer sagt uns denn, dass Claudia nicht an diesem Tag bei Ihnen angerufen hat? Womöglich sprach Sie von Trennung. Sie bestanden auf ein Treffen und …«

»Nein, außerdem haben ihre Handydaten nichts ergeben«, gab Bauer zornig Antwort. »Das wurde alles überprüft. Wenn ich gewusst hätte, dass sie zu mir wollte, dann wäre ich auch da gewesen. Meinen Sie nicht, ich mache mir schon genug Vorwürfe, dass ich es nicht habe verhindern können?«

Reinert überging den Einwand und bereitete stattdessen den nächsten Angriff vor. »Womöglich wussten Sie tatsächlich nichts von Claudias Plänen. Ihre Freundin stand an der Bushaltestelle, das wissen wir. Was, wenn jemand anhielt, um sie mitzunehmen, ein guter Freund vielleicht, jemand wie Thilo Kratzer. Sie kennt ihn flüchtig von der Band. Vielleicht aber auch in seiner Funktion als Busfahrer. Sie vertraut ihm und steigt ein. Was passiert dann?«

»Hören Sie auf, das stimmt alles nicht«, rief Bauer dazwischen, dem es sichtlich unangenehm war, sich dieses Szenario vorzustellen.

»Wir sind bei unseren Ermittlungen auf Hinweise gestoßen, die uns annehmen lassen, dass sich Thilo Kratzer zumindest der sexuellen Nötigung strafbar gemacht hat. Warum sollte er bei einem so hübschen

Mädchen wie Claudia den Gentleman spielen? Wie lief das ab? Kratzer belästigt Ihre Freundin, sie erzählt Ihnen davon und dann flippen Sie aus?«

»Nein, das ist nie passiert«, erwiderte Bauer schrill.

»Wir wissen, wie besessen Sie von dem Mädchen waren, wie eifersüchtig. Haben Sie ihr nicht geglaubt, dass Kratzer sie gegen ihren Willen berührt hat? Vor lauter Eifersucht verloren Sie die Kontrolle, schlugen zu, vielleicht zu heftig, und versteckten dann die Leiche.«

»Nein, das hätte ich nie getan.« Bauer war nun völlig aus der Fassung. »Nie!«, schrie er erneut.

»Oder war Thilo Kratzer völlig unschuldig?«, ließ der Hauptkommissar nicht locker und Sybille Wald fragte sich, wo das hinführen sollte. »Hat Kratzer das Mädchen zu Ihnen gebracht? Es gab Streit und der artete aus. Womöglich hat Ihr guter Freund Kratzer sogar geholfen, die Leiche zu verstecken. Alles läuft wie geschmiert. Niemand verdächtigt Sie. Frank Bauer bekommt sein Leben sogar in den Griff, gründet eine Familie und dann steht plötzlich der gute alte Thilo Kratzer vor der Tür. Der Hüter eines schrecklichen Geheimnisses fängt an, Sie zu erpressen.«

»Nein, Thilo hat mich nicht erpresst«, entgegnete Frank Bauer aufgebracht.

»Was dann?«, schnappte Reinert und wirkte auf Sybille wie ein zäher Terrier vor einem viel zu kleinen Mauseloch.

»Gar nichts«, besann sich der Mann und schwieg.

»Was, wenn es Zeugen gibt, die Sie zusammen mit Herrn Kratzer gesehen haben?«, bluffte Reinert.

Bauer fiel darauf herein. »Er hat mich nicht erpresst.«

»War er dann bei Ihnen, um weitere Verbrechen zu planen? Wir haben einen ganzen Ordner mit vermissten Frauen, drei Morde in den letzten Wochen. Wenn Sie irgendetwas wissen, sollten Sie jetzt den Mund aufmachen, bevor ich Sie dem Haftrichter vorführe.«

Sybille Wald räusperte sich. Langsam war es an der Zeit, entweder einen Gang zurückzuschalten oder entsprechende Belehrungen auszusprechen, die dem Zeugen klarmachten, dass er mittlerweile zum Verdächtigen geworden war.

Reinert ignorierte sie und sah Bauer durchdringend an. Er hielt den Mann nicht wirklich für einen Mörder, wusste aber, dass irgendetwas nicht mit ihm stimmte. Einer Eingebung folgend sagte er deshalb: »Ich bin kein Drogenfahnder.«

Frank Bauer stieß geräuschvoll die Luft aus. »Manche Dinge sind noch nicht verjährt«, sagte er vorsichtig.

»Dann reden wir hypothetisch«, schlug Reinert vor, was ihm ein erneutes sehr deutliches Räuspern von seiner Kollegin einbrachte.

Ihr Zeuge lehnte sich müde zurück. »Ich hatte damals bei der Drogensache einen guten Anwalt, Fabian von Ohen. Der hat mittlerweile übrigens Karriere gemacht, wie ich gehört habe. Jedenfalls wurde er mir vom Gericht gestellt und hat mich mehr oder weniger rausgepaukt. Ich bin mit einem blauen Auge davongekommen. Wenn man jedoch davon ausgegangen wäre ...« Er betonte nun sehr deutlich, dass er nur spekulierte. »... dass es eventuell einen Partner gegeben hätte, vielleicht sogar mehr als einen und nicht kleine Drogendeals, sondern Verteilung in Form einer Organisation stattgefunden hätte, dann wären andere Strafen fällig gewesen. Aber so war es ja nicht. Ich war nichts weiter als ein kleiner Dealer, fehlgeleitet und selbst abhängig.«

»Verstehe«, sagte Reinert und ließ sich das eben Gehörte durch den Kopf gehen. »Thilo Kratzer war also Ihr Partner, warum haben Sie ihn nicht verraten und einen Deal ausgehandelt?«

Bauers Mimik hatte sich verändert.

Ja, dachte Sybille Wald, *so war er vermutlich vor vierzehn Jahren gewesen. Kein besorgter Familienvater, sondern einer dieser bösen Jungs, mit verschlagenem Gesichtsausdruck und stets einem Bein im Knast.*

»Ganz hypothetisch hätte mir Thilo Kratzer mit einer Aussage mehr schaden können als ich ihm.«

»Nur so aus Neugier, was hat Kratzer getan?«

»Wenn Sie Drogen verkaufen wollten, Herr Hauptkommissar, dann könnte Ihnen ein Busfahrer als Verkaufsstelle ziemlich nützlich sein. Viele Menschen, die vorne einsteigen, einen Fahrschein kaufen und unauffällig auch noch ein kleines Tütchen zum Highwerden. Aber wie gesagt, das sind jetzt nur Gedankenspiele.« Damit verschwanden die durchtriebenen Züge in seinem Gesicht und der seriöse Papa von drei Kindern kehrte zu ihnen zurück. »Das liegt alles hinter mir, ich habe mit dem ganzen Scheiß nichts mehr am Hut. Ich will Ihnen wirklich helfen, aber Sie müssen verstehen, dass ich deshalb nicht meine Familie aufs Spiel setze.«

Reinert nickte ihm zu. »Thilo Kratzer kam zu Ihnen. Was wollte er? Geld?«

»Nein, was ich gesagt habe, ist die Wahrheit. Er hat mich nicht erpresst. Was sicher nicht daran lag, dass er so ein guter Mensch war. Bei Gott, das konnte man nun wirklich nicht behaupten, aber zumindest war er schlau genug, zu erkennen, dass es für uns beide besser war, die Vergangenheit ruhen zu lassen. Er kam lediglich zu mir, weil er einen Job brauchte. Hat mich höflicherweise nicht zu Hause aufgesucht, sondern bei meiner Arbeit auf dem Friedhof. Stand plötzlich vor mir, nach all den Jahren.« Sein Blick wanderte zum Hauptkommissar. »Ist mir ein Rätsel, wie Sie davon erfahren haben.«

»Wir haben so unsere Methoden«, log Reinert, ohne mit der Wimper zu zucken.

»Ich hätte ihm geholfen, versprach, mich umzuhören.«

»Und dann?«

»Er bedankte sich, sagte, er habe da noch ein Eisen im Feuer, und verschwand wieder.«

»Und was hat er damit gemeint?«

Frank Bauer zuckte mit den Schultern. »Ehrlich, ich denke, Sie liegen schon richtig mit der Erpressung. Würde zu Thilo passen, wie gesagt, er war kein netter Mensch. Er roch nach Alkohol, als er mich aufgesucht hat, vermutlich hatte er einige Probleme. Ich kenne solche Situationen, da entwickelt man irgendwann einen Tunnelblick und baut einen Scheiß nach dem anderen.« Er machte eine Pause und sagte schließlich: »Mehr weiß ich nicht. Aber bitte glauben Sie mir, mit Claudias Verschwinden hatte ich nichts zu tun.« Er sah an den Beamten vorbei und murmelte: »Ich habe sie wirklich geliebt.«

* * *

In der Nacht

Das schreiende Baby hob die Axt und schlug zu. Die gefesselte Frau auf dem Stuhl sah ihren Mörder mit vor Angst geweiteten Augen an, als dieser zum tödlichen Schlag ausholte. Ihr blieb keine Zeit für letzte Worte oder ein eindringliches Flehen, nichts hätte ihn mehr aufhalten können.

Sie hatte sich gewehrt, ihm das Oberteil zerrissen, aber er war stärker gewesen. Ohne Vorwarnung hatte er sie auf ihrem Nachhauseweg überrascht. Erst freundlich, aber als sie dann nicht ins Auto steigen wollte, war er grob geworden. Am Ende hatte sie ein Faustschlag außer Gefecht gesetzt. Aufgewacht war sie in diesem merkwürdigen Keller. Gefesselt und geknebelt. Sie hatte das Bett mit der alten Matratze bemerkt, die Steinwände und einen Eimer in der Ecke. Ihre Angst hatte sich ins Unermessliche gesteigert, als er plötzlich mit dieser schrecklichen Maske vor ihr aufgetaucht war.

»Bitte, lassen Sie mich gehen«, hatte sie ihn angebettelt, aber nie eine Antwort erhalten.

Hinter seinem Rücken hatte er stattdessen eine Axt hervorgezogen. Bereits der erste Hieb war tödlich gewesen.

Blut strömte aus der tiefen Wunde, aber er ließ nicht von ihr ab.

»Es ist zu früh, viel zu früh«, rief er dabei, »aber das ist ihre Schuld, sie sind mir zuvorgekommen.« Er holte aus und ein kräftiger Schlag trieb die Schneide noch weiter durch die Schädeldecke der Frau. Der Knochen war hartnäckig, aber als ihn das brutale Werkzeug erst einmal überwunden hatte, wurde es einfacher. Die Gehirnmasse stellte kein Hindernis dar. Nun schien es, als fiele ihm der Umgang mit der Axt leichter. Das Stirnbein knirschte, als es von ihm gespalten wurde. Mühelos arbeitete sich die Schneide anschließend durch das Nasen- und dann durch das Pflugscharbein, zersplitterte die Nasenmuschel, bevor sie den Oberkiefer erreichte. Blut und Gewebe spritzten davon, verteilten sich wie zu groß geratene Konfettistücke über ihm und der Toten, so als wären sie ein gefeiertes Paar auf der Tanzfläche. Er fühlte sich zumindest so, als würde er gerade seinen größten Triumph erleben, denn am Ende hatte er sie doch ausgetrickst. Sie wollten ihm in die Quere kommen, hatten die Frau unter dem roten Laken nicht ruhen lassen, aber so leicht konnte man ihn nicht besiegen. Er hatte es vielleicht das letzte Mal nicht zu Ende bringen können, dafür kam er ihnen jetzt zuvor. Sein Opfer wäre hier gut versteckt, und zum richtigen Zeitpunkt, da würde er es ihnen präsentieren. Möglich, dass die Verwesung dann schon fortgeschritten wäre. Dass das faulende Fleisch stank und die schöne Haut in ekligem Grün schimmerte oder bereits allem möglichen Getier als Brutstätte diente, aber das stellte kein Problem dar. Die Botschaft wäre dennoch klar, und er bliebe derjenige mit der Kontrolle.

Mit beiden Händen hatte er den Stiel der Axt umschlossen, als er jetzt erneut zuschlug und den Oberkiefer zertrümmerte. Die Wut war fast verflogen. Seine Augen folgten einem Zahn, der durch die Luft wirbelte und mit einem leisen Klack zu Boden fiel. Beim nächsten

Hieb lächelte er hinter der Maske. Der Unterkiefer zersprang in zwei Hälften. Er spürte, wie ihm unter dem Gummigesicht heiß wurde und Schweiß von der Stirn tropfte, aber das störte ihn nicht. Immerhin sagte man, dass körperliche Arbeit eine ehrliche Arbeit sei. War das, was er hier gerade tat, nicht vollkommen ehrlich? Eine Arbeit, ausgeführt mit Leidenschaft, Überzeugung und Hingabe. Mit dem Gefühl, noch nie etwas Wichtigeres in seinem Leben getan zu haben, stellte er sich nun hinter die Tote und erledigte den Rest. Das Scheitelbein war noch nicht komplett gespalten und so gebrauchte er die Axt noch mehrere Male.

Wie viel Zeit am Ende vergangen war, wusste er nicht, aber als er schließlich sah, wie die beiden Kopfhälften auseinanderklafften, durchtrennt bis zum Kehlkopf, da war er zufrieden. Er würde sie säubern, vielleicht die ein oder andere unappetitlich heraushängende Sehne oder Muskelfaser entfernen, damit sie nicht die Wirkung verderben konnten. Oh ja, er würde der Welt einen perfekten zweigeteilten Schädel präsentieren und natürlich auch wieder die entsprechende Widmung.

Das schreiende Baby trat zurück und ließ die Axt geräuschvoll zu Boden fallen. Aus der Halsschlagader der Toten war viel Blut geströmt, das sich über dem Körper verteilt hatte und zu Boden tropfte. Er betrachtete die Pfütze unter dem Stuhl, dachte daran, dass er jetzt einen Schrubber holen musste, und erinnerte sich an ein Ereignis aus der Vergangenheit. Claudia Wegener war ihm damals beinahe entkommen, er wusste noch, wie wütend er deswegen gewesen war. Das erste Mal fragte er sich, was wohl geschehen wäre, wenn sie damals hätte fliehen können.

* * *

Zur gleichen Zeit

Manuela Öler hatte sich eine Zigarette angezündet. Es war mitten in der Nacht, als sie aus der Terrassentür direkt auf die Lagerhäuser des Getränkehandels ihres Mannes sah. Gregor war nicht in der Wohnung. Vielleicht saß er im Büro oder streifte durch die Stapel Leergut. Womöglich war er auch fort, sie wusste es nicht.

In letzter Zeit sahen sie sich nur noch selten, gingen sich aus dem Weg. Manuela zog erneut an der Zigarette. Sie hatte schon vor Jahren mit dem Rauchen aufgehört, aber seit man ihr das einzige Kind genommen hatte, sah sie keinen Grund mehr, vernünftig zu sein. Fühlte es sich doch sowieso so an, als wäre ihr Leben vorbei. Damals, als ihr erster Mann gestorben war, hatte sie fast genauso empfunden, aber eben nur fast. Denn schließlich war da noch Patricia gewesen, für die sie hatte stark sein müssen. Aber jetzt war sie allein. Manuela hatte noch nie in ihrem Leben so eine Einsamkeit gefühlt. Hinter ihr auf dem Tisch stand eine fast leere Flasche Rotwein. Der Alkohol sollte sich nicht mit den Medikamenten vertragen, zumindest stand das im Beipackzettel. Warum vernebelte sich dann nicht endlich ihr Verstand, sodass sie die Trauer und den Schmerz nicht mehr spüren musste?

Gregor hatte vorgeschlagen, sie zur Kur zu schicken, vermutlich wollte er sie einfach nur loswerden. Auch das war ihr gleichgültig, sie hasste ihn ohnehin. Er trug die Schuld, er hatte das Kind aus dem Haus getrieben. Sie musste die Frage nicht aussprechen, sie stand seit Patricias Tod ständig zwischen ihnen. Was war in jener Nacht wirklich passiert? Er wusste, dass sie ihm nicht glaubte.

»Sie hätten nie wegen eines Autos gestritten«, murmelte Manuela. Ja, sie hatte der Polizei gesagt, dass ihre Tochter launisch und aufbrausend sein konnte, aber je mehr sie darüber nachgedacht hatte, desto mehr zweifelte sie.

Und dann kamen die Gedanken, die Manuela am meisten fürchtete. Sie griff in die Tasche ihres Bademantels und kramte schnell ein Tablettenröhrchen hervor. Sie nahm den Rest der kleinen gelben Pillen und spülte sie mit dem letzten Schluck Rotwein herunter, den sie direkt aus der Flasche trank. Dann zündete sie sich eine neue Zigarette an der alten an. Die Pillen wirkten wieder nicht, und in ihren Gedanken spielten sich eigenartige Szenen ab. Patricia als kleines Mädchen, Gregor, der ihr liebevoll übers Haar strich, an ihrem Kleidchen zupfte, sie aufs Pony hob. Sie dabei ein wenig länger festhielt als notwendig. Eine Umarmung, als der Teenager Patricia im knappen Bikini durch die Wohnung hüpfte. Ein zärtlicher Kuss auf die Wange zum Geburtstag. Was hatte sie übersehen? Oder hatte sie gar nichts übersehen, sondern nur so getan, als ob?

»Oh Gott«, stieß sie entsetzt aus und krümmte sich, so als hätte sie körperliche Schmerzen, als hätte man ihr ein

Messer in den Unterleib gerammt, und dann ging alles ganz schnell.

Die Entscheidung war getroffen. Manuela riss die Tür auf und überquerte die Terrasse bis zum Geländer. Sie hatte keine Ahnung, wie tief es da nach unten ging, vermutlich vier Meter, aber das war auch egal, denn in der nächsten Sekunde schwebte sie bereits durch die Luft, dann schlug sie auf dem Asphalt auf. »Patricia, Mama ist gleich bei dir«, röchelte sie und schloss die Augen.

* * *

Die Nacht verbrachte Hauptkommissar Marco Reinert erneut bei Oberkommissarin Wald. Sie hatten sich nach einem langen Tag zurückgezogen und die gegenseitige Nähe genossen. Nun lagen sie nebeneinander im Bett, nackt und eng umschlungen, zu aufgewühlt vom Tag auf dem Präsidium und den Veränderungen in ihrem Privatleben, als dass sie hätten schlafen können.

»Glaubst du eigentlich, dass Hilde Kratzer in der Lage ist, die Zukunft in ihren Karten zu sehen?«, fragte sie, während ihre Hand sanft Reinerts Oberkörper streichelte.

»Wenn ja, dann ist sie nicht besonders gut. Sonst würde ihr Sohn noch leben.«

»Sie hat ihn gewarnt und er hat nicht auf seine Mutter gehört, wie übrigens die meisten Söhne«, hielt Sybille dagegen.

»Unheilschwangere Prophezeiungen, die weder Hand

noch Fuß haben, sind aber auch nicht das Gleiche, wie einem Mann zu sagen: ›Heute Nacht wird dir jemand nach deinem Kneipenbesuch auflauern, dich die Treppe herunterstoßen und ersticken.‹«

Sybille brummte. »Du glaubst nicht an Hellseher und dergleichen. Lag die Frau wenigstens mit deinem Sternzeichen richtig?«

»Sie hat mir fünf von zwölf angeboten, die Chance, das richtige zu treffen, lag also fast bei fünfzig Prozent.« Er lachte auf.

»Und hat sie getroffen? Bist du Wassermann, Fisch, Waage?«, bohrte Sybille weiter.

Er seufzte. »Wenn du es unbedingt wissen willst, ich bin Jungfrau – und jetzt keine dummen Witze.«

»Das hätte ich mir gleich denken können«, stöhnte Sybille, »Besserwisser, Pedant und Pünktlichkeitsfanatiker.«

Er horchte auf. »Du befasst dich mit so einem Kram?«

»Als hättest du noch nie dein Horoskop gelesen. Das macht doch jeder, deshalb findet man selbst in den übelsten Käseblättern eine entsprechende Seite.«

»Mag sein, dass ich da schon einmal drübergelesen habe«, gab er kleinlaut zu, »aber bisher hat mein Sternzeichen noch keine Frau erschreckt.«

»Na ja«, lenkte sie ein, »vielleicht weil die guten Seiten überwiegen.«

»Die da wären?«, fragte er provozierend.

Sie schmiegte sich an ihn und flüsterte: »Nett, humorvoll und ein äußerst einfühlsamer Liebhaber.«

* * *

Am frühen Morgen erfuhren die Beamten von Manuela Ölers Tod. Vor Ort herrschte bereits ein reges Treiben, als Sybille Wald und Marco Reinert eintrafen.

»Sieht nach Suizid aus«, teilte ihnen einer der Kollegen von der Streife mit, der sie ins Haus führte. »Im Bademantel fand der Gerichtsmediziner ein leeres Tablettenröhrchen. Starke Beruhigungsmittel, und hier …« Er deutete auf die Flasche Rotwein. »… sie hat in letzter Zeit viel getrunken, das sagt zumindest der Ehemann.«

»Abschiedsbrief?«

»Nein«, gestand der Beamte ein.

Reinert bewegte sich in Richtung der offenen Terrassentür. Die Kriminaltechniker waren noch dabei, die Spuren zu sichern. Er betrachtete das Geländer, es war nicht sonderlich hoch. Auch jemand, der unter Alkohol- oder Drogeneinfluss stand, konnte darüber klettern. Allerdings wäre es auch ein Leichtes gewesen, jemanden herunterzustoßen.

»Was ist mit dem Ehemann?«, fragte Reinert müde. Er fühlte sich schuldig. Noch ein Mensch war gestorben. Hätte er den Tod von Manuela Öler vorhersehen müssen, vielleicht sogar verhindern können?

»Er ist unten, in seinem Büro, er hat die Frau gefunden.« Der Beamte suchte nach der passenden Formulierung, sagte dann schließlich: »Er war angeblich nicht zu Hause, als es passiert ist. Sei erst kurz nach sieben Uhr heute Morgen auf das Gelände gekommen, um acht Uhr beginnt hier der Betrieb.«

»Ich will mit ihm sprechen.«

Sein Gegenüber nickte und zeigte dem Hauptkommissar den Weg zu den Büros. Gregor Öler saß hinter seinem Schreibtisch und sah einen Stapel Papiere durch. Er machte nicht den Eindruck eines trauernden Mannes, sondern wirkte eher unbeteiligt, als wäre die Tote auf seinem Hof eine Fremde, die für ihn nichts weiter bedeutete als Unannehmlichkeiten.

Als er die Beamten bemerkte, ließ er die Papiere schnell sinken und erklärte hastig: »Ich muss mich ablenken, sonst drehe ich durch. Ich kann es nicht fassen.«

»Sie waren heute Nacht nicht in der Wohnung?«, fragte Reinert direkt, der sich eine Beileidsbekundung versagte.

»Ja«, spielte der Getränkehändler den Geknickten, »ich war bei einer Freundin.«

»Die ganze Nacht?«, fasste der Hauptkommissar nach.

»Ja«, gestand Öler.

»Muss eine sehr gute Freundin sein«, rutschte es dem Beamten heraus. »Hat die Dame auch einen Namen?«

Man sah dem Getränkehändler an, dass er sich über die Bemerkung des Polizisten ärgerte, dennoch erwiderte er: »Anita Fischer, ich schreibe Ihnen die Adresse auf.«

* * *

Gegen Mittag

Sybille Wald hatte mit Anita Fischer gesprochen und erstattete Reinert, dem mittlerweile die Ergebnisse der Gerichtsmedizin vorlagen, Bericht.

»Ich fasse es nicht. Anita Fischer ist eine nette,

einfache Frau. Warum lässt sich so jemand mit Öler ein?« Sie kramte ihre Notizen hervor. »Und was der der Frau für einen Scheiß erzählt hat.« Sie sah zu Reinert, der kurz die Augenbrauen hob, und fuhr mit einem breiten Grinsen fort, dieses Mal darauf bedacht, ihre Sätze übertrieben korrekt zu formulieren: »Offensichtlich hat es Herr Öler mit der Wahrheit nicht so genau genommen, zumindest, wenn man der Aussage der Zeugin Fischer vertraut.«

»Hat er ihr verheimlicht, dass er verheiratet ist?«

»Nein«, erwiderte die Oberkommissarin empört, »er hat ihr von Patricias Ermordung erzählt, dass seine Frau ihn bei der Trauerbewältigung völlig im Stich lasse und sich dem Suff und den Tabletten hingebe. Außerdem sei er nur noch mit ihr zusammen gewesen, um dem Kind Halt zu geben, aber das Beste ist«, sprach Sybille weiter, »dass Anita Fischer eine kleine Tochter hat, acht Jahre, und dass Gregor Öler das Kind offenbar vergöttert. Er macht dem Mädchen teure Geschenke und will ihr Ballettstunden bezahlen, erinnert stark an die Geschichte von Patricia.«

»Er sucht sich eine neue Familie«, antwortete Reinert und schüttelte den Kopf. »Wieder eine Frau mit einer Tochter.« Nachdenklich öffnete er die Datei zum Fall Patricia Öler. »Es gab keine Hinweise auf Missbrauch.«

»Nein, weder bei der Autopsie noch bei den Befragungen der Lehrer oder Freunde, aber das muss nichts heißen«, warf die Oberkommissarin ein. »Vielleicht ist er einer, der sich noch mit der Fantasie begnügt, dem das Beobachten und die Nähe des Mädchens genügen. Was allerdings auch bedeutet, dass er sich nicht strafbar gemacht hat und uns die Hände gebunden sind. Und was den Tod seiner Frau angeht, Anita Fischer ist eine glaubhafte Zeugin, die Kollegen haben zudem die Nachbarn befragt. Einer kam gegen Mitternacht von der Spätschicht und bestätigt, Ölers Wagen auf dem Parkplatz gesehen zu haben. Ist natürlich trotzdem möglich, dass er seine Frau umgebracht hat.«

Reinert reichte ihr den Bericht der Gerichtsmedizin. »Sie war vollgepumpt mit allem Möglichen plus Alkohol, bestenfalls war es ein Unfall. Ihre Freundin bestätigt allerdings, dass sie so etwas befürchtet hat. Die Kriminaltechnik fand keine Spuren, die auf einen Kampf hindeuten.«

»Und was machen wir jetzt mit Öler?«

»Den knöpfe ich mir noch vor.«

* * *

Am Nachmittag saß Reinert wieder in seinem Büro. Das zweite Gespräch mit Gregor Öler an diesem Tag war alles andere als erfreulich gewesen. Aus gutem Grund hatte er darauf verzichtet, jemanden mitzunehmen.

Öler hatte sich nicht sonderlich begeistert gezeigt, als der Hauptkommissar erneut aufgetaucht war. »Sie schon wieder«, begrüßte er Reinert schroff.

»Ja, ich schon wieder und ich werde regelmäßig bei Ihnen auftauchen, wenn ich auch nur den leisesten Verdacht habe, dass Sie Corinna Fischer etwas antun.«

Er trat direkt vor den Mann, der sich jetzt empört zeigte: »Was fällt Ihnen ein? Ich werde Beschwerde einreichen. Meine Tochter ist ermordet worden, meine Frau hat das in den Tod getrieben und Sie tauchen hier auf und behaupten Dinge ...« Ihm fehlten die Worte, aber nicht, weil er die Anschuldigung haltlos fand, sondern weil sie ihn erschreckte.

»Tun Sie das, das wäre mir eine Beruhigung. Dann ist wenigstens aktenkundig, dass ich Sie verdächtige.«

»Was?«, rief Öler aus und fühlte sich in die Enge gedrängt.

Reinert kam noch einen Schritt näher. »Denken Sie wirklich, ich habe Sie nicht durchschaut? Sie haben eine Vorliebe für Minderjährige, fühlen sich zu ihnen hingezogen.«

»Ich habe nie irgendetwas Unsittliches getan«, begehrte Öler auf. »Patricia war mein Sonnenschein.«

»Was war an dem Abend, als sie aus dem Haus gestürmt ist? Es ging nicht um ein PS-starkes Auto, oder? Etwas anderes ist vorgefallen, etwas, das Patricia so erschreckt hat, dass sie völlig kopflos auf und davon ist. Dachten Sie, es wäre der richtige Zeitpunkt, einen Schritt weiterzugehen? Die Mutter nicht zu Hause, keine Zeugen.« Ölers Mund stand offen und sein kalkweißes Gesicht verriet Reinert, dass er richtiglag. »Sie haben Patricia bedrängt, sich ihr sexuell genähert.«

»Nein«, schrie sein Gegenüber, versuchte zwar überzeugend zu klingen, dennoch war die Lüge herauszuhören.

»Halten Sie sich von Anita Fischer und deren Tochter fern und suchen Sie sich umgehend psychologische Hilfe.«

»Sie können nichts beweisen«, begehrte Öler noch einmal auf.

Reinert verlor die Beherrschung, packte den Mann am Kragen und wusste, dass er gerade seine Karriere gefährdete. »Stimmt, das kann ich nicht, was mich nur umso verzweifelter macht. Unterschätzen Sie nie einen verzweifelten Menschen, vor allem, wenn er eine Dienstwaffe trägt.«

Abrupt hatte der Hauptkommissar von ihm abgelassen. Öler hatte, bemüht, nicht das Gesicht zu verlieren, gekeucht: »Das dürfen Sie nicht.«

Aber Reinert war einfach gegangen, ohne ihn eines weiteren Blickes zu würdigen. Mehr hatte er vorerst nicht tun können.

Jetzt saß der Hauptkommissar mit dem Gefühl, komplett zu versagen, vor den Akten und breitete zum x-ten Mal die Fotos der Gerichtsmedizin vor sich aus. In seinem Kopf herrschte Chaos. Er betrachtete die Wunden der Opfer, griff nach einem Stift und zog verschiedene Linien zwischen den einzelnen Einstichen, so wie es Beate Dietz bei ihrer Fallanalyse getan hatte. Die Linien ergaben mit etwas Fantasie Buchstaben oder geometrische Symbole: Dreiecke, Ovale, Vs und Cs, ein O, ein I, nichts Handfestes.

Seine Gedanken kreisten um die Ermittlungen, und immer häufiger tauchte das Gesicht von Sybille Wald vor seinem geistigen Auge auf. Ihr Gespräch über die Sternzeichen kam ihm in den Sinn. Sie hatte ihn, der im Zeichen der Jungfrau geboren ist, als pedantisch bezeichnet, aber auch als guten Liebhaber. Er seufzte. »Horoskope, das ist doch ...« Und plötzlich stockte er. Mit einem Mal war da eine Ahnung, eine Idee. Hektisch betrachtete er erneut die von ihm gezogenen Linien. Im nächsten Augenblick hämmerte er auf die Tastatur, öffnete einen Internetbrowser und gab den Suchbegriff »Sternbilder« ein.

KAPITEL ZWÖLF

Das Team von Hauptkommissar Reinert hatte sich im Besprechungsraum versammelt. Alle starrten auf die Bilder an der Wand. Auch Beate Dietz, die Fallanalytikerin, war anwesend.

»Die Wunden, die der Mörder seinen Opfern zugefügt hat, stellen tatsächlich eine Botschaft dar«, begann Reinert ohne lange Vorrede. »Allerdings handelt es sich nicht um Buchstabenkombinationen, sondern um Sternbilder. So wie man sie aus der Astronomie kennt. Sicher hat jeder schon einmal vom Großen Wagen gehört und ihn vielleicht auch versucht am Nachthimmel zu finden. Man betrachtet einen bestimmten Himmelsabschnitt und zieht in Gedanken zwischen den einzelnen Sternen Linien. So ergeben sich die Sternbilder. Wenn wir das entsprechend mit den Wunden der Opfer tun, sehen wir eine Übereinstimmung mit bestimmten Tierkreiszeichen.« Die Kollegen betrachteten die Fotografien der geschundenen Frauenkörper. Die Einstiche waren wieder durch Linien verbunden, aber dieses Mal war ihr Verlauf nahezu identisch mit den daneben hängenden Ausdrucken von Sternenkonstellationen, die Sternbilder darstellten.

Reinert deutete auf die Fotografie von Patricia Ölers Leiche. »Verbindet man die ihr zugefügten Wunden, gibt es eine Übereinstimmung mit dem Sternbild der Fische.« Zustimmendes Gemurmel erfüllte den Raum. Reinert trat vor das nächste Bild. »Tabea Fröhlich, bei ihr haben wir eine Übereinstimmung mit dem Sternbild des Widders, und bei unserem Opfer Nummer drei, der bislang unbekannten Toten, entsprechen die Einstiche der Sternenkonstellation des Stiers. Aber das ist noch nicht alles«, fuhr der Hauptkommissar fort, »denn damit kennen wir nun auch den Grund für die unterschiedlichen Tötungsarten. Patricia Öler wurde erstickt.«

»Der Fisch ohne Wasser«, warf ein Beamter ein.

Reinert nickte zustimmend. »Tabea Fröhlich hat man die Kehle aufgeschlitzt, wie einem Widder, der geschlachtet wurde. Womit wir auch die spiralförmigen Wunden um die Ohrmuscheln erklären können.«

»Die gebogenen Hörner des Widders«, ergänzte dieses Mal Beate Dietz.

»Ja, und der Holzpflock bei Opfer Nummer drei sollte den im Stierkampf verwendeten Degen ersetzen, das rote Laken erklärt sich von selbst.«

Für einen Moment herrschte betretenes Schweigen.

Jemand sagte: »Eigentlich ganz logisch, wenn man es erst einmal erkannt hat.«

»Und wir können noch etwas anderes erklären. Die Opfer eins und zwei hat man uns präsentiert, und zwar innerhalb des jeweiligen Zeitraums, in dem das entsprechende Sternzeichen gilt. Fische werden zwischen dem

20. Februar und 20. März, Widder zwischen dem 21. März und dem 20. April geboren. Das letzte Opfer wurde jedoch versteckt, und wir wissen jetzt auch, warum. Die Zeit des Stiers hat noch nicht begonnen.«

»Er wollte also später dafür sorgen, dass wir die Leiche finden, irgendwann ab dem 21. April«, sagte Sybille Wald nachdenklich. »Warum hat er dann mit dem Mord nicht gewartet, das wäre doch einfacher gewesen?«

Jetzt übernahm Beate Dietz. »Das könnte ein Hinweis darauf sein, dass er sich nicht mehr unter Kontrolle hat. Die Abstände zwischen den Morden werden kürzer.«

»Heißt das, dass wir demnächst mit einem weiteren Opfer rechnen müssen?«, fragte einer der Kollegen.

»Nach dem Stier kommt der Zwilling«, warf jemand in die Runde. »Wird er dann zwei Frauen töten?«

Es entstand Unruhe, und das Team begann zu spekulieren.

Reinert erhob seine Stimme: »Sollte er die Kontrolle verlieren, dann begeht er auch Fehler, das wiederum macht es einfacher, ihn zu finden.«

»Was ist mit den alten Vermisstenfällen von Oberkommissar Hauns?«

Alle verstummten, als der Name des verstorbenen Kollegen fiel.

Überraschenderweise war es der junge Kommissar, der dieses Thema aufgriff. »Sollte der Kollege recht gehabt haben, dann waren diese Frauen die ersten Opfer gewesen. Vielleicht hat er dann schon alle zwölf Sternzeichen durch und wir werden ihn nie finden.«

Die Blicke wanderten zu Reinert.

Der schüttelte den Kopf. »Wir haben nie eine der

Leichen gefunden, deshalb denke ich, dass dieses Vorgehen neu ist oder eben auf mehrere Täter schließen lässt.«

»Warum tut er das?«, stellte jemand eine naheliegende Frage.

»Unverkennbar hat er irgendeinen Bezug zu Sternbildern, Horoskopen, dem Okkulten«, antwortete Beate Dietz. »Ob er damit seine Billigung oder Missbilligung ausdrücken will, lässt sich jedoch nicht sagen. Die Taten selbst scheint er sich gut zu überlegen. Das rote Laken, der angespitzte Holzpflock, das Fehlen von DNA und Fingerabdrücken, das erste Opfer hat er sogar gereinigt. Aber während andere Täter die Phase bis zum eigentlichen Mord hinauszögern und sie sich in einer Art Vorfreude ausmalen, haben wir es hier mit einem Menschen zu tun, der sehr ungeduldig ist.«

»Interessanterweise sind wir in diesem Fall immer wieder auf das Thema Sternbilder und Horoskope gestoßen. Hilde Kratzer, die Mutter des ermordeten Thilo Kratzer, legt Karten und erstellt Horoskope. Patricia Öler war vor ihrem Tod bei ihr gewesen, zusammen mit Gregor Öler, ihrem Adoptivvater. Gestern fand man die Leiche von Manuela Öler, bislang behandeln wir ihren Tod als Suizid. Patricia Öler und Tabea Fröhlich waren beide Gäste der ›Whisky-Ecke‹ von Sven Ehbach. Dessen Schwester wiederum, Anna Ehbach, starb unerwartet vor einem Jahr. Von mehreren Seiten erfuhren wir, dass Anna Ehbach ein starkes Interesse an der Astrologie hatte. Abgesehen davon kannte sie Thilo Kratzer, Frank Bauer, Mark Jörger und Lars Steinhard. Sie alle gehörten vor vierzehn Jahren einer Band an und damit hatten alle mehr oder weniger eine Verbindung zu Claudia Wegener, die damals spurlos verschwand. Das sind keine Zufälle mehr.«

»Und was jetzt?«, fragte der junge Kommissar und es war weder schnippisch noch ungeduldig gemeint, sondern engagiert.

Reinert lächelte müde, sah auf die Uhr, es war bereits spät. »Wir fangen von vorne an. Graben noch tiefer, und zwar unter Berücksichtigung der neuen Erkenntnisse. Außerdem werde ich eine Exhumierung von Anna Ehbachs Leichnam beantragen. Nur um sicherzugehen.«

Der Hauptkommissar verteilte noch verschiedene Aufgaben, stellte kleine Teams zusammen und verabschiedete sich mit den Worten: »Dann bis morgen.«

Als er mit Sybille Wald allein war, sagte diese: »Mann, das ist, als hättest du ein Tausend-Teile-Puzzle auf den Boden gekippt, und wir sollen das jetzt zusammensetzen.«

»Wenigstens ist es auf tausend Teile begrenzt«, gab er ironisch Antwort. Sie blieb ernst und er fragte besorgt: »Stimmt etwas nicht?«

»Es ist nur ...« Sie wollte ihm ausweichen, kam sich albern vor, sagte dann aber doch: »Mein Sternzeichen ist Zwilling.« Sie hob die Hand, als befürchtete sie, er wolle etwas einwerfen. »Und nein, ich habe keine zwei Gesichter, auch wenn unsere Vielschichtigkeit bisweilen auf diese Art ausgelegt wird, was gelinde gesagt eine Frechheit ist. Wir haben sogar viele Gesichter im positiven Sinne, weil wir nämlich anpassungsfähig, flexibel und ...«

Er griff nach ihren Schultern und sah ihr fest in die

Augen, damit unterbrach er ihren Redeschwall. »Was ist los?«, fragte er erneut.

»Ich glaube, ich habe gerade Panik, dass ich das nächste Opfer sein könnte. Wäre doch möglich, dass er weiß, wer ich bin. Heutzutage ein Geburtsdatum herauszufinden ... Ich bin zwar mit persönlichen Informationen vorsichtig, aber man weiß ja nie ...« Sie begann erneut draufloszuplappern, und Reinert schloss sie in die Arme.

»Stopp!«, sagte er zärtlich. »Erstens gehe ich nicht davon aus, dass er sich uns auf diese Weise nähert, und zweitens werde ich dich keine Sekunde mehr aus den Augen lassen, versprochen.«

Ein Räuspern ließ sie aufschrecken, aber im Gegensatz zu Sybille Wald, die instinktiv die Umarmung lösen wollte, blieb Reinert unbeweglich.

»Was ist?«, fragte er freundlich den jungen Kommissar unter der Tür. Erst dann und ohne Verlegenheit ließ er Sybille los. Etwas, das sie auf eine besondere Art berührte, er stand also tatsächlich zu ihr.

»Ich wollte schon mal anfangen, habe noch ein wenig recherchiert und bin leider gleich auf ein Problem gestoßen«, sagte der Beamte, der sich ebenfalls bemühte, so zu tun, als wäre nichts Außergewöhnliches vorgefallen. »Die Leiche von Anna Ehbach wurde eingeäschert.«

* * *

Claudia Wegener, erstes Opfer, verschwunden im September 2006

Sie blickte in das Gesicht des schreienden Babys. Es war nicht hell genug, um aus dieser Entfernung die Augen durch die kleinen Sehschlitze der Maske zu erkennen. Die Körperhaltung verriet ihr, dass sich heute eine andere Person hinter dem Gummigesicht versteckte. Hatte er sich entschlossen, sie nicht selbst zu töten? Obwohl Claudia jetzt mit einem Messer bedroht wurde und davon überzeugt war, gleich zu sterben, beschäftigte sie das.

»Was ist? Willst du nicht um dein Leben betteln?«, hörte sie eine flüsternde Stimme, die verstellt wirkte, ihr aber trotzdem bekannt vorkam. Dann folgten ein heiseres, unheimliches Auflachen und die Worte: »Das ist neu.«

»Wir sollten es einfach hinter uns bringen, ist es nicht langsam Zeit?«, antwortete Claudia und konnte ihre Worte selbst kaum glauben. Lag es daran, dass sie schon zu lange hier eingesperrt war? Mit einem Mal wurde ihr bewusst, dass sie ihren Lebenswillen verloren hatte. Wann war das geschehen, schon am Tag ihrer Entführung, gestern, vor einer Woche oder gerade jetzt in diesem Moment? Sie hatte keine Kraft mehr zu kämpfen, sondern das Gefühl, alles vergebens versucht zu haben. Fluchtversuche, Auseinandersetzungen und absoluter Gehorsam. Aber nichts davon hatte ihr die Freiheit gebracht und jetzt war sie einfach nur müde. »Tu es endlich«, flüsterte sie und senkte den Kopf.

In diesem Augenblick wurde die Tür erneut aufgerissen. Jemand stürmte herein, sie erkannte seine Stimme und auch, dass er ebenfalls die Maske eines schreienden Babys trug. Offenbar wollte er nicht, dass sie heute getötet wurde.

Es begann eine Rangelei, er schrie, sprach über Claudia, als wäre sie irgendein Gegenstand in der Vitrine eines Trödelladens. Die andere Person schwieg. Claudia zog die Beine an, legte die Hände auf die Ohren, schloss die Augen und hoffte, dass es bald vorbei sein würde.

Plötzlich war es still und eines der schreienden Babys lag auf dem Boden, daneben das Messer.

* * *

2020, Dienstgebäude der Kriminalpolizei Stuttgart

Am Abend hatten die Beamten nicht mehr viel unternehmen können, dafür lief die Maschinerie am nächsten Tag auf Hochtouren. Hauptkommissar Reinert sprach mit dem Gerichtsmediziner, der auf seine Bitte hin den Autopsiebericht von Anna Ehbach gelesen hatte. Der Arzt gab dem Beamten eine ausführliche Erklärung, gespickt mit haufenweise lateinischen Ausdrücken. Am Ende glaubte Reinert zu verstehen, dass Anna Ehbach einen sogenannten plötzlichen Herztod erlitten hatte, der die Folge einer nicht bemerkten angeborenen Herzschwäche gewesen war.

»Würden Sie sagen, dass man eine unnatürliche Todesursache damit ausschließen kann? Hätte nicht auch ein Gift den Tod verursachen können?«

Der Arzt hielt das nicht für sehr wahrscheinlich, sagte

jedoch: »Letzten Endes ist alles möglich. Die Kollegen haben Laboruntersuchungen veranlasst, fanden allerdings keine Hinweise auf toxische Substanzen. Trotzdem kann einem immer etwas entgehen. Es gibt Unmengen verschiedener Giftsorten, viele noch unerforscht.« Er blätterte noch einmal durch die Unterlagen und sagte schließlich: »Nach diesen Befunden hätte ich genau so entschieden wie die Kollegen, die die Autopsie durchgeführt haben.« Er sah Reinerts unzufriedenen Gesichtsausdruck und fügte noch an: »Wenn jemand von den Herzproblemen gewusst und eine besonders stressige Situation heraufbeschworen hätte, quasi eine Provokation, dann könnte man natürlich von Fremdeinwirkung sprechen. Wie wahrscheinlich das ist, müssten Sie entscheiden.«

»Die Möglichkeit, dass Anna Ehbach ermordet wurde, ist also gering«, sagte Sybille Wald, sobald er ihr von seinem Gespräch erzählt hatte.

»Trotzdem wäre es möglich«, verfolgte Reinert den Gedanken weiter. »Es gibt immerhin Menschen, die von ihrem Tod profitiert haben.«

Am Morgen hatte es erneut eine Befragung in »Ehbachs Whisky-Ecke« gegeben. Reinert lag der Bericht vor. »Einige der Angestellten haben ausgesagt, dass Mark Jörger seit Annas Tod den Big Boss spielt.«

»Immerhin hat ihn Sven Ehbach zum Geschäftsführer ernannt, damit hat er natürlich das Recht, den Chef rauszukehren«, warf die Oberkommissarin ein. »Und einen Mord wegen eines Jobs zu begehen, das scheint mir doch zu weit hergeholt.«

Reinert überlegte laut. »Womöglich war es nicht nur das. Im Großen und Ganzen lesen sich die Aussagen nicht so, als wäre Anna Ehbach sonderlich beliebt gewesen.« Er sah die Notizen durch. »Bis auf wenige Ausnahmen hatten vor allem die weiblichen Angestellten Angst vor den Launen der Frau. Sie war unberechenbar und schnell dabei, jemanden zu feuern, der ihr nicht passte.«

»Frank Bauer hat ebenfalls zugegeben, dass er sie nicht mochte«, ergänzte Sybille.

»Dafür waren die meisten anderen Männer an ihr interessiert. Mark Jörger, Thilo Kratzer und Lars Steinhard.« Er rieb sich mit der Hand übers Kinn. »Was übersehen wir?«

Sybille zuckte mit den Schultern. »Vielleicht haben wir uns auch verrannt und konstruieren Verbindungen, wo keine sind. Viele Menschen interessieren sich für Sternzeichen und Horoskope. Es muss nicht immer alles zusammenhängen.«

Er gab ihr darauf keine Antwort, sondern sagte: »Der Bruder hat ebenfalls von ihrem Tod profitiert. Jetzt gehört ihm alles alleine.«

»Ja, und wie man hört, ist er damit komplett überfordert.« Sybille deutete auf die Berichte der Kollegen. »Die Mitarbeiter in der ›Whisky-Ecke‹ halten ihn für schwach. Anna hat ihm den Rücken freigehalten, damit er sich der Brennerei widmen konnte. Würde so jemand seine Verbündete töten, noch dazu die eigene Schwester? Das Verhältnis der Geschwister war sehr gut.«

»Wir werden mit ihm sprechen, er könnte etwas wissen.«

»Und du glaubst, das hat er bisher für sich behalten?«, fragte Sybille skeptisch.

»Ja, vor allem, wenn er der Meinung ist, es wäre nicht wichtig.«

* * *

Sven Ehbach wirkte bestürzt, als sich die Beamten nach seiner Schwester erkundigten. »Wieso interessieren Sie sich für Annas Tod?«, fragte er erschrocken.

Auf das Zögern der Beamten hin wurde er deutlicher. »Hören Sie, ich bin kein Trottel. Sie sind von der Mordkommission, es wurden tote Frauen gefunden und jetzt stellen Sie Fragen zu Anna. Also, was genau ist hier los?«

Sybille Wald signalisierte ihrem Kollegen mit einem leichten Kopfschütteln, nicht zu antworten, aber Reinert entschied sich, eine Erklärung zu geben. »Nennen Sie es eine Art Routineüberprüfung, die verhindern soll, dass wir etwas übersehen.«

»Im Zusammenhang mit Annas Tod?« Er machte den Eindruck, als hätte man ihn ins Gesicht geschlagen. »Glauben Sie, dass auch Anna ermordet wurde?«

»Bis jetzt deutet nichts darauf hin, dennoch scheint es, als gäbe es eine Verbindung zwischen den Morden und Ihrer Schwester.«

Sven Ehbach strich sich mit einer fahrigen Bewegung über die Haare.

Sybille Wald hatte Mitleid mit dem Mann, der in diesem Moment wie ein verlorener Junge wirkte.

Als hätte er ihre Gedanken erraten, sagte er jetzt: »Anna war für mich viel mehr als nur eine Schwester.

Unsere Eltern starben früh. Erst mein Vater, kurz darauf meine Mutter. Ich war vierzehn und Anna hat sich immer um mich gekümmert. Es war so unfair, wir waren eine glückliche Familie und wurden einfach auseinandergerissen.« Einen Moment überwältigte ihn die Trauer, dann räusperte er sich und sprach weiter. »Meine Schwester hat quasi von heute auf morgen den ganzen Laden übernommen. Das Lokal, die Brennerei. Sie wusste einfach immer, was zu tun war, und ich konnte mich voll und ganz meinen Interessen widmen. Sie war alles für mich. Ihr plötzlicher Tod hat mich aus der Bahn geworfen.« Er lächelte müde. »Vermutlich ist Ihnen das bereits aufgefallen. Ich kann mir ehrlich gesagt nicht vorstellen, wo dieser Zusammenhang liegen sollte, aber wenn es jemanden gibt, der Schuld am Tod meiner Schwester hat, dann wäre es mir bei Gott ein Bedürfnis, den Mistkerl zur Verantwortung zu ziehen.« Sein Blick wurde fest. »Also stellen Sie Ihre Fragen, ich helfe, wo ich kann.«

»Hatte Ihre Schwester einen guten Draht zu den Angestellten?«, begann Reinert ohne weitere Umschweife.

Sven verzog ein wenig das Gesicht. »Ich nehme an, Sie wissen bereits, dass das nicht unbedingt der Fall war. Anna konnte sehr direkt sein und auch konsequent. Sie hat sich von niemandem über den Tisch ziehen lassen. Weder von Lieferanten noch von Mitarbeitern.«

»Was ist mit Mark Jörger, wie standen die beiden zueinander?«

»Da gab es wohl irgendwann einmal eine Affäre, aber nichts Ernstes. Anna hatte meiner Meinung nach einen furchtbaren Männergeschmack«, sagte Sven voller Überzeugung.

»Glauben Sie, Mark Jörger sah in der Beziehung mehr?«

»Jedenfalls hat er sich mehr erhofft«, platzte es aus Sven heraus, »denken Sie etwa, dass er in irgendetwas Illegales verstrickt ist?« Er schüttelte den Kopf. »Und ich Idiot mache ihn auch noch zum Geschäftsführer.« Dann hob er erschrocken den Blick und rief: »Hat er sie womöglich umgebracht?«

»Davon gehen wir momentan nicht aus. Laut den Ergebnissen der Autopsie spricht nichts für einen gewaltsamen Tod Ihrer Schwester.«

»Aber was, wenn er es unabsichtlich getan hat? Vielleicht wollte er ihr Gewalt antun und der Stress, die Panik und Angst haben den Herzstillstand ausgelöst.« Er sah die Beamten an. »Ich habe selbst im Internet recherchiert, solche Dinge sind möglich. Ich fand Anna in unserer kleinen Scheune und habe mich immer gefragt, was sie dort getan hat.«

»Können wir diese Scheune sehen?«

»Nein, tut mir leid«, entgegnete er zerknirscht. »Ich habe sie abreißen lassen. Sie war ohnehin baufällig und davon abgesehen konnte ich den Anblick nicht ertragen. Es war furchtbar, Anna dort zu finden ...« Die Stimme versagte ihm und er brauchte eine Minute, um sich wieder zu sammeln.

»Und Sie haben keine Vorstellung davon, was Ihre Schwester dort wollte?«, fragte Reinert, der zwar verstand, warum Sven Ehbach die Scheune abgerissen hatte, sich aber trotzdem darüber ärgerte.

»Das ist es ja, ich weiß es nicht. Da stand nur noch Gerümpel drin. Für unsere Maschinen haben wir längst eine moderne Halle gebaut.« Er seufzte, als er sich jetzt zurückerinnerte. »Früher hat sie sich dort mit Jungs getroffen, vor allem mit Lars Steinhard. Das Grundstück der Steinhards grenzt direkt an unseres.« Er grinste. »Ich bin ihr manchmal heimlich gefolgt. Aber das liegt lange zurück. Seither hat sich viel auf dem Hof verändert.« Spontan fragte er: »Möchten Sie vielleicht den Betrieb sehen?«

Reinert hatte keine Einwände. Er hoffte, Sven Ehbach würde sich dabei entspannen und sich so vielleicht noch an etwas Hilfreiches erinnern. Er unterließ es deshalb zunächst, weitere Fragen zu stellen, und folgte dem Bruder von Anna Ehbach durch die dunklen Räume, in denen die Holzfässer lagerten, bis zu der großen Halle mit den modernen Brennkesseln. Ein Mann mit schiefer Körperhaltung kam ihnen entgegen. Er blickte sie mürrisch an, grüßte nicht und fragte Sven: »Was ist los?«, dabei nickte er leicht in Richtung der Beamten.

»Onkel Franz, die Herrschaften sind von der Polizei«, bemühte sich Sven, dem Mann zu signalisieren, sich weitere Unfreundlichkeiten zu sparen.

Offensichtlich wollte es der Alte noch genauer wissen, denn er blieb demonstrativ stehen.

Reinert nutzte die Gelegenheit und fragte: »Sie sind demnach auch der Onkel von Anna Ehbach?«

»Warum?«, blaffte Onkel Franz.

»Es geht um Annas mysteriösen Tod«, mischte sich Sven schnell ein.

»Da war nix *mysteriös*«, brummte Onkel Franz und blitzte Reinert wütend an. »Sie sollten Sven nicht damit belästigen, der hatte schon genug Aufregung. Das einzig Mysteriöse ist vielleicht, wie jemand so Herzloses wie Anna überhaupt an einem Herzstillstand sterben konnte.«

»Onkel Franz!«, rief Sven empört aus, aber das störte den anderen nicht.

»Du kennst meine Meinung und jetzt muss ich zurück zur Arbeit.«

Sie sahen der schiefen Gestalt hinterher und es war Sybille Wald, die fragte: »Was ist denn mit seinem Rücken?«

Mit einem Seufzer antwortete Sven: »Wenn Sie so wollen, eine Berufskrankheit, die sogenannte Affenschulter.«

»Davon höre ich das erste Mal«, gab die Oberkommissarin zu.

»Wissen Sie, wie man Malz für die Brennerei herstellt?«, fragte Sven die Beamtin. Sie schüttelte den Kopf und er erklärte: »Die Gerste wird eingeweicht und danach auf dem Malzboden zum Keimen ausgelegt. Damit der Vorgang jedoch gleichmäßig abläuft und die Gerstenkörner dabei ausreichend durchlüftet werden, muss man sie regelmäßig wenden. Früher machte man das mit einer Malzschaufel. Wenn jemand sein Leben lang nichts anderes tut, dann kann das zu solchen Schulterdeformationen führen. Heute wird das kaum noch von Hand gemacht, wenn überhaupt, dann für die Touristen oder um sich ein Stück Nostalgie zu bewahren, ansonsten hat auch bei der Malzherstellung der Fortschritt Einzug gehalten. Onkel Franz hat, bevor er zu meinem Vater kam, in Schottland gelebt und gearbeitet und dort viel über das Whisky-Brennen gelernt. Er ist auch nicht unser richtiger Onkel, aber schon so lange hier, dass er quasi zur Familie gehört. Jedenfalls spricht er nicht gerne über die Vergangenheit, vielleicht wurde er mit einem krummen Rücken geboren. Gut möglich, dass es ihm leichter fällt zu behaupten, sein Aussehen wäre eine Folge seines Berufes als ein Geburtsfehler. Die Besucher lieben jedenfalls die Geschichte von der Affenschulter. Wir veranstalten regelmäßig Führungen.

Er lotste sie aus der Brennerei und deutete auf eine steile Treppe. Oben ist ein Darrboden, dort wird die Gerste nach dem Keimen ausgelegt und getrocknet. Wir haben sogar noch einen richtigen Ofen.« Sie folgten dem Mann, der nun in seinem Element war, und bestaunten einen gewaltigen Steinofen, der Sybille an ein Utensil aus einer Töpferwerkstatt erinnerte. »Hier machen wir das Feuer. Die heiße Luft zieht nach oben durch die Löcher des Darrbodens und trocknet die Gerstenkörner. Das berühmte torfige Aroma des Whiskys wird bei dieser Trocknung geboren, abhängig davon, ob und wie viel Torf man dem Feuer zugibt. Natürlich machen wir das nicht mehr alles selbst. Großmälzereien beliefern uns, aber wie gesagt, ein wenig Tradition zu pflegen, ist kein Schaden, und den Kunden gefällt es.«

»Wird es hier nicht unerträglich heiß, wenn Sie den Ofen anschmeißen?«, fragte Sybille aus höflichem Interesse.

»Sicher, im Ofen selbst erreichen wir sehr hohe Temperaturen und der Dampf, der nach oben zieht, macht unseren Darrboden zu einer echten Sauna«, antwortete Sven wie ein geübter Touristenführer.

»Ihr Onkel Franz ist nicht besonders gut auf Anna zu sprechen. Woran liegt das?«, kam Reinert nun zurück zum eigentlichen Grund seines Hierseins.

»Ich hatte gehofft, Sie würden mich das nicht fragen, das ist mir unangenehm«, entgegnete der Bruder von Anna Ehbach zunächst, gab ihnen dann jedoch die gewünschte Auskunft. »Die beiden waren zu verschieden. Onkel Franz hat sowieso nicht viel mit Frauen am Hut, ich glaube, das hat mit seiner Mutter zu tun, mit der hat er sich nicht sonderlich gut verstanden. Und Anna scheint ihn an sie erinnert zu haben. Er hielt sie für verwöhnt und frech.« Sven grinste. »Was sie auch tatsächlich war«, gab er offen zu. »Meine Eltern haben sie vergöttert und ich auch. Anna hatte eine unglaubliche Präsenz und sie war entsetzlich schlagfertig. Das ist eben nicht jedermanns Sache.«

Sie waren am Ende der Führung angelangt und standen wieder auf dem Parkplatz. Onkel Franz kniete nicht weit von ihnen neben einem Fass, das er gerade mit einer groben Bürste bearbeitete. Er ignorierte die Beamten, spuckte jedoch gelegentlich unappetitlich aus.

»Ihre Schwester hatte eine Vorliebe für Horoskope«, begann Reinert noch ein anderes Thema.

Sven Ehbach nickte.

»Hat sie vielleicht vor ihrem Tod irgendeine Bemerkung gemacht, eine Prophezeiung?« Er wusste nicht, wie er es besser hätte formulieren können.

»Nein«, antwortete ihm Sven ernst, »aber so war das auch nicht. Sie hat keine Vorhersagen gemacht. Es war eher so, dass sie Spaß daran hatte, zu erraten, wer unter welchem Sternzeichen geboren wurde, und dann zu analysieren, ob derjenige sich typisch verhielt oder nicht. Und natürlich las sie alles, was sie darüber finden konnte. Ihre Sprüche waren manchmal echt nervig, aber überraschenderweise lag sie oft richtig.«

Reinert stellte spontan die nächste Frage: »Hat Ihre Schwester jemals mit Ihnen über die vermisste Claudia Wegener gesprochen? Sie hatte sie doch vermutlich gekannt, entweder über die ›Whisky-Ecke‹ oder durch die Band von Lars Steinhard.«

Sven überlegte. »Nein, nicht dass ich mich erinnern könnte. Zu der Zeit war Anna außerdem schon nicht mehr so oft bei Lars.«

»Wissen Sie, warum das so war?«

»Ich war für Anna immer der kleine Bruder, mir hätte sie nichts aus ihrem Liebesleben anvertraut. Wenn sie etwas sagte, dann eben immer im Zusammenhang mit Sternzeichen. Das meiste verstand ich sowieso nicht.« Er kniff die Augen zusammen und versuchte sich zu erinnern. Plötzlich verdüsterte sich sein Gesichtsausdruck. »Einmal jedoch, da habe ich sie weinend in ihrem Zimmer überrascht. Ich fragte sie, ob alles in Ordnung sei, und sie sagte nur: ›Wer hätte gedacht, dass sich Lars mit einer Löwin einlässt, noch dazu einer, die bereits vergeben ist.‹ Er zuckte mit den Schultern. »Ich konnte mir darunter nicht viel vorstellen, außer dass Lars meine Schwester betrogen hat.«

»Wann war das genau?«, fragte Reinert sofort und Sven schien irritiert.

»Warum? Keine Ahnung«, antwortete er zunächst lapidar. Als er jedoch die ernsten Mienen der Beamten bemerkte, strengte er sich an und kramte offenbar tief in seinem Gedächtnis. »Irgendwann um die Zeit herum, als dieses Mädchen verschwand.«

»War es davor oder danach?«, wollte es Reinert genau wissen. »Es ist wirklich wichtig.«

Sven zögerte. »Ich glaube, es war davor.«

* * *

»Sieht so aus, als hätten wir eine neue Spur«, sagte Oberkommissarin Wald, während sie den Wagen vom Hof der Brennerei steuerte. »Claudia Wegener ist im Sternzeichen Löwe geboren und vergeben war sie damals auch.«

»Ja, scheint so, dass Lars mit ihr eine Affäre gehabt hat«, reagierte Reinert zurückhaltend.

»Du zweifelst daran?«, fragte Sybille überrascht. »Wir suchen doch die ganze Zeit nach einer Verbindung, jetzt haben wir sie. Lars Steinhard und Claudia sind heimlich ein Paar gewesen. Vielleicht gab es Streit, sie wollte es womöglich Frank sagen, Lars war dagegen, er rastet aus, bringt sie um.«

Reinert schüttelte so vehement den Kopf, dass es der Oberkommissarin nicht entging, obwohl sie nach vorne blickte.

»Was gefällt dir daran nicht?«, fragte sie deshalb gereizt.

»Lars Steinhard war älter als Frank Bauer und fast

zehn Jahre älter als Claudia. Er war der Bandleader, der Chef der Truppe. Meinst du wirklich, er hätte Angst gehabt, Frank Bauer die Wahrheit zu sagen? Vor Anna Ehbach hat er kein Geheimnis daraus gemacht und die war mehr oder weniger seine Freundin. Ist doch komisch, dass die das für sich behalten hat bis auf eine kryptische Bemerkung dem kleinen Bruder gegenüber? Alle beschreiben Anna als direkt, sogar frech, und so jemand lässt sich stillschweigend den Freund ausspannen?«

»Vielleicht war der Typ ihre Achillesferse. Das kommt immer wieder vor. Starke, selbstbewusste Frau steht mitten im Leben, aber ein Mann lässt sie komplett ihren Stolz vergessen. Möglich, dass Lars Steinhard dieser Mann war und sie fest im Griff hatte. Allerdings gelang ihm das bei Thilo Kratzer nicht. Der wusste etwas, wollte Steinhard erpressen und musste deshalb sterben.«

»Aber zuvor hat er sich noch von Steinhard aus der Band werfen lassen, dann vierzehn Jahre gewartet und erst in seiner allergrößten Not einen Erpressungsversuch gestartet, das ist doch unglaubhaft«, entgegnete der Hauptkommissar verärgert.

»Menschen sind eben unberechenbar, in deren Verhalten ist nicht immer alles logisch«, beschwichtigte ihn Sybille.

»In diesem verdammten Fall ist überhaupt nichts logisch. Nichts ergibt einen Sinn.« Er fluchte.

Seine Kollegin schwieg, wartete, bis er sich beruhigt hatte, und machte dann einen Vorschlag: »Vielleicht wäre es jetzt doch an der Zeit, mit den Eltern von Claudia Wegener zu sprechen. Mütter haben für gewöhnlich ein gutes Gespür. Denkbar, dass sie damals das Gefühl hatte, die Tochter wäre noch mit jemand anderem zusammen.«

»Die Eltern von Claudia würde ich gerne so lange wie möglich außen vor lassen«, gestand Reinert ein. »Abgesehen davon hat Hauns oft genug mit der Mutter gesprochen. Die hätte sich ihm längst anvertraut.« Er überlegte einen Moment und murmelte plötzlich unglücklich: »Hauns wäre vermutlich in der Lage gewesen, Licht in die Sache zu bringen.«

Sie hatten die Einfahrt der Baumschule erreicht und Sybille fragte: »Willst du jetzt mit Steinhard sprechen oder nicht?«

* * *

Als die Beamten auf den Parkplatz fuhren, stellten sie überrascht fest, dass Lars Steinhard sich gerade in einem sehr lebhaften Gespräch mit Mark Jörger, dem Barmann, befand. Letzterer fuchtelte wild mit den Armen, während der andere mit versteinerter Miene lediglich verneinend den Kopf schüttelte. Als die beiden bemerkten, wer da aus dem Auto stieg, wirkten sie einen Moment aufgeschreckt, vor allem Mark Jörger.

Er verabschiedete sich hastig, aber Reinert hielt ihn auf. »Ist die ›Whisky-Ecke‹ heute geschlossen?«, erkundigte er sich freundlich.

»Ich habe meinen freien Tag.« Und ohne danach befragt worden zu sein, fügte Jörger an: »Wir hatten etwas wegen der Band zu besprechen.« Damit ließ er den Beamten stehen und flüchtete auf sein Motorrad, mit dem er eilig davonfuhr.

Steinhard behandelte sie nicht minder unfreundlich. Seine Antworten waren knapp, und nach dem Verhältnis mit Claudia Wegener befragt, gab er einen missbilligenden Ton von sich. »Was ist das denn für ein Mist? Von wem stammt der? Von Frank Bauer?«

Er sah Mark Jörgers Maschine hinterher, kniff die Augen zusammen und murmelte: »Jörger wird es wohl nicht gewesen sein.«

»Hatten Sie nun ein Verhältnis mit Claudia Wegener oder nicht?«

»Natürlich nicht«, schnauzte er.

»Was war mit Anna Ehbach?«, bohrte Reinert weiter.

»Ja, das ist doch kein Geheimnis. Wir kannten uns schon ewig. Mal waren wir zusammen, dann wieder nicht, ein Hin und Her ohne Happy End.«

»Weil Claudia Wegener dazwischenkam?«

»Nein«, reagierte er nun schrill. »Hören Sie mit diesen Unterstellungen auf. Ich habe das Mädchen kaum gekannt.«

»Und wenn ich Zeugen habe, die etwas anderes behaupten?«

Auf Steinhards Gesicht erschien ein verärgerter Ausdruck. »Entweder lügen Ihre Zeugen oder Sie, Herr Hauptkommissar. Beides werde ich mir nicht bieten lassen. Sie sollten jetzt gehen.«

Die Beamten hatten vorerst keine andere Wahl, als der Aufforderung nachzukommen.

Lars Steinhard war alles andere als zufrieden, als er dem Dienstwagen der Polizisten hinterhersah. Wieder einmal hatte er das Gefühl, die Kontrolle zu verlieren.

KAPITEL DREIZEHN

In der Nacht

Die schmale Mondsichel war kaum in der Lage, den Nachthimmel zu erhellen. Zwar gab es keine Wolken, die die Sterne verdeckten, aber ohne die mitgebrachte Lampe wäre es schwer gewesen, das Grab zu öffnen.

Die Gestalt, die bizarre Schatten auf den trockenen Grund warf, hoffte, sich nicht vertan zu haben. Diese Dinge lagen lange zurück, schienen fast vergessen. Ob es ein Glück oder ein Segen war, diesen Ort zu kennen, das würde sich noch herausstellen, jedenfalls war das Loch schon zu tief, als dass es noch ein Zurück gab. Es war eine anstrengende Arbeit und als die Schaufel endlich auf ein Hindernis stieß, entglitt dem Grabenden ein erleichtertes Seufzen.

Er selbst stand mittlerweile in einer hüfttiefen Grube und griff umständlich nach der Lampe am Rand. Wie eine Schiffslaterne schaukelte die nun hin und her und erhellte den Boden.

»Da bist du ja«, flüsterte der Mann mit heiserer Stimme.

Ekel überkam ihn nicht, als er den skelettierten Schädel mit den leeren Augenhöhlen betrachtete, die dünnen Haarsträhnen, die noch daran klebten, und die gelblichen Vorderzähne, die auffällig schief im Kiefer saßen. Noch halb mit Erde bedeckt, folgten die Reste eines Körpers, Kleider gab es keine. Das hatte die Verwesung sicherlich beschleunigt und würde eine Identifizierung erschweren. Noch stand der Mann in der Grube unschlüssig vor den Überresten. Sollte er wirklich diesen Weg gehen? Unsicher griff er in die Tasche. In einer Plastikhülle befand sich ein Geldbeutel. Wie viele Jahre hatte er den nun schon? Immer wieder hatte er sich die Frage gestellt, ob es klug wäre, ihn zu behalten. Jetzt schien es ein weiser Entschluss gewesen zu sein. Mit diesem Gedanken und willens, es zu Ende zu bringen, schüttelte er das Portemonnaie aus der Tüte in das Grab. Er kannte den Inhalt, hatte ihn gelegentlich angesehen, aber natürlich peinlichst genau darauf geachtet, dass er keine Fingerabdrücke oder sonstige Spuren hinterlassen würde. Sogar ein Reinigungsmittel hatte er benutzt. Vorsichtig hievte er sich aus dem Loch und griff nach der Schaufel, um etwas Erde auf die Geldbörse zu werfen, mehr konnte er im Augenblick nicht tun.

Eine Stunde später, es war mittlerweile vier Uhr morgens, stand der gleiche Mann in einer Telefonzelle nicht weit vom Lokal der Ehbachs entfernt.

Der Anruf dauerte nur wenige Sekunden. »Gehen Sie zur Baumschule Steinhard. Suchen Sie die Rotbuchen. Nicht weit davon entfernt werden Sie ein Grab finden.«

Bevor ihn der Beamte am anderen Ende der Leitung nach seinem Namen fragen konnte, hatte der Anrufer bereits wieder aufgelegt.

Es vergingen weitere zwanzig Minuten, bis man Hauptkommissar Reinert aus dem Bett klingelte, und dann noch einmal doppelt so viele, bis der das ausgehobene Grab erreichte.

Die Streifenpolizisten sperrten den Bereich weiträumig ab.

»Wir haben einen Hinweis bekommen, den wir überprüfen müssen«, hatte Reinert zu Lars Steinhard gesagt, als er den gegen fünf Uhr morgens aufforderte, sie zur entsprechenden Stelle zu führen.

»Haben Sie einen Durchsuchungsbeschluss?«, hatte der panisch gerufen und wollte den Beamten den Zugang verweigern, aber da wedelte Reinert schon mit dem entsprechenden Papier.

Hinter Steinhard war eine junge Frau erschienen, eingewickelt in einen flauschigen Bademantel, und schließlich der alte Steinhard.

Sein »Was geht hier vor sich?« hatte Reinert ignoriert, stattdessen erneut und äußerst ungeduldig nach dem Weg zu den Rotbuchen gefragt.

»Eine Frauenleiche«, gab die Gerichtsmedizinerin dem Hauptkommissar Auskunft.

Man sah der Ärztin sehr zum Ärger von Sybille Wald nicht an, dass sie gerade aus dem Schlaf gerissen worden war.

»Vielleicht zwanzig Jahre alt«, fuhr die Medizinerin

fort. Sie hob den Schädel an und zeigte ihnen die Verletzungen des Knochens.

»Die Folgen eines Schlags?«, hakte Reinert nach.

Die Ärztin seufzte. »Das ist eine Schädelbasislängsfraktur, das heißt ein Längsbruch des Schädels. So etwas entsteht nach massiver stumpfer Gewalt, wie nach einem Sturz aus großer Höhe.« Sie bemerkte seinen genervten Gesichtsausdruck und fügte weniger freundlich an: »Ich kann momentan jedenfalls noch nicht sagen, ob wir es mit einem Unfall, Suizid oder Mord zu tun haben.«

»Spricht nicht die Tatsache, dass die Frau in einem Erdloch auf einem Privatgrundstück und nicht auf einem Friedhof begraben wurde, für sich?«, warf Sybille Wald ein.

Die Gerichtsmedizinerin antwortete gönnerhaft: »Ich hatte mal einen Fall, da vergrub die Familie den Großvater im Garten, um die Beerdigungskosten zu sparen, daher ist es besser, keine voreiligen Schlüsse zu ziehen.«

Während sich Sybille Wald vorstellte, eine schwere Schaufel auf den Hinterkopf der Gerichtsmedizinerin niedersausen zu lassen, fragte Reinert:

»Können Sie sagen, wie lange sie bereits hier liegt?«

»Nein, nicht ohne weitere Untersuchungen.«

»Aber sie ist doch bereits vollständig skelettiert, muss man da nicht von mindestens zehn Jahren oder mehr ausgehen?«

Die Ärztin richtete sich auf. »Das ist abhängig von dem Milieu, das in einem Erdgrab herrscht, und kann sehr unterschiedlich sein. Durchaus möglich, dass eine Leiche in wenigen Monaten so aussieht oder auch nach

Jahren kaum verwest ist. Leider fehlt die Kleidung, die hätte uns einen ersten Anhaltspunkt geben können. Wir werden die Knochen freilegen und unsere Untersuchungen vornehmen.«

Sie wollte noch etwas anfügen, da rief einer ihrer Assistenten: »Wir haben hier etwas.« Sie hatten vorsichtig die Erde abgetragen, die das Skelett bedeckte, und waren dabei auf einen Geldbeutel gestoßen.

»Vielleicht bekommen Sie von dem Ihre Antworten«, warf die Ärztin ein und ließ sich das Fundstück geben. Vorsichtig klappte sie das Portemonnaie auf. Mit den behandschuhten Fingern war es nicht ganz einfach, den Personalausweis aus einem der engen Fächer zu ziehen, aber schließlich gelang es doch. Sie hob ihn so, dass auch Reinert lesen konnte, was da stand. Das Bild hätte ihm allerdings schon genügt. »Claudia Wegener«, murmelte er, »haben wir dich nun doch gefunden.«

* * *

Regina Steinhard stand etwas abseits. Sie sah Hilfe suchend zu ihrem Bruder, aber der starrte nur auf den Boden. Seine Hände waren mit Handschellen auf dem Rücken fixiert. Bisher hatte er sich geweigert zu sprechen. Beamten führten ihn zu einem der Dienstwagen und im nächsten Moment verschwand er im Inneren. Für Regina hatte es etwas Endgültiges, so als wäre er zu einer Reise aufgebrochen, von der er nie wieder zurückkehren sollte.

Jemand sprach sie an. »Mach nicht so ein Gesicht«, hörte sie ihren Vater sagen. »Lars wird das regeln, der kriegt das hin.«

Regina versagte fast die Stimme, als sie ihn anfuhr: »Hinkriegen? Man hat eine Leiche auf unserem Grundstück gefunden, eine tote Frau, und alle halten Lars für ihren Mörder. Wie soll er das hinkriegen?«

»Wir sollten jetzt nicht die Nerven verlieren und ruhig bleiben«, fuhr ihr Vater unbeirrt fort. »So helfen wir Lars am besten.«

Regina wurde laut. »Ruhig bleiben, wie stellst du dir das vor? Lars braucht einen Anwalt, und zwar den besten.«

»Vielleicht sollten wir erst einmal abwarten. Wenn es keine Anklage gibt, dann knöpft uns so ein Rechtsverdreher noch unnötig Geld ab.«

Fassungslos sah die Tochter den Vater an.

»Ich werde mich selbst darum kümmern«, schnauzte sie und ließ den alten Steinhard stehen. Sie rannte zurück zum Haus und suchte in ihrem Büro die Nummer von der Kanzlei, in der Fabian von Ohen tätig war. Es hieß, er sei der Beste, wenn man das nötige Kleingeld besaß. Es gab genug Klatsch über den Mann, der laut den Aussagen seiner Klienten jeden Euro wert war. Das meiste hatte Regina zwar über sein Talent bei Verfahren wegen Steuerhinterziehung aufgeschnappt, aber sie erinnerte sich, den Namen auch im Zusammenhang mit Kindern reicher Eltern gehört zu haben, die entweder wegen Drogendelikten oder Körperverletzung angeklagt worden waren. Sie wählte, erreichte jedoch nur den Anrufbeantworter. Dort war eine Notfallnummer aufgesprochen. Sie musste noch zwei weitere Male die Kanzlei anrufen, damit ihre zitternden Finger die Zahlen vollständig notieren konnten. Als sich dann unter der

Notfallnummer eine verschlafene Stimme meldete, fiel es ihr schwer zu sprechen.

»Herr von Ohen, Regina Steinhard am Apparat. Mein Bruder wurde gerade wegen Mordes verhaftet, es gab eine Leiche, vergraben.« Sie weinte, der Mann am anderen Ende der Leitung schwieg. Ihr fiel etwas ein und schnell sagte sie: »Geld spielt keine Rolle, uns gehört die Baumschule Steinhard.«

»Können Sie persönlich auf finanzielle Mittel zugreifen, falls man die Konten Ihres Bruders sperrt?«

»Ich habe genug«, antwortete sie schnell, »ich habe sogar Bargeld, das kann ich Ihnen sofort bringen, mehrere Tausend Euro, aber bitte, mein Bruder ...«

»So eilig haben wir es dann auch nicht«, sagte der Anwalt nun jovial. »Das klären Sie bitte morgen alles mit meiner Kanzlei. Ich mache mich jetzt sofort auf den Weg zu Ihrem Bruder. Wissen Sie, wo man ihn hingebracht hat?« Er klang plötzlich sehr geschäftsmäßig und so, als wüsste er genau, was zu tun war.

Regina beruhigte sich etwas. »Nein, aber ein Hauptkommissar Reinert hat ihn verhaftet.«

»Wirklich?«, sagte der andere interessiert, »keine Sorge, ich regle das umgehend.«

»Vielen Dank«, rief Lars' Schwester erleichtert.

»Aber sicher«, beendete der Anwalt huldvoll das Gespräch, der äußerst zufrieden mit dem neuen Mandat war. Endlich wieder einmal ein Fall, der ihn herausfordern würde, dachte er überheblich und wenn er es richtig anstellte, könnte er auch medienwirksam davon profitieren.

* * *

Bereits am frühen Morgen herrschte im Dienstgebäude hektisches Treiben. Fabian von Ohen hatte Hauptkommissar Reinert bereits seine Aufwartung gemacht und zufrieden festgestellt, dass der Polizist sich, was die Verhaftung von Lars Steinhard anging, auf dünnem Eis bewegte.

Er war gerade mit den Akten auf dem Weg zu seinem Mandanten, als sich ihm eine junge Frau in den Weg stellte. Sie war blass, schlecht frisiert und man sah ihr an, dass sie sich in Eile angezogen hatte. Die gewählte Farbkombination war nicht besonders vorteilhaft, dennoch hatte die Frau etwas an sich, das dem Anwalt gefiel.

Als sie nun sagte: »Ich bin Regina Steinhard, Lars' Schwester«, lag etwas Sanftes in ihrem Tonfall, das ihn rührte. Er betrachtete sie erneut und der Gedanke, dass sie optisch gut zueinanderpassen würden, ging ihm durch den Kopf. Vermutlich war die Frau mit der hellen Haut genau wie er keine Sonnenanbeterin. Das würde ihm lästige Strandurlaube ersparen und windige Fahrten im Cabriolet.

»Was denken Sie?«, riss sie ihn aus seinen Überlegungen und zu seinem eigenen Entsetzen musste er sich eingestehen, dass er unkonzentriert war.

»Ich werde alles tun, das hier schnell zu beenden«, versicherte er ihr voller Überzeugung und ertappte sich erneut dabei, dass er nicht ganz er selbst war. Seit Jahren übte er diesen Beruf aus und hielt sich stets an die eigenen Regeln. Dazu gehörte auch, keine Versprechungen zu machen.

»Sie entschuldigen mich«, fügte er noch an und beeilte sich, zu seinem Mandanten zu kommen. Nur mit Mühe gelang es ihm, die blasse Frau im Gang vorerst aus seinen Gedanken zu verbannen.

Lars Steinhard war ein völlig anderer Typ als Regina. Fabian von Ohen sah einen gut aussehenden Mann vor sich, der vermutlich um seine Wirkung auf Frauen wusste.

Ein Glück, dass Reinert bis jetzt nichts Konkretes hat, dachte der Anwalt daraufhin, denn gut aussehende Typen waren auf der Anklagebank oft im Nachteil, so zumindest seine Erfahrung.

»Herr Steinhard?«, begann von Ohen das Gespräch. »Ich bin Ihr Anwalt.«

»Ich habe keinen Anwalt beauftragt«, sagte der Mann knurrig und blickte auf.

»Ihre Schwester hat mich kontaktiert«, sagte der Jurist gelassen, setzte sich und breitete Unterlagen vor sich aus.

»Regina?«, fragte Lars überrascht.

Von Ohen nickte.

»Sie sollte sich nicht einmischen, ich regle das allein«, sagte Steinhard und fast rechnete der Anwalt damit, dass man ihn fortschickte. Aber sein Interesse war bereits geweckt, und zwar weit über den Fall hinaus, also würde er sich nicht mehr aus dem Rennen drängen lassen.

»Sie stehen kurz vor einer Mordanklage, vertrauen Sie mir, da können Sie nichts mehr alleine regeln. Nicht einmal ein Geständnis sollten Sie ohne Anwalt ablegen.«

»Was habe ich denn für eine Wahl?«, entgegnete Lars plötzlich aufgebracht. »Es ist nun einmal, wie es ist. Sie ist tot, liegt seit Jahren in diesem Grab und ich trage dafür die Verantwortung.«

»Inwiefern?«, forderte ihn von Ohen auf zu sprechen.

Erst zögerte Lars, dann sprudelten die Antworten aus ihm heraus. Man merkte dem Mann an, dass es ihm ein Bedürfnis war, sein Gewissen zu erleichtern. Fabian von Ohen glaubte seinem Mandanten, obwohl das normalerweise keine Rolle spielte. Denn sein Job war es, den anderen herauszuboxen, und zwar egal, wie.

Kurz darauf erklärte sich Lars Steinhard zusammen mit seinem Anwalt einverstanden, mit Hauptkommissar Reinert zu sprechen.

Sybille Wald war ebenfalls anwesend und als sie das entschlossene Gesicht des Juristen sah, hatte sie ein ungutes Gefühl. Auf dessen kalkweißen Wangen hatten sich rote Flecken gebildet. Er wirkte wie ein gepuderter Theaterschauspieler, dem man Rouge aufgelegt hatte.

Bevor einer der Beamten eine Frage stellen konnte, ging er schon zum Angriff über. »Sie wissen, dass Sie nichts, aber auch gar nichts gegen meinen Mandanten in der Hand haben.«

»Die Leiche, die Ausweispapiere einer seit vierzehn Jahren vermissten Frau, die Möglichkeit, dass er mit dieser Frau eine Affäre hatte.«

»Ich bitte Sie«, widersprach von Ohen übertrieben genervt. »Bis jetzt steht noch nicht einmal fest, dass diese Ausweispapiere der Toten gehören. Und wer sagt denn, dass dieses Grab von meinem Mandanten ausgehoben wurde? Das Grundstück der Steinhards ist gewaltig, da kann jeder unbemerkt ein Loch buddeln und eine Leiche hineinlegen. Umgekehrt war es ja letzte Nacht auch möglich. Sie sollten lieber Ausschau nach diesem anonymen Tippgeber halten. Haben Sie sich schon einmal gefragt, woher der von der Leiche wusste?«

»Vielleicht ein Komplize bei dem Mord?«, blieb Reinert ruhig.

»Mord?«, blaffte von Ohen. »Dafür gibt es nicht den geringsten Beweis. Wenn überhaupt, reden wir von einer illegalen Bestattung. Was ist das dann? Eine Ordnungswidrigkeit?«, fuhr der Anwalt flapsig fort.

»Wir haben eine tote Frau und Ihr Mandant wusste davon.«

»Sagt wer?«, hielt der Anwalt dagegen.

Ihr Verhör wurde durch ein Klopfen unterbrochen. Man bat Reinert und Sybille Wald nach draußen.

Im Flur erwartete sie der junge Kommissar.

»Sagen Sie mir, dass wir Claudia Wegener gefunden haben«, drängte der Hauptkommissar.

Betreten schüttelte Reinerts Kollege den Kopf, und seinem Vorgesetzten rutschte ein »Fuck« über die Lippen.

»Alter, Größe und Liegezeit der Leiche stimmen ungefähr, aber es gab eine Fraktur am Bein, etwas, das in der Kindheit geschehen sein musste. Claudia Wegener hat sich nie das Bein gebrochen. Außerdem stimmt das uns vorliegende Zahnschema nicht mit dem der Toten überein. Die Gerichtsmedizinerin hält übrigens an der Theorie fest, dass ein Sturz zum Tod geführt hat, kein Schlag. Zudem glaubt sie, dass die Frau aus dem westlichen Balkan stammt.«

»Und warum glaubt sie das?«, fragte Reinert, der sich fühlte, als wäre das Dach über ihm eingestürzt und die letzten Brocken Gips würden gemächlich auf ihn niederprasseln.

»Zahnfüllungen. Sie hat einen Kollegen zurate gezogen, einen ...« Er suchte in seinen Notizen nach dem richtigen Wort und stammelte dann: »Einen Odontostomatologen.«

Auf Reinerts ungeduldig hochgezogene Augenbrauen hin fuhr der Kommissar schnell fort: »Einen Forensiker, der sich mit Zähnen auskennt.«

Der Hauptkommissar schnaubte laut, sah seinem Gegenüber jedoch an, dass das noch nicht alles war.

»Weitere schlechte Nachrichten?«

Der Kommissar nickte. »Die Brieftasche lag ursprünglich nicht mit im Grab. Die Kriminaltechnik ist sich da ziemlich sicher. Außerdem gibt es darauf Spuren von Chemikalien. Die machen noch ein paar Tests, vielleicht hilft uns das weiter.«

»Da will uns also jemand an der Nase herumführen«, fluchte Reinert.

»Vielleicht der wahre Täter«, schlug der Kommissar vor.

»Das wäre naheliegend«, warf Sybille Wald ein, »und es würde bedeuten«, sagte sie mit Blick zu Reinert, »dass wir ihm ziemlich dicht auf den Fersen sind, sonst würde er sich nicht eine solche Mühe geben.«

* * *

Die Beamten betraten erneut das Verhörzimmer, bemüht, sich nichts anmerken zu lassen. Allerdings war Fabian von Ohen ein geschulter Beobachter und sagte deshalb überheblich: »Ich nehme an, Sie wissen jetzt, dass es sich bei der Toten nicht um Claudia Wegener handelt.«

»Ja, aber wir haben trotzdem noch eine Leiche, die auf dem Grundstück Ihres Mandanten gefunden wurde.«

»Fakt ist, dass das Grundstück dem Vater von Herrn Steinhard gehört und alles andere fadenscheinige Vermutungen Ihrerseits sind. Sie glauben, mein Mandant habe von der Leiche gewusst, Sie glauben, es handele sich um Claudia Wegener, Sie glauben, Herr Steinhard habe eine Affäre mit der Frau gehabt. Vielleicht hätte Ihnen ein Priesterseminar eher gelegen als die Polizeihochschule.«

Reinert ließ sich nicht provozieren, sondern blickte zu Lars Steinhard und sagte ruhig: »Manchmal ist es besser, reinen Tisch zu machen. Sie wussten von der Toten, das habe ich Ihnen angesehen.«

»Jetzt also auch noch Hellseher«, meckerte von Ohen. »Ich denke, das reicht.«

Er wollte schon aufstehen, als sich Sybille Wald einmischte. »Sie stammte vom westlichen Balkan.« Ein fast unmerklicher Ruck ging durch Lars' Körper. »Wer war sie?«, fragte die Oberkommissarin sanft. »Eine Prostituierte?« Er reagierte nicht. »Eine Arbeiterin?«, versuchte es die Beamtin weiter.

Steinhard sah zu seinem Anwalt. »Ich will es hinter mich bringen«, sagte er nun.

Unerwarteterweise nickte ihm Fabian von Ohen auffordernd zu und entgegnete: »Ihre Entscheidung.«

»Sie war eine Aushilfskraft«, erklärte Steinhard schließlich. »Das Ganze liegt über vierzehn Jahre zurück. Niemand hat die Frau ermordet, sie ist abgestürzt, beim Baumschneiden.«

»Und warum haben Sie dann nicht den Notarzt gerufen? Warum diese heimliche Bestattung?«, hakte die Oberkommissarin nach, die mit ruhiger Stimme sprach, um Steinhard nicht zu verunsichern.

Er stöhnte auf, es klang elend, als würde er furchtbar leiden, dann füllten sich seine Augen mit Tränen und er weinte. Man ließ ihm Zeit, sich zu beruhigen, schließlich sprach er weiter. »Er hat sie nicht angemeldet, das hat er nie getan. Keine Arbeitserlaubnis, keine Abgaben und natürlich wenig Lohn. Ganz zu schweigen von den nötigen Sicherheitsmaßnahmen.«

»Wer ist *er?*«, fragte Reinert.

Wieder war es der Anwalt, der seinen Mandanten aufforderte zu sprechen.

»Mein Vater. Er war immer schon ein Geizkragen und berechnend. Nachdem die Frau abgestürzt ist, bekam er jedoch Panik. Zwei Arbeiter hatten den Unfall gesehen, Brüder der Toten. Er fand sie mit einer gewaltigen Summe ab und die zwei verschwanden auf Nimmerwiedersehen. Er flehte mich an, ihm zu helfen und alles zu vertuschen. Behauptete, wir wären sonst ruiniert. Der Skandal würde uns die städtischen Aufträge kosten und so weiter. Ich ließ mich breitschlagen, bestand aber darauf, dass ab diesem Zeitpunkt im Betrieb alles legal laufen musste.« Steinhard wurde wütend. »All die Jahre habe ich das mit mir herumgetragen, befürchtete ständig, man würde entdecken, was wir getan hatten. Nächtelang träumte ich davon, wie ich Erde auf das Gesicht einer Toten schaufle. Am Ende konnte ich nicht einmal mehr der Frau, die ich liebte, in die Augen sehen.«

»Anna Ehbach?«, fasste Sybille Wald nach.

»Ja, Anna. Wenn ich es ihr gesagt hätte, dann wäre sie zur Mitwisserin geworden, das wollte ich ihr nicht antun. Ich fühlte mich miserabel und ständig bildete ich mir ein, sie ahnte es bereits und würde mich mit Abscheu betrachten. Ich versuchte sogar meiner Schwester auszureden, sich mit Annas Bruder zu treffen. Immer war da die Furcht, ihm oder seiner Schwester wäre etwas aufgefallen und sie würden sich an ungewöhnliche Dinge erinnern, vielleicht anfangen, Fragen zu stellen. Ich hielt das für naheliegend. Nachbarn bekommen doch stets alles mit. Deshalb wollte ich so wenig wie möglich Kontakt zu den beiden haben und mein Vater mit seiner Paranoia hat mich noch bestärkt.«

»Sie haben sich also von Anna Ehbach getrennt, um sie nicht mit hineinzuziehen«, wiederholte Reinert, was er eben gehört hatte, »sagten Sie ihr deshalb, dass Sie eine Affäre mit Claudia Wegener hätten?«

»Nein, das habe ich nie gesagt«, entgegnete Steinhard erschöpft, »aber vielleicht hat sie sich das fälschlicherweise zusammengereimt. Ich habe seit diesem Tag nur noch versucht zu vergessen. Mark Jörger hat Anna bekommen, Thilo Kratzer kam besser weg, als er es verdient hatte, weil ich nichts mit der Polizei zu tun haben wollte, und mein Vater, der benahm sich weiterhin wie ein Patriarch, aber damit ist jetzt endgültig Schluss.

Ich fühle mich nicht mehr verpflichtet, ihn zu schützen, nur weil er mein Vater ist.«

»Was hat sich geändert?«, wollte die Oberkommissarin wissen.

»Ich habe meinen Mandanten deutlich darauf hingewiesen, dass eigentlich der Vater den Sohn schützen sollte. Vor allem, wenn dem ein Gefängnisaufenthalt droht.«

Reinert musste zugeben, dass der Anwalt mit dieser Einstellung um einiges sympathischer wirkte, trotzdem konnte er es dabei nicht bewenden lassen und sagte: »Bleibt noch die Frage, wie die Ausweispapiere von Claudia Wegener in das Grab kamen und wer es geöffnet hat.«

»Ich habe keine Ahnung, wirklich.«

Der Anwalt meldete sich zu Wort: »Es ist ja wohl offensichtlich, dass jemand meinem Mandanten etwas anhängen will. Derjenige beabsichtigt, die Polizei in die Irre zu führen.«

Reinert wandte sich erneut an Lars Steinhard: »Sind Sie sicher, dass niemand sonst von der toten Frau wusste?«

»Ich war mir bisher ziemlich sicher, aber offenbar habe ich mich geirrt.«

»Haben Sie Feinde?«, hakte der Hauptkommissar nach. »Jemanden, der Ihnen auf diese Weise schaden würde?«

Steinhard lachte auf. »Auch das hielt ich bis jetzt für ausgeschlossen, und auch da habe ich mich, wie es scheint, getäuscht.«

»Was ist mit Mark Jörger?«, erinnerte sich Reinert daran, dass er die beiden Bandkollegen erst kurz zuvor in einem Streitgespräch überrascht hatte.

»Mark?«, reagierte Steinhard verblüfft, »gut, wir hatten Streit, weil ich ihm nicht schon wieder Geld leihen wollte, aber so eine Nummer?« Er überlegte. »Wenn er das gewusst hätte, dann wäre er garantiert nicht zur Polizei gegangen, sondern hätte mich damit erpresst.«

»Sonst jemand?«

Lars Steinhard schüttelte den Kopf, woraufhin sein Anwalt gelassen sagte: »Ich denke, wir sind hier fertig«, und demonstrativ aufstand. Sein Mandant tat es ihm gleich.

Von Ohen wandte sich nun direkt an Reinert: »Wir sind uns sicher einig, dass die Mordanklage vom Tisch ist. Sprechen Sie mit dem Vater meines Mandanten, wenn überhaupt, ist das Ihr Schuldiger. Ihnen wird vermutlich klar sein, dass wir uns, falls es zu irgendeiner Anklage kommt, auf Verjährungsfristen und das Verwandtschaftsverhältnis berufen werden. Ein junger Mann, der von einem herrschsüchtigen Vater dazu genötigt wurde, den Friedhofszwang zu umgehen. Sie wissen, was ich meine«, fügte er noch lässig an. »Ansonsten einen schönen Tag!«

Fabian von Ohen rauschte mit Steinhard im Schlepptau davon. Im Gang trafen sie auf Regina, die sie mit aufgerissenen Augen erwartungsvoll anstarrte.

»Ich denke, die Sache ist vom Tisch«, erklärte der Anwalt bescheiden.

Regina sah zuerst zu ihrem Bruder und fiel dann jedoch spontan Fabian von Ohen um den Hals. Ihre Dankesbekundungen nahmen kein Ende und der Anwalt genoss ihre Nähe, ihren Duft und die Gefühle, die sie bei ihm auslöste.

KAPITEL VIERZEHN

Kurze Zeit später wurde Lars Steinhards Vater aufs Revier gebracht und zu den Vorgängen befragt. Letzten Endes bestätigte er zähneknirschend die Aussage seines Sohnes und übernahm die Verantwortung für das, was damals passiert war. Dabei wiederholte er immer wieder, wie undankbar der eigene Sohn doch sei, der ihn verraten und dadurch in eine unmögliche Situation gebracht habe.

Auch Steinhard senior hatte einen Rechtsbeistand an seiner Seite. Der war allerdings weder eine so schillernde Gestalt wie Fabian von Ohen noch hatte er dessen Biss. Vermutlich spielte das jedoch keine große Rolle mehr. Sollte die Staatsanwaltschaft der Version der Steinhards Glauben schenken, woran Reinert keine Zweifel hegte, dann wäre es fraglich, ob und in welchem Umfang es überhaupt zu einer Strafverfolgung käme. Sicherlich müsste der alte Steinhard nicht ins Gefängnis.

Viel mehr interessierte den Hauptkommissar daher die Frage, wer die Leiche auf Steinhards Grundstück ausgegraben, den Geldbeutel von Claudia Wegener hineingelegt und dann die Polizei verständigt hatte.

. . .

»Wir haben die Identität des dritten Opfers herausgefunden«, unterbrach Sybille Wald seine Überlegungen. »Julia Klamm hieß die Frau unter dem roten Laken. Nicht aktenkundig, aber im Milieu bekannt, wie wir angenommen haben. Leider gibt es keine Zeugen, die irgendetwas gesehen haben.«

»Niemand, dem ein fremdes Fahrzeug aufgefallen ist?«, fragte Reinert und es klang verzweifelt.

»In dem Umfeld fallen nur wir auf«, antwortete ihm die Oberkommissarin. »An ein Polizeiauto würden sich alle erinnern, aber ansonsten ...«

Reinert winkte ab, er wusste, dass seine Kollegin recht hatte. »Wieso hat er das getan?«, kam er wieder auf das geöffnete Grab zu sprechen.

»Um uns an der Nase herumzuführen. Ist das nicht eindeutig?«

Der Hauptkommissar schüttelte den Kopf. »Aber es hat ihm doch keinen Vorteil verschafft. Im Gegenteil, Steinhard ist runter von der Verdächtigenliste.«

»Thilo Kratzer ist tot«, murmelte Sybille Wald, »von der Band bleiben damit noch Frank Bauer und Mark Jörger. Beide kannten Claudia Wegener und Anna Ehbach, die Frau mit dem Faible für Horoskope, und beide hätten theoretisch von der vergrabenen Leiche wissen können. Immerhin hielten die sich damals regelmäßig auf dem Gelände der Baumschule auf.«

»Also weitere Befragungen?«, reagierte Reinert müde. »Ich habe das Gefühl, wir drehen uns im Kreis.« Er wollte schon die Anweisung geben, die Männer zu einer

Vernehmung aufs Revier bringen zu lassen, als das Telefon klingelte.

Der Hauptkommissar lauschte angespannt den Worten seines Gesprächspartners und sein zufriedener Gesichtsausdruck signalisierte der Oberkommissarin, dass es einen neuen Hinweis in dem Fall gab.

»Der Geldbeutel«, sagte Reinert nun triumphierend. »Das Labor konnte die Chemikalien darauf genauer bestimmen. Sie stammen von einem Reinigungsmittel, und zwar einem, das vor allem dazu dient, Kupfer beziehungsweise Brennereianlagen zu reinigen.«

»Die Brennkessel in der Whisky-Destillerie«, rief Sybille Wald, »ein Hoch auf die Kriminaltechnik!«

»Ja«, antwortete ihr Reinert, »manchmal kriegen wir sie, weil sie ihre Spuren zu gut verwischen wollen.«

Die Streifenwagen fuhren mit Blaulicht auf den Hof von Sven Ehbach. Reinert hatte zwar einen Durchsuchungsbeschluss bekommen, wusste jedoch, dass er sich auf einem schmalen Grat bewegte. Die Rückstände des Kupferreinigers auf dem Geldbeutel von Claudia Wegener waren nur ein schwaches Indiz. Er hatte beim zuständigen Richter Überzeugungsarbeit leisten müssen und mit Anna Ehbach, ihrem plötzlichen Tod, der Nachbarschaft zwischen Steinhards Baumschule und der Whisky-Brennerei und Onkel Franz' auffälligem Verhalten und dessen Abneigung gegen Frauen argumentiert. »Ein Grab auszuheben, ist keine einfache Sache, aber dieser Onkel Franz könnte es mit Leichtigkeit. Er ist von Berufs wegen geübt darin, eine Schaufel zu benutzen«, hatte Reinert seine Theorie weiter untermauert. Schließlich hatte er dem Richter den anonymen Anruf vorgespielt, der in der Notrufzentrale eingegangen war, und gesagt: »Das könnte durchaus dieser Onkel Franz sein, auch wenn er die Stimme verstellt, ich denke, er ist es.«

Der Richter hatte den Kopf geschüttelt. »Überzeugend ist das nicht, aber auch nicht völlig aus der Luft gegriffen. Sie bekommen einen Durchsuchungsbeschluss für das Anwesen und die Wohnung des Mannes, danach sehen wir weiter.«

Die Sirenen schreckten die Arbeiter in der Destillerie auf und bald hatten sich alle vor der Tür versammelt. Sven Ehbach stürmte aus dem Büro gegenüber, und aus dem Lager eilte Onkel Franz auf die Beamten zu.

Noch bevor Sven etwas sagen konnte, rief der alte Mann: »Sie sind meinetwegen hier, nicht wahr?«

Reinert nickte, froh, dass sein Verdacht sich offenbar schnell bestätigen sollte. Während die Kollegen von der Streife die Arbeiter zurückdrängten, näherte sich Sven und stammelte: »Onkel Franz, was hat das zu bedeuten?«

»Alles wird gut, mein Junge«, sagte der völlig ruhig. »Du kriegst das ohne mich hin. Wird Zeit, dass du mit der Vergangenheit abschließt.«

Der Jüngere starrte den Alten ungläubig an.

»Du weißt, dass du mir immer der Liebste warst, wie ein eigener Sohn. Es tut mir leid, dass ich nicht für dich da gewesen bin.« Dann drehte er sich zu Reinert und sagte gefasst: »Sie können den Zauber hier abblasen, ich werde ein vollständiges Geständnis ablegen.«

In Onkel Franz' Wohnung neben der Brennerei fanden die Kollegen ein weiteres Portemonnaie, es hatte Thekla Kunz gehört. Sie war eine der vermissten Frauen, von denen Oberkommissar Hauns angenommen hatte, dass sie Opfer eines Verbrechens geworden waren. Außerdem gab es einige Kleidungsstücke, wie einen Seidenschal und einzelne Damenschuhe, die vermutlich von weiteren Opfern stammten. In einem der Fahrzeuge der Brennerei entdeckte die Kriminaltechnik, obwohl der Wagen gründlich gereinigt worden war, Blutspuren. Das Labor konnte sie Patricia Öler zuordnen. Die Durchsuchung des Grundstücks war damit ein voller Erfolg und auf dem Revier strahlte der Kommissariatsleiter, als man Onkel Franz, dessen richtiger Name Franz Keppler war, in den Verhörraum führte.

»Ich beantworte alle Ihre Fragen«, versicherte der dem Hauptkommissar und tatsächlich gab er bereitwillig Auskunft.

Getrieben von einem unbändigen Hass auf Frauen habe er irgendwann die Kontrolle verloren, lautete seine Aussage. Ja, Claudia Wegener sei die Erste gewesen, Weitere seien gefolgt. Die Leichen habe er zerstückelt und in den Neckar geworfen.

»Warum haben Sie Ihre Vorgehensweise geändert?«, fragte Reinert schließlich und wieder war Franz Keppler geneigt sich zu erklären. »Es schien mir an der Zeit. Vielleicht wollte ich auch, dass es endet, dass mich jemand aufhält.«

Durch seine deformierte Wirbelsäule saß er in sich zusammengesunken da.

Als er Reinert nun ansah, wirkte sein Blick fast demütig. »Es endet doch jetzt, nicht wahr?«

»Das wird es«, versicherte ihm der Hauptkommissar und der andere lehnte sich zufrieden zurück.

»Wie haben Sie die Frauen transportiert?«, stellte Reinert seine nächste Frage.

Das Verhör lief nun schon über eine Stunde und die Beobachter hinter dem venezianischen Spiegel fragten sich, wann der Hauptkommissar es endlich abschließen würde.

Im Nebenraum sagte der junge Kommissar zu einer Kollegin: »Er stellt ihm immer wieder die gleichen Fragen. Warum macht er das, der Mann hat doch gestanden?«

Sie zuckte mit den Schultern, niemand wusste, warum Reinert so verbissen nachhakte.

Auch Sybille Wald wunderte sich darüber. Sie saß neben ihrem Vorgesetzten und hörte Keppler erneut sagen: »Ich habe mir die Fahrzeuge vom Hof genommen. Ich durfte das, habe von allen Zweitschlüssel, selbst von Svens neuem SUV.«

»Warum haben Sie die Leiche der toten Frau auf dem Grundstück der Baumschule ausgegraben?«

Onkel Franz stöhnte. »Das habe ich Ihnen doch schon zigmal erklärt. Müssen wir das immer und immer wieder durchgehen? Ich gebe doch alles zu.«

»Erklären Sie es uns noch einmal«, blieb Reinert geduldig.

»Also schön«, meckerte der alte Mann. »Ich habe gehört, wie Sie sich bei Sven nach Claudia Wegener erkundigt haben. Ich dachte, es wäre gut, Sie auf eine falsche Fährte zu führen. Ich habe damals beobachtet, wie die Steinhards diese Frau vergraben haben. Bin nachts oft ruhelos gewesen und herumgewandert.«

»Und Sie hielten es zu jenem Zeitpunkt nicht für angebracht, die Polizei zu verständigen?«

»Nein, warum? Ich hatte doch selbst meine Geheimnisse.« Er grinste und zeigte dabei ungepflegte Zähne.

»Aber eigentlich wollten Sie gefasst werden?«, ließ Reinert nicht locker.

»Ja, unterbewusst wollte ich das«, bestätigte der Alte.

»Und Sie hatten keinen Komplizen?«

»Nein«, blaffte Keppler, »wie oft soll ich das denn noch sagen?«

»Was ist mit Thilo Kratzer?«, stellte Reinert das erste Mal die Frage nach dem Mann, den man die Treppe hinuntergestoßen und dann erstickt hatte.

»Was soll mit dem sein?«, fragte Franz Keppler vorsichtig und schien plötzlich auf der Hut.

»Sie kannten ihn?«

Ein Schulterzucken reichte dem Beamten nicht.

»Ja oder nein?«, hakte Reinert deshalb nach.

»Ich habe über ihn in der Zeitung gelesen«, antwortete der Alte weiterhin ausweichend.

»Dann wissen Sie auch, dass er ermordet wurde.«

Franz Keppler zögerte und wirkte so, als müsste er eine schwere Entscheidung treffen.

»Das war ich auch«, sagte er schließlich leise. »Er wusste Bescheid und wollte mich erpressen.«

»Woher wusste er von Ihren Verbrechen?«, ließ der Hauptkommissar nicht locker.

»Also schön, er war manchmal dabei, eine Art Partner«, sagte Franz Keppler genervt.

»Aber eben behaupteten Sie noch, alleine verantwortlich zu sein?«, warf ihm der Hauptkommissar vor.

Der Alte kniff die Augen zusammen und antwortete listig: »Wollte eben den ganzen Ruhm für mich.«

»Was wollte Thilo Kratzer denn von Ihnen?«, überging der Beamte die Antwort.

»Geld, was sonst?«

»Haben Sie denn welches?«

Noch bevor die Frage beantwortet werden konnte, wurde das Verhör durch ein Klopfen unterbrochen. Man informierte Reinert darüber, dass Franz Kepplers Anwalt da sei.

Keppler hatte aus freien Stücken auf einen Anwalt verzichtet. Als man ihm jetzt jedoch mitteilte, dass Sven Ehbach ihm einen Verteidiger organisiert hatte, nahm er das Angebot an.

»Wird nichts an meinem Geständnis ändern«, sagte er noch und zwinkerte dem Hauptkommissar zu, während man ihn aus dem Verhörzimmer führte, damit er sich mit seinem Anwalt beraten konnte.

* * *

Hauptkommissar Reinert hätte gerne erneut seine Fragen gestellt, aber Franz Kepplers Anwalt drängte den Beamten, zum Ende zu kommen.

»So wie ich das sehe, hat Ihnen mein Mandant ausführliche Antworten geliefert und umfänglich gestanden. In Anbetracht dieser Tatsache und des Alters von Herrn Keppler wird es Zeit, die Verhöre zu beenden. Schließlich haben wir auch noch eine Hauptverhandlung.«

Auch der Kommissariatsleiter machte Druck und wollte den Fall abschließen. Reinert hatte keine andere Wahl und kurz darauf wurde die Presseerklärung verlesen. Die Morde waren aufgeklärt.

Als Sybille Wald am Abend Reinerts Büro betrat, brütete der über dem Verhörprotokoll.

»Die Kollegen gehen noch etwas trinken, sozusagen zur Feier des Tages. Wäre gut, wenn du dich auch blicken lassen würdest«, sprach sie ihn an.

»Ja, ich komme gleich«, brummte er daraufhin, sah jedoch nicht auf.

Die Oberkommissarin rollte mit den Augen, widerstand dem Bedürfnis, einfach zu gehen, und fragte: »Also, was ist los?«

Reinert sah sie an. »Ich habe das Gefühl, etwas zu übersehen.«

»Wir haben den Kerl und ein Geständnis, was sollten wir da übersehen?«, entgegnete sie ungeduldig. »Wir haben sogar Rudolf Hauns' alte Fälle aufgeklärt und seine Ehre wiederhergestellt. Was willst du denn noch?«

»Es gibt Ungereimtheiten«, blieb Reinert stur.

»Ungereimtheiten?«, fragte die Oberkommissarin amüsiert. »Das musst du mir erklären.« Sie setzte sich und er sah ihr an, dass sie eigentlich viel lieber mit den Kollegen aufgebrochen wäre.

»Keppler sagt, Claudia Wegener sei die Erste gewesen, danach seien in unregelmäßigen Abständen weitere Opfer gefolgt.« Er las die Namen vor. »Alle habe er zerstückelt und die Überreste in den Neckar geworfen. Dann stirbt Anna Ehbach, eine Frau, die er regelrecht gehasst hat, und plötzlich macht er das mit den Sternbildern? Fast so, als würde er ihr huldigen?«

»Du hast ihn gefragt und er hat dir geantwortet«, erwiderte die Oberkommissarin gelassen.

»Stimmt, er hat gesagt ...« Reinert suchte die entsprechende Stelle und las vor: »›Es war, als hätte ich damit auf ihr Grab gepisst. Sie hat diesen Quatsch ernst genommen und ich habe mich ein letztes Mal darüber lustig gemacht.‹«

»Ist doch eine gute Erklärung«, warf Sybille ein.

»Und wo hat er Patricia Ölers Leiche versteckt?«

»In seiner Wohnung, so steht es in Kepplers Aussage«, hielt die Oberkommissarin dagegen und runzelte besorgt die Stirn.

»Ja, aber dort fand man keine Spuren, die darauf hindeuten, dass die Leiche tatsächlich dort war.«

»Er hat sie in der Badewanne aufbewahrt, das liegt Wochen zurück. Die Kriminaltechnik ist gut, aber Wunder können die auch nicht vollbringen.«

»Und warum sollte Claudia Wegener damals überhaupt in sein Auto steigen, warum sollte überhaupt irgendeine dieser Frauen bei einem Mann wie Franz

Keppler einsteigen? Er ist unfreundlich und sieht zum Fürchten aus«, stieß Reinert wütend hervor.

»Er sagt, Claudia habe ihn von der ›Whisky-Ecke‹ gekannt. Er habe bei einigen Umbauten im Lokal geholfen, dort sei sie ihm auch das erste Mal aufgefallen. Am Abend ihrer Entführung habe es in Strömen geregnet und er habe ihr eine Mitfahrgelegenheit geboten. Ist doch glaubhaft. Und die anderen.« Sie überlegte. »Vielleicht hielten sie ihn genau wegen seiner Behinderung für harmlos. Und die, die nicht freiwillig mitgingen, hat er mit Gewalt gezwungen einzusteigen. Er hat alle deine Fragen plausibel beantwortet. Und komm mir nicht mit seinem Alter. Der Typ ist körperliche Arbeit gewohnt und kräftig. Außerdem gab es ja noch Thilo Kratzer, möglich, dass der einige der Frauen abgefangen hat.«

»Das hat Keppler verneint, überhaupt hält er sich, was Thilo Kratzer angeht, sehr bedeckt, warum?«

»Du hast doch gehört, dass er den Ruhm für sich beansprucht. Damit wäre er nicht der erste Serienmörder, der darauf Wert legt, als einsamer Wolf in die Verbrecherdatenbanken einzugehen.«

Für einen Moment schwieg der Hauptkommissar, versuchte, sich zu beruhigen, und sagte schließlich mit einem schiefen Lächeln: »Für mich fühlt es sich gerade so an, als hätte ich die tausend Puzzleteile zusammengesetzt, aber manche mit Gewalt in eine Lücke gepresst, in die sie nicht gehören.«

Die Oberkommissarin lachte auf. »Was du hast, ist so eine Art Baby Blues. Der Fall ist gelöst und jetzt fällst du in ein Loch, deshalb kannst du nicht loslassen. So ging es mir nach der Geburt meines Sohnes.«

»Du kannst froh sein, dass ich nicht nur dein Vorgesetzter bin«, sagte er mit gespielter Strenge. »Womöglich hast du aber recht«, räumte er ein, »vielleicht muss ich das alles erst einmal sacken lassen.«

»Genau, deshalb solltest du mit deinem Team auch anstoßen.«

Reinert gab sich geschlagen. »Einverstanden, geh schon mal vor, ich komme gleich nach.«

* * *

Im Lager der Whisky-Brennerei Ehbach

Hauptkommissar Reinert hatte ganz gegen seine Gewohnheit sein Versprechen nicht gehalten, den anderen in die Kneipe zu folgen.

»Ich jage einem Hirngespinst nach«, hatte er zu sich selbst gesagt, als er zum Wagen gegangen und Richtung Whisky-Brennerei gefahren war.

Die Kriminaltechniker hatten ihre Arbeit beendet, die Wohnung von Franz Keppler blieb vorerst versiegelt, alle anderen Gebäudeteile waren am Abend wieder freigegeben worden. Reinert hatte sich die Schlüssel von den Kriminaltechnikern aushändigen lassen und erklärt, er würde sie Sven Ehbach zurückbringen, aber zuvor wollte er noch etwas überprüfen. Als er das Gelände erreichte, war es bereits dunkel. Auch im Wohnhaus brannte kein Licht und der Wagen des Brennerei-Besitzers stand nicht auf dem Hof.

Umso besser, dachte der Hauptkommissar, *dann gibt es wenigstens keine Zeugen, wenn ich mich zum Narren mache.*

Reinert wusste, dank der Führung, die ihnen Sven Ehbach so bereitwillig gegeben hatte, genau, wohin er gehen musste. Er hätte Sybille einweihen können, aber dann wären sie womöglich beide beim Kommissariatsleiter in Ungnade gefallen. Ihr Vorgesetzter hatte sich sehr klar ausgedrückt, was das Ende der Ermittlungen betraf.

Als Reinert das Lager mit den alten Fässern erreichte, klopfte sein Herz, als würde er etwas höchst Illegales tun.

»Reiß dich zusammen«, sagte er zu sich selbst, »das ist schließlich immer noch ein Tatort.«

Er hatte den Lichtschalter betätigt – warum auch wie ein Einbrecher im Dunklen herumirren? – und sah sich konzentriert um. Eine Aussage hatte ihn hierhergeführt.

Einer der Arbeiter, der nicht besonders gut auf Franz Keppler zu sprechen war, hatte eine für Reinert interessante Bemerkung gemacht: »Der Alte ist ein Spinner, immer schon. Leidet an Verfolgungswahn, wenn Sie mich fragen. Mittlerweile weiß ich auch, warum. Als ich vor Kurzem im Lager war, ist er regelrecht ausgeflippt. Ich dachte zuerst, er hat Angst, dass ich mich an den alten Sorten bediene, aber jetzt ist ja klar, dass es mit den Morden zu tun hat. Vermutlich versteckt er dort seine Waffen. Deshalb hat er uns immer eingebläut, dass wir da nichts zu suchen hätten.«

Sven Ehbach hatte das Verhalten von Franz Keppler bestätigt, es aber auf dessen schwierigen Charakter geschoben. Überhaupt habe den Brennerei-Besitzer das Geständnis des Alten sehr mitgenommen. »Ich weiß, dass er Frauen nicht mag, aber das. Wie hätte ich das ahnen können?«, hatte er mehrfach verzweifelt wiederholt.

Das Lager, wie auch der Rest der Brennerei, waren gründlich durchsucht worden und die Kriminaltechniker hatten weder Waffen noch sonstige Spuren gefunden.

Reinert betrachtete die vielen Holzfässer, die im ganzen Raum verteilt waren. Es gab sogar Regale, in denen sie liegend gestapelt wurden. Vorsichtig strich er über das raue Holz eines ehemaligen Sherryfasses, in dem ein besonders alter Whisky nachreifte. Zumindest hatte ihnen das Sven Ehbach so erklärt. Reinert begann sich unwohl zu fühlen. Was hatte er geglaubt zu finden, was der Kriminaltechnik bisher entgangen war? Er lief die Reihen ab, bis zur hinteren Wand. Die Fässer schienen ihn zu beobachten wie eine Armee, die einen Eindringling im Blick behielt.

Der Hauptkommissar seufzte. »Was tue ich hier?«

Später hätte er nicht mehr sagen können, ob es einfach Zufall, Glück oder sein Instinkt war, der ihn die Unregelmäßigkeit am Boden direkt vor der Wand hatte entdecken lassen. Nichts weiter als eine feine, schmale Schleifspur, keine zehn Zentimeter lang und höchstens einige Millimeter breit, und doch wusste er sofort, dass er gefunden hatte, weswegen er gekommen war. Schnell tasteten seine Finger das Regal an der Mauer ab. Es war circa einen Meter fünfzig breit und zwei Meter hoch und bot auf drei Regalböden je zwei Whisky-Fässern Platz. Der Mechanismus war gut versteckt, aber als ihn Reinert berührte, schwang das Regal wie eine Tür zur Seite. Ein leises Knirschen erklärte den Grund für den zehn Zentimeter langen Kratzer auf dem Steinboden. Der Hauptkommissar blickte in den dunklen Eingang und kramte sein Handy aus der Tasche. Nur ein Balken, der Empfang war schlecht. Trotzdem gelang es ihm, das Revier zu erreichen. Hastig gab er Anweisungen, dann war die Leitung tot. Wie lange würde es dauern, bis die Kollegen hier wären? Zwanzig Minuten, dreißig, je nach Verkehrslage. Reinert zog seine Taschenlampe heraus und leuchtete über eine Treppe, die nach unten in ein schwarzes Loch führte, das ihm plötzlich wie das Maul eines bösartigen Ungeheuers vorkam. Im Lichtschein sah er den Schalter und drückte darauf. Trübes Licht erleuchtete den vor ihm liegenden Gang, den er nun mit entschlossener Miene betrat.

* * *

Claudia Wegener, erstes Opfer, verschwunden im September 2006

Seit dem Tag, an dem einer der Maskierten auf dem Boden gelegen hatte, war alles anders geworden. Nicht dass es jemals Hoffnung gegeben hätte, aber jetzt fand sie die Besuche des schreienden Babys bedrohlicher als je zuvor. Ihr Gefühl sagte ihr, dass sie bald sterben würde. Daher hatte sie sich auch nicht gewundert, als das Tablett ausgeblieben war. Trinken konnte sie aus dem Wasserhahn, und einen Tag nicht zu essen, fiel ihr leicht. Aber nach dem dritten Tag war ihr der Gedanke gekommen, dass man sie womöglich verhungern lassen wollte.

Warum auch nicht? Immerhin war sie nun schon

lange genug eine Geisel. Sie hatte die anderen Frauen gehört, erst kürzlich waren wieder Schreie durch die Wände an ihre Ohren gedrungen. Abgesehen davon hatte Claudia immer gewusst, dass dieser Raum nichts anderes als ein bewohnbares Grab war. Trotzdem spitzte sie die Ohren, als sie draußen Schritte vernahm. Ihr Magen knurrte und sosehr sie sich auch dagegen sträubte, ihr Körper sehnte sich nach etwas Essbarem. »Hallo«, rief sie deshalb zaghaft. »Hallo? Ich habe Hunger«, wagte sie zu rufen, auch auf die Gefahr hin, dass ihn das erst recht veranlassen würde, ihr die Nahrung vorzuenthalten. Schließlich wusste sie längst, wie grausam er sein konnte.

Dennoch setzte sie erneut zu einem Hilferuf an, als keine Antwort folgte.

Vor dem Raum musste jemand stehen, Claudia konnte unter dem Türspalt den Lichtschein des Flures sehen und einen Schatten.

»Hallo, mein Tablett«, rief die Frau auf der Matratze zaghaft, »ich habe noch nichts zu essen bekommen.«

Der Riegel wurde zurückgelegt, ein Schlüssel im Schloss gedreht und die Tür schwang auf.

Sie hatte schon lange kein menschliches Gesicht mehr gesehen. Die Gummimaske war ihr tatsächlich vertrauter. Sie wusste weder, was sie sagen sollte, noch, was man von ihr erwartete. Dass er ihr sein wahres Gesicht zeigte, bedeutete sicherlich, dass es nun enden würde.

»Claudia«, sagte er freundlich.

Sie nickte artig, während sie scheu den Blick senkte.

»Claudia Wegener«, wiederholte er ihren vollen

Namen wie ein Richter, der das Todesurteil verlesen wollte.

Wieder nickte sie, schloss die Augen und hoffte, es wäre wenigstens schnell vorbei.

»Mein Name ist Marco Reinert, ich bin Polizist.«

Sie hörte seine Worte, blickte auf, konnte so schnell gar nicht begreifen, dass er sie retten und nicht töten wollte, da sah sie das schreiende Baby. Es war hinter Reinert aufgetaucht, hielt etwas in der Hand, holte aus, wollte zustechen, da erfüllte ein lauter Knall den Raum. Ein gewaltiges Dröhnen drang an Claudias Ohren, es klang wie Donner, wie das Grollen eines Berges, aber es war nur der Schall, der von den Mauern widerhallte.

Plötzlich waren überall Menschen. Nach vierzehn Jahren der Einsamkeit, die nur durch die Besuche des schreienden Babys unterbrochen worden war, fühlte es sich für Claudia an, als würden ihre Sinne überlastet und ihr Körper gleich kollabieren. Sie schrie, weinte, versuchte den Berührungen der fremden Hände auszuweichen, sehnte sich verzweifelt nach der gewohnten Ruhe der Dunkelheit und schlug um sich. Der Einstich am Arm tat nicht weh, ihre Augen schlossen sich, ihr Körper entspannte.

»Sofort in die Klinik«, rief der Notarzt.

Auch das konnte sie nicht mehr hören, denn sie war eingeschlafen und erst viel später würde ihr bewusst werden, dass die Gefangenschaft vorbei war.

* * *

Reinert lehnte gegen die Wand und ließ die Schimpftiraden von Sybille Wald über sich ergehen. Er hörte Worte wie: »Alleine an einen möglichen Tatort, ohne Verstärkung ... mehr Glück als Verstand ...«

Schuldbewusst nickte er, was sie noch mehr in Rage brachte.

Jemand ging an ihnen vorbei und sagte: »Guter Schuss.«

Sybille war unruhig gewesen, als Reinert nicht aufgetaucht war. Im Büro hatte sie die aufgeschlagene Akte gesehen und geahnt, dass er noch einmal zur Brennerei gefahren war. Sein Handy hatte keinen Empfang gehabt, deshalb war sie, ohne lange zu überlegen, ins Auto gestiegen, um hinterherzufahren. Eigentlich hatte sie ihn zur Rede stellen und ihm Besessenheit vorwerfen wollen und dann hatte sie das offene Lager entdeckt. Gerade noch rechtzeitig war ihr eine Gestalt aufgefallen, die darin verschwand. Sybille war ihr bis in den geheimen Gang gefolgt und hatte plötzlich gewusst, dass hier etwas ganz und gar nicht stimmte. Dann sah sie Reinert und jemanden, der ein Messer auf dessen Rücken richtete. Das Ziehen der Waffe und der Schuss waren ganz automatisch gefolgt. Sie hatte immer befürchtet, im entscheidenden Moment nicht schießen zu können, etwas, das damit widerlegt worden war.

Kurz darauf war die Verstärkung eingetroffen. Zwischenzeitlich hatten sie dem Angreifer die schreckliche Gummimaske vom Gesicht gezogen.

Sven Ehbach zeigte keinerlei Reue, hielt seinen blutenden Unterarm und blickte ihnen hinterhältig entgegen. »Das haben Sie nicht erwartet, was?«, schleuderte er ihnen triumphierend entgegen und Sybille war für eine Sekunde versucht gewesen, erneut abzudrücken.

»Führt dieses Dreckschwein ab«, hatte sie stattdessen zu den Kollegen gesagt, während man Claudia Wegener medizinisch versorgte.

»Was hast du dir nur dabei gedacht?«, schnauzte sie Reinert jetzt erneut an, dann begannen ihre Hände zu zittern und sie konnte die Tränen nicht mehr zurückhalten.

Er schloss sie in die Arme. »Alles wird gut«, sagte er sanft und drückte sie fest an sich.

In einem der anderen Räume, der ebenfalls einer Gefängniszelle glich, fanden die Kollegen eine weitere Leiche. Eine Frau mit gespaltenem Schädel. Sie wussten alle, dass Sven Ehbach damit auf das Sternzeichen Zwilling anspielen wollte.

Als sich Sybille etwas beruhigt hatte, schob sie Reinert ein Stück von sich und sagte entschuldigend: »Wir müssen heute noch ein Verhör führen.«

KAPITEL FÜNFZEHN

Sven Ehbach saß im Verhörraum und betrachtete seinen verbundenen Unterarm. Die anwesenden Polizisten ignorierte er. Überhaupt wirkte er abwesend und Reinert musste befürchten, dass sein Gegenüber womöglich nicht mehr in der Lage war auszusagen. Neben Ehbach hatte dessen Anwalt Platz genommen, der ihnen signalisierte, mit der Befragung zu beginnen.

Offenbar hatte Ehbach nicht vor, seine Schuld zu leugnen, denn nach den entsprechenden Belehrungen durch die Beamten sagte er: »Wir haben das zusammen angefangen.«

»Sie und Franz Keppler?«, hakte Reinert sofort nach, um sich endlich Klarheit zu verschaffen.

Ehbach lachte auf. »Onkel Franz? Nein, ich spreche von Anna.«

»Ihrer Schwester?«, ließ sich Oberkommissarin Wald hinreißen, ihre Überraschung zu zeigen.

»Genau, meine Schwester Anna, die wunderbare, gut aussehende und durchtriebene Anna. Der stets alles gelang und die über jeden und alles die Kontrolle hatte. Meine Eltern waren ihr völlig ausgeliefert, haben ihr jeden Wunsch von den Augen abgelesen, während ich nur der kleine dumme Bruder war. Aber Anna hat auch mich beherrscht und dann eines Tages, da hat sie mir gezeigt, wie es ist, die Macht über andere zu besitzen. Das war sie mir immerhin schuldig.« Er schien tatsächlich bereit, seine Geschichte zu erzählen, deshalb stellte Reinert seine Fragen auch behutsam.

»Wieso war sie es Ihnen schuldig?«, fasste er nach.

Sven Ehbach machte ein gequältes Gesicht. »Weil sie mich an Monster hat glauben lassen.« Er bemerkte, dass man ihn nicht verstand, und erklärte: »Sie hat mit mir ihre Spielchen gespielt, mich manipuliert. Als ich ein Kind war, kam sie nachts in mein Zimmer, flüsterte unheilvoll meinen Namen, gaukelte mir vor, ein Monster würde vor meinem Bett stehen und wollte mich fressen. Sie konnte sehr gemein sein, grausam und sie war zehn Jahre älter als ich.« Er seufzte. »Ich litt furchtbar, meine Eltern hatten keine Geduld mit mir, beschimpften mich als Bettnässer und Angsthasen. Nur Anna, die hat mich getröstet.«

»Obwohl sie der Auslöser für Ihre Ängste war«, sagte die Oberkommissarin verständnisvoll.

»Ja.« Er atmete geräuschvoll aus. »Aber das wusste ich damals ja noch nicht. Erst später wurde mir das klar. Dafür hätte ich sie eigentlich hassen müssen und manchmal ...« Ehbach blickte auf und er wirkte gehetzt. »... manchmal habe ich sie auch tatsächlich gehasst. Anna hat meine Wut nicht ernst genommen, dennoch hat sie sich bei mir entschuldigt und mir versprochen, es irgendwann wiedergutzumachen. Eigentlich weiß ich gar nicht mehr, wie es angefangen hat ...« Er überlegte einen

Augenblick und sprach dann weiter: »Jedenfalls waren unsere Eltern bereits tot und Anna meine einzige Vertraute. Eines Tages kam ich aus der Schule, wie so oft frustriert, weil sich die anderen über mich lustig gemacht hatten, da sagte sie: ›Solange du nicht die Kontrolle übernimmst, wird sich nie etwas ändern.‹ Ich habe sie mit großen Augen angesehen und gefragt: ›Wie macht man das? Wie soll einer wie ich die Kontrolle übernehmen?‹ Sie hat gelacht und versprochen es mir zu zeigen.«

»Claudia Wegener?«, fragte Reinert, und Sven Ehbach nickte.

»Anna hat sie nicht gemocht. Hing vermutlich damit zusammen, dass Frank Bauer, Claudias Freund, sich Anna gegenüber nicht sonderlich nett verhalten hat. Meine Schwester konnte nie gut mit Ablehnung umgehen und war ein eifersüchtiger Mensch. Es war Zufall, dass sie Claudia in jener Nacht an der Bushaltestelle entdeckte. Anna hat die Chance genutzt und ihr angeboten, sie mitzunehmen. Irgendwo hat sie dann angehalten, behauptet, auf die Toilette zu müssen, sich jedoch unbemerkt zurück zum Wagen geschlichen, die Beifahrertür aufgerissen und Claudia mit einem Schlag auf den Kopf außer Gefecht gesetzt. Dann brachte sie Claudia zu mir. Sie sagte, es sei ein Geschenk und ich könne mit ihr machen, was ich wollte. So sollte ich lernen, die Kontrolle zu behalten. Anna hat uns auch die Masken besorgt, ich erinnere mich noch an ihre Worte: ›Damit das schreiende Baby stark wird.‹ Meine Mutter hat mich immer als dummes, schreiendes Baby bezeichnet, wenn ich Angst hatte.«

Sybille Wald erinnerte sich daran, wie geschockt sie

gewesen war, als sie Sven Ehbach mit dem Messer in der Hand und der Maske über dem Kopf gesehen hatte.

Nur unter großer Anstrengung gelang es ihr, ruhig zu fragen: »Claudia hat sie nicht erkannt?«

»Nein«, antwortete er voller Stolz, »sie hat Anna keine Sekunde verdächtigt, sondern geglaubt, sie sei ebenfalls ein Opfer und bereits tot. Meine Schwester hat sich darüber köstlich amüsiert.«

»Aber Sie haben Claudia Wegener nicht getötet?«, mischte sich Reinert ein, der sein Gegenüber nun sehr genau beobachtete. »Warum nicht?«

»Sie hat mir gehört«, antwortete Sven trotzig. »Ich durfte mit ihr machen, was ich wollte.«

»Und was war das, was Sie wollten?«, hakte der Hauptkommissar nach, während der Anwalt seinen Mandanten mit einem warnenden Blick daran erinnerte, sich seine Aussagen gut zu überlegen.

Sven Ehbach hielt sich jedoch nicht zurück. »Ich wollte sie langsam sterben sehen, sie war immerhin etwas Besonderes.«

»Inwiefern?«, ließ Reinert nicht locker.

»Sie hat mich an mich selbst erinnert. So voller Angst.« Er lächelte versonnen. »Sie hat sogar vor Furcht ins Bett gemacht. Das hat mir gezeigt, dass ich nicht alleine bin, dass es jemanden gibt, der zu mir gehört.«

Grundgütiger, dachte Sybille Wald im Stillen und spürte Übelkeit aufsteigen.

»Anna empfahl mir, Claudia zu töten, um stark zu werden. Aber ich wollte sie behalten, also einigten wir uns darauf, Ersatz zu besorgen.«

»Frauen, die Claudia Wegener ähnlich sahen?«, warf der Hauptkommissar ein.

»Ja, das hat sich daraus ergeben.«

»Und die haben Sie dann zusammen mit Ihrer Schwester ermordet?«

»Ja, Anna verbot mir mehr als eine zu behalten, wäre auch zu kompliziert geworden.« Er sagte das so, als ginge es darum, den Keller nicht unnötig mit Trödel vollzustellen, und wieder spürte die Oberkommissarin einen starken Würgereiz.

Reinert breitete Fotos vor Ehbach aus. Es waren die Bilder von vermissten Frauen aus Rudolf Hauns' alter Mappe. Ohne zu zögern, gab Ehbach an, welche davon zu seinen Opfern gehörten, es waren beinahe alle. Außerdem nannte er die Namen weiterer Frauen, die er zusammen mit Anna ermordet hatte. Insgesamt gestand er neben der Entführung und Geiselnahme von Claudia Wegener achtzehn Morde und war stolz darauf.

»Wie lief das ab, wer traf die Entscheidung?«

»Anna«, antwortete Ehbach prompt. »Sie hat immer alles bestimmt. Sie kam auch auf die Idee, die Leichen zu verbrennen.«

Das war ein neuer Aspekt, den die Beamten nun das erste Mal hörten.

»Wo haben Sie die Leichen verbrannt?«, hakte Reinert deshalb sofort nach.

»In unserem Ofen. Den, den wir benutzen, um die Gerste zu trocknen.« Er lächelte zufrieden. »Man kann sie herausschmecken«, fügte er an und wirkte wie jemand, der in einer schönen Erinnerung schwelgte. Dann blickte er zu den Beamten und sagte geduldig: »Sie erinnern sich doch noch, was ich Ihnen erklärt habe. Der Rauch des Feuers zieht nach oben und trocknet die Gerste, aus der später der Whisky hergestellt wird. Gibt man Torf in die Glut, dann entsteht ein rauchiges Aroma, aber menschliches Fleisch im Feuer sorgt für einen unvergleichlichen Geschmack. Eine Mischung aus Nuss und geröstetem Speck mit einem Hauch Sehnsucht.« Er lachte auf. »Natürlich schmeckt das nur ein geübter Gaumen heraus.«

Selbst Ehbachs Anwalt war das nun zu viel und er sah angewidert zur Seite.

»Wir haben immer alles gründlich entsorgt, aber wie es aussieht, hat Onkel Franz über die Jahre seine Sammelleidenschaft entdeckt. Man kennt eben nie alle geheimen Obsessionen eines Menschen.«

»Welche Rolle spielte Herr Keppler?«, fragte Reinert, der hoffte, die notwendigen Antworten zu erhalten, bevor sein Gegenüber in eine perverse Fantasiewelt abdriften würde.

»Er hat geholfen aufzuräumen, das hat er immer schon getan, war seine Aufgabe.«

»Keppler wusste also Bescheid?«

»Ja. Natürlich war er dagegen, nicht weil er die Frauen schützen wollte, die waren ihm egal, sondern weil er um mich besorgt war, Angst hatte, man würde mich ins Gefängnis stecken. Aber gegen Anna konnte er sich nicht durchsetzen. Am Ende war es seine Anhänglichkeit mir gegenüber, die ihn zu unserem Verbündeten gemacht hat. Deshalb kam er vermutlich auch auf die Idee, diese Leiche auf Steinhards Grundstück auszugraben und Claudias Geldbeutel dort zu deponieren. Er wollte mir helfen, aber das ging dann ja gründlich schief. Nach Annas Tod hat er geglaubt, ich könnte einfach alles hinter mir lassen, ein normales Leben führen. Tatsächlich riet er mir zu heiraten.« Sven lachte in sich hinein. »Ich habe sogar ernsthaft darüber nachgedacht, aber man kann sich eben nicht gegen die eigene Natur stellen.« Er seufzte theatralisch und Reinert entschloss sich das nicht weiter zu vertiefen, sondern stattdessen zu fragen: »Woher wussten Sie von der Toten auf dem Nachbargrundstück?«

»Anna wusste es, hat es herausgefunden. Vermutlich hat sie Lars seinerzeit nachspioniert. Auch das gehört dazu, wenn man die Kontrolle behalten will. Sie hat immer gesagt, dass uns das eines Tages noch nützlich sein könnte.«

»Sie haben uns belogen, was die Affäre zwischen Lars Steinhard und Claudia Wegener anging?«, fasste der Hauptkommissar nach.

»Natürlich habe ich das, ich bin der mit der Kontrolle, ich steuere die Dinge und selbstverständlich locke ich die Polizei auf eine falsche Fährte, wenn ich es für angebracht halte. Deshalb habe ich Sie auch auf Gregor Öler angesetzt. Es war spannend, dadurch Teil Ihrer Ermittlungen zu werden. Denken Sie etwa, Sie haben Claudias Kette zufällig gefunden?« Er wurde lauter und ereiferte sich. »Ich habe dafür gesorgt, dass Sie darauf stoßen, denn nur so konnten Sie sich darüber klar werden, mit wem Sie es zu tun haben.« Seine Erregung endete und er grinste. »Und was Anna betrifft, die hat nie geweint«, sprach er emotionslos weiter, »schon gar nicht wegen eines Mannes. Sie war sauer, als sich Lars zurückgezogen hat, aber gewiss nicht traurig.«

»Und dann starb sie«, entgegnete Reinert schroff.

Sven Ehbach presste die Kiefer aufeinander. »Sie wollte mir Claudia nehmen, wollte sie töten. Wir bekamen deshalb Streit und dann fiel sie tot um.« Er sah hilflos zu den Beamten. »Ich wusste nicht, dass sie ein schwaches Herz hatte. Sie starb in Claudias Zimmer, dort konnte ich sie natürlich nicht lassen, also habe ich sie in die Scheune gebracht.«

»Und danach machten Sie alleine weiter«, stellte der Beamte fest.

»Das war nicht so geplant, hat sich einfach ergeben. Es war, als könnte ich plötzlich über mich hinauswachsen, Großes erreichen. Patricia Öler lief mir quasi direkt in die Arme. Natürlich kannte sie mich durch meinen Kontakt zu ihrem Vater. Sie war völlig aufgelöst an jenem Abend und ich habe mich um sie gekümmert, so wie ich mich auch um all die anderen gekümmert habe.« Er seufzte. »Am Ende hatte mir meine Schwester also doch geholfen, die Kontrolle zu erlangen, und ich dankte es ihr mit einer Widmung auf jeder toten Frau. Die Sterne haben Anna so viel bedeutet und ich habe sie ihr auf diese Art vom Himmel geholt.« Ehbach begann Details seiner Taten zu beschreiben und bestätigte damit Reinerts Theorien. Ja, er hatte bei jedem Mord die Verbindung zu einem Sternzeichen herstellen wollen. Deshalb hatte er nicht nur mit Bedacht die Tötungsart gewählt, sondern auch die Wunden hinterlassen, die, miteinander verbunden, den Sternbildern am Nachthimmel glichen. Am Ende seines Geständnisses sagte er fahrig: »Ein Jammer, dass Sie mich unterbrochen haben.«

Daraufhin schweifte sein Blick ab und der Hauptkommissar beeilte sich eine letzte Frage zu stellen: »Was ist mit Thilo Kratzer?«

Ehbach machte ein überraschtes Gesicht. »Ist das nicht einer der Penner aus Steinhards Band? In der Zeitung stand, er wurde ermordet.«

»Das stimmt, waren Sie das?«, fragte der Hauptkommissar direkt.

»Ich?«, rief Ehbach empört aus, als wäre es absurd, ihm überhaupt einen Mord zu unterstellen. »Wie kommen Sie denn darauf? Ich habe den Typen kaum gekannt.«

»Er kannte Anna und Claudia, vielleicht wusste er etwas, hat Sie erpresst?«

»Nein«, antwortete ihm Sven ruhig, »nichts dergleichen.«

»Und warum hat Franz Keppler dann auch diesen Mord auf sich genommen?«

Ehbach zuckte gelangweilt mit den Schultern. »Weil er womöglich vermutete, ich wäre es gewesen. Onkel Franz ist ein sehr gutmütiger Mensch, er wollte mich eben schützen. Aber mit diesem Thilo Kratzer habe ich wirklich nichts zu schaffen.«

»Und das sollen wir Ihnen glauben?«, reagierte Reinert genervt.

Der Anwalt sah sich genötigt, das Wort zu ergreifen, und sagte: »Sie können meinem Mandanten nicht jeden ungeklärten Mordfall in die Schuhe schieben.«

Ehbach nickte zustimmend und sagte eindringlich:

»Ich möchte, dass Sie begreifen, dass es für mich notwendig war, das zu tun. Es macht mich aus, definiert mich. Mit all diesen Frauen hat mich etwas verbunden, sie waren wie Kinder, entstanden aus meiner besonderen Beziehung zu Claudia, da war nie Platz für einen Bastard wie Thilo Kratzer.« Er wandte sich das erste Mal direkt an seinen Anwalt. »Sie müssen dafür sorgen, dass es Claudia gut geht, während ich im Gefängnis bin. Sagen Sie ihr, ich werde es auf jeden Fall zu Ende bringen. Sie wird durch meine Hand sterben.«

Während Sybille Wald ihr Entsetzen kaum verbergen konnte und auch der Rechtsbeistand sprachlos zu Ehbach blickte, sagte Reinert sehr ruhig und mit deutlicher Schärfe: »Das, Herr Ehbach, werde ich mit allen Mitteln zu verhindern wissen.«

* * *

Noch in der gleichen Nacht nahm Hauptkommissar Reinert eine weitere Verhaftung vor.

Hilde Kratzer tat zumindest so, als würde sie sein Auftauchen nicht überraschen. »Ich sagte doch, meine Karten prophezeiten einen gefährlichen Widersacher.«

»Warum?«, fragte Reinert die Frau schließlich müde, als man sie nach der erkennungsdienstlichen Behandlung in das Verhörzimmer führte.

»Was denken Sie?«, schnauzte Hilde Kratzer und sah missbilligend auf ihre Hände, die ihr ohne die Ringe offensichtlich nicht gefielen.

»Die Entmündigung«, gab ihr Reinert Antwort.

Zu Sybille Wald hatte er gesagt: »Manchmal, da

denkt man zu kompliziert. Thilo war kein netter Mensch und jeder traute ihm eine Erpressung zu. Ein Feigling war er zudem auch noch. Er brauchte schnell Geld und seine Mutter saß quasi darauf. Ich denke, es war ein Fehler, Kratzers Erpressungsopfer unter seinen ehemaligen Bandkollegen zu suchen.« Die Oberkommissarin hatte ungläubig reagiert und musste jetzt einsehen, dass ihr Teamkollege recht hatte, als Hilde Kratzer leise fluchend sagte: »Gottverdammt, er war so ein Unglücksbringer. Das wusste ich schon während der Schwangerschaft. Die ganzen neun Monate über ist es mir schlecht gegangen. Die Geburt war die Hölle. Fühlte sich an, als hätte der Leibhaftige persönlich das Kind mit seinen Klauen aus meinem Schoß gerissen.« Hilde Kratzer ballte die Hände zu Fäusten. »Ich habe einen Teufel großgezogen.« Sie sah Reinert an. »Oh, ich weiß, Sie glauben nicht an solche Dinge. Belächeln Sie mich ruhig, aber deshalb liege ich trotzdem richtig. Mein eigener Sohn wollte mir mein Zuhause nehmen. Er drohte mir damit, mich vor Gericht zu zerren, mich zu verunglimpfen, den Menschen zu erzählen, dass ich eine Säuferin sei, eine geisteskranke alte Schachtel. Was hätte es da noch für eine Rolle gespielt, wenn ich am Ende recht bekommen hätte?« Sie atmete durch und sprach nun sehr ruhig weiter: »Also habe ich zum Schein eingewilligt, versprochen, das Haus zu verkaufen und ihm sein Erbe auszuzahlen.« Ein spöttischer Zug huschte über ihr Gesicht. »Er war ein Teufel, hinterhältig, aber auch dumm. Es war leicht, ihn zu belügen, den Rest kennen Sie.«

»Sie haben ihm aufgelauert, ihn die Treppe heruntergestoßen und dann erstickt?«, fragte Reinert fürs Protokoll.

Hilde Kratzer bestätigte das. »Es war ein guter Plan: Ein heftiger Stoß, und falls der nicht genügte, sollte mein kleines Kissen zum Einsatz kommen. Zur Sicherheit gab es sogar noch ein Messer. Sie verstehen, ich als Metzgerstochter … Und wäre ich gesehen worden, hätte man angenommen, dass ich auf der Suche nach Thilo wäre. Außerdem habe ich so schnell wie möglich alle seine Sachen entsorgt, nicht dass die Polizei noch in irgendeiner Schublade oder einer alten Jacke eine Broschüre zum Thema Betreuung gefunden hätte. Ich hielt es für besser, wenn jeder annahm, ich wüsste nichts von Thilos Plänen, mir den gesunden Menschenverstand abzusprechen. Ich war wirklich vorsichtig, aber wohl nicht vorsichtig genug. Normalerweise verdächtigt niemand die Mutter.« Ihr Blick blieb an Reinert hängen. »Außer Ihnen, was sagt das über Sie aus?«

Der Hauptkommissar gab den Kollegen ein Zeichen, sie waren hier fertig. Dennoch blieb er der Frau die Antwort nicht schuldig und beendete das Verhör mit den Worten: »Es macht mich einfach zu dem, was ich bin, nämlich ein Polizist.«

EPILOG

Die Hauptverhandlung hatte die Aufmerksamkeit der Medien auf sich gezogen. Sven Ehbach und Franz Keppler würden das Gefängnis nie wieder verlassen. Trotz der Geständnisse konnten die Richter aufgrund der Grausamkeiten und Brutalität nur die Höchststrafe verhängen. Franz Keppler, der sich die Schuld an Svens Verhaftung gab, versuchte ihn in ein besseres Licht zu rücken, indem er immer wieder beteuerte: »Anna, das war alles Annas Schuld, sie hat den Jungen mit hineingezogen. Er war doch erst sechzehn, als sie ihm diese Claudia brachte.«

Auch der Verteidiger von Sven Ehbach ging diesen Weg. Nach diversen Zeugenvernehmungen und den Aussagen der Angeklagten zeichnete sich ein ziemlich deutliches Bild von Anna Ehbach ab. Wenn sie wollte, konnte sie charmant und freundlich sein, was allerdings lediglich eine Folge ihres manipulativen Charakters gewesen war. Ansonsten hatte sie alle Eigenschaften einer gefährlichen Psychopathin gezeigt, ohne den geringsten Hinweis darauf, dass ihr Verhalten durch irgendetwas ausgelöst worden war. Die Presse sprach daher von einer Frau, die schon als Täterin geboren worden war und den kleinen Bruder zum Mörder erzogen hatte. Selbst wenn das nicht ganz aus der Luft gegriffen war, empfand Reinert kein bisschen Mitleid. Denn seiner Meinung nach gab es immer noch so etwas wie den freien Willen und ein natürliches Empfinden von Gut und Böse. Sein Mitgefühl galt einzig und allein den Opfern und insbesondere Claudia Wegener, für die die Wochen nach ihrer Befreiung ein wahrer Spießrutenlauf gewesen waren.

Claudia Wegener hatte tapfer durchgehalten und vor Gericht alle Fragen bezüglich ihrer Gefangenschaft beantwortet. »Ich glaubte wirklich, Anna wäre zusammen mit mir entführt worden und dass man sie getötet hätte. Ich fühlte mich deshalb sogar schuldig«, hatte sie geschluchzt, »aber dass sie diejenige war, die mir das angetan hat ... Die dunklen Mäntel, die Handschuhe und Masken, ich habe keinen der beiden erkannt. Und dass Anna mich sogar ermorden wollte ...« Mehrfach musste die Befragung unterbrochen werden, doch am Ende wusste die Öffentlichkeit, was Sven und Anna Ehbach Claudia Wegener angetan hatten.

Während der Verteidiger es zugunsten von Sven Ehbach auslegte, dass es zu keinen weiteren sexuellen Übergriffen gekommen war, sprach der Staatsanwalt den Anwesenden aus der Seele, als er sagte: »Jemanden vierzehn Jahre lang tagtäglich der Angst auszusetzen, vergewaltigt zu werden, ist fast so schlimm wie die Tat selbst. Wir sollten hier nicht über einen verwirrten sechzehnjährigen Jungen sprechen, sondern über einen brutalen Menschen, der über Jahre eine Frau psychisch und physisch gequält hat. Versuchte Vergewaltigung ist da nur eines seiner Verbrechen. Über seine Absicht, Frau Wegener eines Tages zu töten, gibt es keine Zweifel.«

Wenigstens half der Prozess gegen Sven Ehbach, den Getränkehändler Gregor Öler ins Interesse der Behörden zu rücken. Die Aussage des Angeklagten bezüglich Patricia Ölers Kummer wegen der sexuellen Annäherungsversuche des Adoptivvaters blieb nicht ohne Folgen. Anita Fischer trennte sich umgehend von dem Mann und ersparte ihrer Tochter Corinna damit vermutlich ein schreckliches Schicksal.

Hauptkommissar Reinert war auch um Claudias willen froh, als der Prozess vorbei war. Mittlerweile hatte er sich in Stuttgart eingelebt. Der Kommissariatsleiter bezeichnete Reinert zwischenzeitlich als seinen besten Mann und hatte das Kriegsbeil in der Schublade verstaut.

Er und Sybille Wald waren längst ganz offiziell ein Paar und führten eine sehr glückliche Beziehung, einig darüber, weder eine Ehe noch einen Bausparvertrag für den Nestbau abschließen zu wollen. Am Morgen hatte sie ihm eine Anzeige aus der Tageszeitung vorgelesen. Die Hochzeit von Regina Steinhard und dem Rechtsanwalt Fabian von Ohen wurde darin bekannt gegeben.

»Soll keiner sagen, die Polizei tauge nichts in Herzensangelegenheiten«, witzelte Sybille. »Soviel ich weiß, hat der Bruder einen Job auf Mallorca oder Ibiza angenommen, dort gibt es auch Bäume.«

»Davon gehe ich aus«, hatte er geantwortet und war zu seinem Treffen mit Claudia Wegener aufgebrochen.

Reinert dachte voller Zuneigung an seine neue Partnerin, während er den Wagen auf dem Parkplatz abstellte.

Sybille Wald, wie der Schwarzwald, erinnerte er sich an ihren ersten Anruf und daran, wie unsicher er damals gewesen war.

* * *

Claudia Wegener winkte ihm zu. Sie stand zusammen mit ihren Eltern ein wenig versteckt hinter einem Baum. Sie hatten sich auf dem Friedhof verabredet und er ging nun auf die Dreiergruppe zu. Wie jedes Mal, wenn er auf die Eltern von Claudia traf, drückten deren Blicke und Gesten tiefe Dankbarkeit aus. Er nickte ihnen bereits von Weitem freundlich zu. Claudia löste sich aus der Gruppe und kam ihm entgegen.

»Sie wollen mich nicht aus den Augen lassen, aber diesen Besuch möchte ich ohne meine Eltern machen«, sagte sie statt einer Begrüßung.

Er wusste, dass das ein großer Schritt für Claudia war. Die ersten Monate hatte sie das Haus fast gar nicht verlassen. Trotz intensiver psychologischer Betreuung war es ihr am Anfang schwergefallen, in ihrem alten Zimmer zu schlafen. Die Eltern hatten ihr dann einen Raum im Keller eingerichtet.

»Langsam gewöhne ich mich an das Licht und die vielen Geräusche«, sagte sie zu Reinert, während sie an den Gräbern vorbeigingen. »Letzte Nacht habe ich auf der Couch im Wohnzimmer genächtigt. Vielleicht werde ich doch noch gesellschaftsfähig.«

Reinert hatte über die Monate Kontakt mit Claudia gehalten. Am Anfang hatte sie sich kaum im Alltag zurechtgefunden, aber langsam ging es ihr besser.

»Vor zwei Tagen hat mich Frank besucht«, sprach sie weiter. »Er ist Vater von vier Kindern.« Sie lachte und tatsächlich wirkte sie einen Moment unbeschwert. »Wer hätte das gedacht?« Dann wurde sie wieder ernst. »Er fühlt sich meinetwegen schuldig, das konnte ich spüren.«

»Sie sollten sich nicht den Kopf über die anderen zerbrechen«, entgegnete Reinert mitfühlend.

»Das sagt mein Therapeut auch immer, als wäre das so einfach.«

Sie erreichten das Grab von Rudolf Hauns, und Claudia legte einen kleinen Blumenstrauß nieder. »Er ist auch meinetwegen gestorben«, sagte sie leise.

»Ich denke eher, er hat Ihretwegen so lange überlebt«, antwortete Reinert voller Überzeugung.

Sie sah ihn dankbar an. »Ich hätte Rudolf Hauns gerne kennengelernt.«

Eine Weile schwiegen sie beide, dann sagte Claudia: »Ich habe das noch niemandem erzählt, aber einmal, da sagte das schreiende Ba...« Sie stockte und verbesserte sich: »Ehbach, Sven Ehbach sagte, ich sei das Mädchen ohne Wiederkehr. Vielleicht stimmt das sogar, denn manchmal glaube ich, ich werde nie wieder in ein normales Leben zurückfinden.«

Ihre Blicke trafen sich und Reinert lächelte. »Sie werden das schaffen, davon bin ich überzeugt.« Er griff in seine Tasche und holte eine kleine Tüte heraus. Darin befand sich die Kette mit dem Löwen-Anhänger. Er reichte sie ihr und sagte voller Zuneigung: »Sie sind nicht das Mädchen ohne Wiederkehr, sondern die Frau, die niemals aufgegeben hat.«

Ende

SCHLUSSWORT UND ANMERKUNGEN

Alle Personen, Institutionen und Handlungen in meinem Psychothriller »Mädchen ohne Wiederkehr«, nebst Namen und Bezeichnungen, sind frei erfunden. Ähnlichkeiten mit lebenden oder toten Personen und deren Handlungen sind rein zufällig und nicht beabsichtigt.

Nicht erfunden habe ich die Datei VERMI/UTOT, in der die aktuellen Vermisstenfälle gespeichert werden. Auch die erwähnte Gaisburger Marsch, ein typisches schwäbisches Eintopfgericht, gibt es wirklich.

Zwar sind die Dienststellen der Kriminalpolizei, »Ehbachs Whisky-Ecke« und die entsprechende Destillerie meine Erfindungen, allerdings möchte ich an dieser Stelle erwähnen, dass es in Deutschland hervorragende Whisky-Brennereien gibt und die Zahl steigt. Deshalb fand ich es auch interessant, das Thema in meinem Buch zu verwenden. Die Whisky-Produktion ist jedoch eine Wissenschaft für sich, daher sind die von mir beschriebenen Abläufe stark verkürzt dargestellt, um nicht den Rahmen zu sprengen. Außerdem stellen nur wenige

Betriebe noch ihr eigenes Malz her. Oft erfolgt eine Belieferung durch Großmälzereien. Was heute Industrieanlagen übernehmen, wurde früher tatsächlich in Handarbeit ausgeführt. So bin ich bei meinen Recherchen auch auf den Begriff *Affenschulte*r gestoßen. Die großen Öfen zum Trocknen der Gerste kann man in alten Destillerien noch besichtigen.

Übrigens stimmt es, dass durch das Feuer beziehungsweise durch den Torf, den man dem Feuer zugibt, um die Gerste zu trocknen, der rauchige Geschmack in den Whisky kommt. Alles, was ich sonst diesem Feuer zugesetzt habe, entsprang einzig und allein meiner Fantasie und soll niemanden abschrecken.

Vielleicht noch ein interessantes Detail: *uisge beatha* ist das gälische Wort für Whisky und bedeutet »Wasser des Lebens«.

Ein herzliches Dankeschön, dass Sie sich die Zeit für meinen Psychothriller »Mädchen ohne Wiederkehr« genommen haben. Ich hoffe, Sie wurden gut unterhalten, hatten spannende Lesestunden, und einen angenehmen Nervenkitzel.

Mit den besten Grüßen

Ihre Ilona Bulazel

WEITERE BÜCHER DER AUTORIN

Alle Bände der Reihen sind in sich abgeschlossen und können unabhängig voneinander gelesen werden.

Der Engelshenker (Psychothriller, Sepsis Band 8)

https://www.amazon.de/dp/B083PNRWLJ

Lebendfalle (Psychothriller)

https://www.amazon.de/dp/B07YR2RSMR

Schattenleid (Psychothriller, Hauptkommissar Kaller Band 2)

https://www.amazon.de/dp/B07T7ZLTNB

Der Schmerzjäger (Psychothriller, Hauptkommissar Stutter Band 3)

https://www.amazon.de/dp/B07PDHYYBR

Blutschwarz (Psychothriller, Sepsis Band 7)

https://www.amazon.de/dp/B07KGH17H7

Der Todesprinz (Psychothriller, Hauptkommissar Kaller Band 1)

https://www.amazon.de/dp/B07G3GXWYM

Heimtückische Schuld (Psychothriller, Hauptkommissar Stutter Band 2)

https://www.amazon.de/dp/B07D3BHYMC

Blutmosaik (Psychothriller, Sepsis Band 6)

https://www.amazon.de/dp/B079S59SCX

Der Sündenfänger (Psychothriller, Hauptkommissar Stutter Band 1)

https://www.amazon.de/dp/B077ZMB5QW

Verdorbene Ernte (Psychothriller)

https://www.amazon.de/dp/B07494DKKH

Bitterblutige Wahrheit (Kriminalroman)

https://www.amazon.de/dp/B0716MQZXZ

Ufer der Angst (Psychothriller, Sepsis Band 5)

https://www.amazon.de/dp/B01NCTUIFX

Schmutzige Tränen (Psychothriller)

https://www.amazon.de/dp/B01H92SI1Y

Lautloser Hass (Psychothriller, Sepsis Band 4)

https://www.amazon.de/dp/B01CTAO28E

Sepsis – Showblut (Psychothriller, Sepsis Band 3)

https://www.amazon.de/dp/B01ADMWI8G

Sepsis – Das Schandmaul (Psychothriller, Sepsis Band 2)

https://www.amazon.de/dp/B015WUW2QM

Sepsis – Verkommenes Blut (Psychothriller, Sepsis Band 1)

https://www.amazon.de/dp/B00V0R616E

Das Geheimnis von Herculaneum (Historischer Roman)

https://www.amazon.de/dp/B06XR29T4J

Blutiger Schein (Thriller)

https://www.amazon.de/dp/B01J2WXQ6Q

Projekt Todlicht (Thriller)

https://www.amazon.de/dp/B011AKKO22

Die Akte Aljona (Thriller)

https://www.amazon.de/dp/B00Q5KOL2M

Operation Castus (Thriller)

https://www.amazon.de/dp/B00IDI70R2

world: reset – Nach den Aschentagen (Krimi/Science-Fiction-Thriller)

https://www.amazon.de/dp/B00CG8G79W

Mystery-Geschichten (Kurzgeschichten)

https://www.amazon.de/dp/B00LOVB5K8

SciFi-Geschichten (Kurzgeschichten)

https://www.amazon.de/dp/B00M4E48P8

Alle Titel erhalten Sie als E-Book (die Shops finden Sie auf der Website der Autorin unter https://www.autorib.de) oder als Taschenbuch über Amazon!

Printed in Poland
by Amazon Fulfillment
Poland Sp. z o.o., Wrocław

57147492R00200